国家が
拡張を
あきらめたとき、
若者は
どのように
大人に
なっていくのか

英国若者文学論

川島 健
Takeshi Kawashima

British Youth Literature

Youth's Struggle into Adulthood in the transition from Empire to Welfare State

小鳥遊書房

第1部　帝国の時代

第1章　夢と地理学　ラドヤード・キプリング「ブラッシュウッド・ボーイ」 47

第2章　帝国主義の美学　オスカー・ワイルド『ドリアン・グレイの肖像』 69

第3章　冒険と中産階級　J・M・バリー「ピーター・パン」 87

COLUMN　バリーの戦争 108

第2部　大戦と戦後

第3部　福祉国家

第4部 消費

凡例

1. 本書のキーワードは若者です。英語の"youth"に該当する言葉として本書では使用されています。「若者」という言葉に類似するものとして、その他に「思春期」や「青春」という言葉も使用しています。前者は一〇代前半から中盤までを範疇とし、後者はその範疇をもう少し広くとっており、「若者」と呼ばれる年代と大まかに重なるようです。英語では"puberty"、"adolescence"、"youth"などの単語とその派生語が該当する表現となります。本書では大まかに"puberty"、"adolescence"を「思春期」、"youth"を「若者」あるいは「青春」と訳し分けています。しかし文脈に応じて"adolescence"を「若者」と訳したところもあります。
2. 外国語文献の引用は断りがない限り拙訳です。日本語訳が入手できたものに関しては＊印をつけ、該当箇所の日本語訳を参照しています。
3. 註は★印をつけ、各章末に記しています。
4. 引用情報は括弧（ ）のなかに記載してあります。（34／56）とある場合、引用箇所は原書三四頁、日本語翻訳書五六頁にあることを示しています。
5. 作品は初出の西暦年を括弧（ ）のなかに示しています。小説や詩は発表年、演劇は初演時の西暦年を記載しています。

はじめに

本書の目的は、「若さ」と「成長」をテーマに、一九世紀後半から一九六〇年代までのイギリス文学作品を読むことです。

まず青春に関する、アナトール・フランス（Anatole France）の有名な言葉を引用することで、これらの問題を論じるきっかけにしましょう。フランスは仏国の作家です。「英国」をタイトルに含む本書が、仏国の作家から出発するのは、若さを語る際の特有の問題がかれの言葉に潜んでいるからです。フランスが、様々な事象について詩的な言葉で自由に随想する『エピクロスの園（*Le Jardin d'Épicure*）』（一八九五）には次のような文章があります。

わたくしが造物主であったら、いま優位を占めているタイプ、すなわち高等哺乳類のタイプとは非常に異なったタイプに基づいて、人間の男女を造っていたであろう。現にあるような、大きな猿に似たものにではなく、昆虫に似たものに男や女を造っていたであろう。毛虫として生きた後に、姿を変えて蝶となり、その生涯の果てには、愛することと美しくあることとのほかには心を配《くば》らない昆虫に似たものに。わたくしだったら人間の生涯の最期に青春を持って来ていただろう。ある種の昆虫は、その最後の変容においては、翅《はね》のみを持っていて、胃は持たない。かれらはこうした清められた形のもとに生まれ変わって、束の間を愛し、そして死ぬばかりなのである。*（417／43-44）

人間を、高等哺乳類ではなく蝶の仲間と想像し、死の直前に、毛虫から美しい姿に変態することを夢想するフランス。それは青春時代を人生の最後に置きたいというかれの願望を表現しています。このような考えはもちろん空想に過ぎません。しかし青春や若さにたいするフランスの思いには、人々の普遍的な希望が込められています。青春や若さは美しいものであり、大人たちの穢れた世界から守られなければならない。人はその時期にあるときには、諸々の憂いから解放され、その喜びを十全に謳歌すべきだ。フランスの青春礼賛の背後には、大人たちの社会は穢れているという考えが潜んでいます。そのような不浄から隔絶された時間として青春と若さが美化されます。

フランスは社会主義者として知られています。社会主義は、大雑把にいえば、社会の平等を目指す思想です。一九世紀、仏国や英国などの西洋諸国では資本主義が発達し、私有財産をもつものともたぬものの経済格差が増大しました。社会主義はこのような不平等を是正するための試みのひとつと考えられます。フランスが若さや青春に託したのは、格差や差別を克服したいという期待だったかもしれません。また、『エピクロスの園』が発表されたのはフランスが五〇歳を過ぎた頃であったことも併せて記す必要があります。中年から初老へと差しかかり、自らの老いを意識せざるをえないタイミングで青春の美しさと儚さを思い描いたのです。

フランスは、蝶が胃を持たないこと、翅のみ持つことを付言し、それゆえ「清められ」ていると言います。なぜ胃がないことが清められている状態に結びつくのでしょうか。おそらくそこには、食べることの心配、稼ぐことの不安がない社会主義的ユートピアの夢が託されています。そして翅を持つことは、別世界に飛びたつ準備が、穢れてしまったこの世に別れを告げる準備が整っていることを示唆します。死ぬまえになんの憂いもない美しい季節を堪能したい、という希望は、多くの人に支持されるでしょう。筆者もそのひとりです。

しかしこのような青春賛歌には盲点があります。若さを理想化するフランスは、かれの周囲にいたであろう実在の若者を無視しています。そこに「若さ」の理念はあっても、現実の「若者」はいないのです。それはどういうことでしょうか。

⊙
⊙
⊙

フランスが『エピクロスの園』を発表するのに数年先立ち、イギリスではウィリアム・モリス（William Morris）が『ユートピアだより（*News from Nowhere*）』（一八九〇）を発表します。この書でモリスはユニークな社会主義のビジョンを展開します。都会の生活に疲れ切って眠りに落ちたあと、語り手は爽快な気分で目を覚まします。普段とは異なって見える日常の風景とそこで出会う人々との会話から、語り手は社会主義の理想郷に迷い込んだことを知ります。理想的な人々の暮らしが語り手の夢として描出されていくのです。

注目すべきはモリスの理想が、若さと健全な成長とともに語られる点です。語り手は、昔を知る老人と出会い、かつてとは比べものにならないくらい豊かになったその暮らしについて話を聞きます。一九世紀を思い出し、階級制度が残り、悪辣な搾取が組織的に行われていたと指摘する老人は、その結果、子どもたちの教育について考える余裕がなかったと述べます。強制的な教育により押し潰されてしまった子どもが多くいた一九世

＊この作品の日本語訳は『エピクロスの園』（大塚幸男訳、岩波書店、一九七四年）を参照しました。

紀に比べ、現在の豊かさは緩やかで自主的な学習を可能にしたと老人は言います。「ほかの問題でもそうですが、この点でもわれわれはゆたかになりました。成長する時間がゆったりともてるのです」*(91／123)。

特に面白いのは、テムズ川を上流に向かって遡行《そこう》する場面です。語り手は、ディックとクレアラという若いカップルとともに、ロンドン西部のハマスミスを出発します。上流に向かうにしたがって緑を豊かにする風景は、語り手の記憶のなかにある、一九世紀末ロンドンの貧相な光景を拭い去ります。時空を遡る舟旅は、社会主義の理想を描きだす旅程でもあります。

ディックは疲れを知らぬ様子で楽々と漕ぎ、クレアラはそのかたわらに座り、男の美しい体と、気だてのよさがにじみ出た顔をほれぼれとして見ている。ほかのことなど眼中にないようだ。川をさかのぼってゆくと、その日のテムズ川とわたしの記憶のなかのそれとのちがいがうすれてきた。というのも、かつては株式仲買人《コックニー》をはじめとする富裕層が建てたひどく悪趣味な俗物の別荘《ヴィラ》が、木々が枝を垂れる川岸の美しさを損なっていたのだったが、それをべつにすれば、田園の取り付きにすぎないこのあたりでも、テムズはいつも美しかったからだ。それで、美しい夏の緑のなかを舟がすべってゆくにつれ、わたしは自分の青春時代がよみがえった気にさえなった。あまりにも幸福なのでどこにも不都合など感じられぬ時分、舟あそびをよく楽しんだものだったが、そんな遠足に出かけているような気分だったのだ。(208／267)

テムズ川の遡行はせわしない都会から自然と一体化した生活圏へと語り手と読者を連れていきます。それは社会主義の理想をめぐる旅でもあります。大切なのは、それがディックとクレアラの若さを伴奏とすることです。そして語り手自身も青春と若さを取り戻していきます。都会の喧騒に疲れた生活からの一時的な逃避行は、若さを取り戻す旅でもあるのです。

モリスは社会主義の未来を若さに溢れた場として描きだしました。モリスが『ユートピアだより』を発表する一九世紀末は、ヴィクトリア朝の末期に重なります。広大な植民地運営と産業の発展によりイギリスが最も栄えた時代が終わろうとしていた頃です。モリスだけでなく多くの社会主義者が、弱者を搾取し、格差を拡大してしまった過去とは異なった路線で未来を描こうとしました。その可能性を託すために、社会主義者たちはその関心を子どもと若者たちに向けたのです（Gerrard 74）。

しかし注意が必要です。社会主義が若さを美化した世紀末は若者の非行が社会問題として認識され、またその健全な生育が喫緊の課題とされた時代でもあります。救世軍（Salvation Army）の創設者ウィリアム・ブース（William Booth）の『最暗黒の英国とその出路（*In Darkest England, and the Way Out*）』（一八九〇）は、様々な資料を用いて「国民の退化」を示し、そしてアフリカのようにイギリスも暗黒を抱え込んでいると警告しました（Booth 14-15）。ブースの念頭にあったのは、若者たちの不健全な生活と運動能力の低下でした。歴史家の井野瀬久美惠は、一八九〇年代は「フーリガン」という言葉が人口に膾炙《かいしゃ》した時代と指摘します。サッカーの試合に便乗し、「騒動を起こすものたち」と解されることが多いこの言葉は、そもそも街頭で群れて暴れる労働者階級の若者たちを指すものです（井野瀬 v-vi）。社会主義者が未来を美しく理想化された若さに託した背景には、若者の非行という社会問題があったのです。若者の非行という苦い現実が、若さを美化したといえるかもしれません。

この時代に若さに希望をみいだしたのは、社会主義者だけではありません。保守的な思想家も若さに託して自らの思想を訴えます。ボーア戦争の英雄ロバート・ベーデン＝パウエル（Robert Baden-Powell）は帰国後、祖国の若者の非行と身体の貧弱さを目の当たりにし、ボーイスカウトの設立を思い立ちます。「ボーイスカ

＊この作品の日本語訳は『ユートピアだより』（川端康雄訳、岩波書店、二〇一三年）を参照しました。引用部分の前後の文脈や、本書で論じている文脈に沿って、変更した箇所があります。

ウト読本」として知られるベーデン＝パウエルの『スカウティング・フォア・ボーイズ（*Scouting For Boys: A Handbook for Instruction in Good Citizenship*）』（一九〇八）には次のようにあります。

現代のわたしたちには愛国心がない、国民が利己的で怠惰になり、娯楽にしか関心がないため、大帝国ローマ帝国がそうであったように、わが帝国も崩壊するといわれています。しかし、わたしはそうは思いません。君たち若者が、国のためになることを何よりも優先して考えるなら、国はうまくいくはずだと信じています。しかし、君たちがそうしないのならば非常に危険です。海外には多くの敵がおり、かれらは日々勢力を増しているからです。（Baden-Powell 19）

軍人らしくベーデン＝パウエルの関心は列強同士の領土争いにあります。植民地争奪戦において必ずしも英国の優位とはいえない現状の打開を、かれは若者に託します。ボーイスカウトは若者の健全な精神と身体を育成することを目的にしました。その活動には軍事的要素はないとベーデン＝パウエルは言います（308）。しかしその背景に大英帝国拡張の欲望があったことは間違いありません。

モリスは社会主義の未来を、ベーデン＝パウエルは大英帝国の未来を、若者に期待します。それぞれが思い描く未来は異なります。国家や資本にたいする態度は正反対といっても過言ではありません。しかし、困窮した現実を乗り越える希望を若さにみいだしている点は一致しています。そして現実の若者たちから目を逸らす、あるいは無視をしている点も同じです。『ユートピアだより』で若さの象徴として描かれたディックとクレアラ、そして語り手の若返りは、社会主義を理念化したアレゴリーです。それはベーデン＝パウエルにも共通します。ボーイスカウトは少年たちを群れとみなし、管理するための手段であり装置です。「国家が強大となり繁栄するためには、充分な規律が必要である。集団の規律は、個人の規律によってのみ、それを得ることができる」（Baden-Powell 306）。そこでは個人が社会のビジョンのなかに溶解してしまうのです。

◎ ◎ ◎

若さや青春を美化するのは大人です。「未来は君たち若者の双肩にかかっている」。このような励ましはもはや古臭い表現かもしれません。しかしそのように言われたことがある人は、少なくないはずです。そしてこのような言葉に違和感を覚える人も多いでしょう。「あんたらの未来を押しつけられても」とむっとするかもしれません。

このような常套句にここでこだわるのは、青春を語る言説の特徴的な歪みがそこにあるからです。それは、個別的なものであるはずの若さという時間と、他人が勝手に思い描く未来が接合されることに起因します。この常套句は、大人たちが期待する未来を実現するエージェントとして若者を想定しています。その期待は若者本人の若さの実感を無視することで成り立っています。

若さは大人への入り口といわれます。大人として社会から求められるものと、現にある自分自身とのギャップに気づくタイミングです。人間の成長は、法や社会的慣習など外的な要因で計られることがあります。飲酒や結婚が許される年齢、選挙権が与えられる年齢、成人式などがそれに該当します。このような周囲からの認知とは別に、わたしたちは自身の内面における成長を自覚することがあります。若さと青春の悩みとは内的な成長と外的認知のずれに淵源《えんげん》をもつ場合がほとんどです。周囲からの期待の重み。成人し社会的責任を背負うことへの戸惑い。精神と肉体のアンバランス。大人としてみなされたいという焦り。そうみなされることへの不安。漠然と芽生える責任感とそれに付随する戸惑い。このような悩みと煩悶が青春という時間を特徴づけます。社会、世間、家族からの期待という抽象性と己の若さの実感が軋轢を起こす時期こそが若さです。

それはフランスが蝶の変態になぞらえて描く青春とは対極にあります。虫の変態にたとえられた青春は、内的な成長の自覚と外的な認知のズレを捨象することによって純化されたイメージです。翅しかないという蝶の様態は、現在を捨て別の次元に今にも飛び立とうとする状態を示します。それは死の一歩手前にある時間です。モリスの『ユートピアだより』でも若さは現実とは切り離された世界において実現します。

それにたいして本書は、若さや青春を、親密なものであるはずだった子どもの時間と、公的な責任を伴う大人の時間が折り重なるタイミングと考えます。両者の相克による緊張が高まる時期と想定します。周囲からの評価をどうしようもなく気にしてしまう若者の内面や、周りからの期待を充分に意識しながらも、その要請には完璧には従えない葛藤こそ、若さと青春の特徴です。そしてそのような葛藤や懊悩は、ふたつの世界、ふたつの時間の切断ではなく、その折り重なりによって生じることを銘記しておきましょう。

内在的な実感と社会的な責任が重層化する緊張感は子ども時代にも、あるいは大人になってもあるかも知れません。幼くても大人の期待、社会的な責任をひしひしと感じざるをえないときは確かにあります。また、大人は社会的な時間のみを生きているわけではありません。多忙ななかにもプライベートな、自分だけの時間を確保しようと努力する大人は多くいます。しかし、子どもと大人の狭間の時間にこそ、このような問題が先鋭化するということは許されるでしょう。己を実現したいという欲望と、周囲からの期待に応えなければという責任。個人と社会の相克こそが青春を特別な時間にするのです。

◉ ◉ ◉

このような問題は英文学においてどのように表されるのでしょうか。

一九世紀、大英帝国は多くの植民地を所有し、覇権国家と呼ばれました。海上交易で常に優位な位置を保持し、植民地経営の安定を図りました。最盛期の一九二〇年前後には、世界全土の二〇％以上を大英帝国が支配していました。

しかしその時代にはすでにその繁栄に陰りが見えはじめていました。一九〇五年、日露戦争で、大国ロシアはアジアの小国日本に敗北します。支配する国家と支配される場所のバランスが崩れ、新たな領土争いが勃発します。第一次世界大戦は、帝国主義の後始末とする見方もあります。イギリスでは「バルフォア報告書（Balfour Declaration）」（一九二六）により本国と自治領の関係が再定義されました。イギリスと自治領は帝国内において同等の地位を有し、従属関係は解消されます。「ウェストミンスター憲章（Statute of Westminster）」（一九三一）はそれに法的な根拠を与えたものでした。

第二次世界大戦のときは戦勝国側にいたイギリスですが、戦後は覇権国家の座をアメリカに譲ってしまいます。第一次世界大戦に続き、二度目の総力戦を戦った国民との約束として、「ゆりかごから墓場まで」というスローガンで知られる社会福祉サービスが導入されました。その頃から老大国という呼び名がイギリスにあてられます。それは多くの植民地を有する大英帝国の栄光を過去に、国内福祉の充実を図る国情を評価した言葉です。

本書は、このようなイギリス近現代史を背景に、若者の成長を描く文学を分析します。衰微する国家を立て直す期待と成長する若者の心身の緊張と軋轢をテクストにみいだしていきます。文学研究のテーマとして「若さ」や「青春」はそれほど目新しいものではありません。青春の眩さを描いた文学作品はジャンルを問わず多くあり、また研究も多くあります。具体的には、一九世紀に盛隆した教養主義小説の系譜が挙げられます。詳細は後述しますが、主人公の成長をとおして、社会への積極的な働きかけを促し、国民意識の高まりに寄与することが教養主義小説の役割のひとつといえます。若者の成長をとおして、国民国家の輪郭が明確になり堅固となる過程を照射するのが教養主義小説ならば、国民国家の形成と繁栄を裏づけるものとしてそれを位置づけることができます。誤解を恐れずにいうならば、教養主義小説は、国家の興隆に倣《なら》うように若者の成長を描出するジャンルといえるでしょう。

それにたいして本書が焦点をあてるのは、イギリス国家の衰勢期を反映するような、若者の成長の困難を描く文学です。前述したように、一九世紀末から二〇世紀の初めにかけてイギリスは徐々に国際的な影響力を失っていきます。帝国主義からの撤退とふたつの大戦を経て、国勢の低下が目に見えて明らかになるときに、教養主義小説的な成長の描き方は説得力を失っていきます。若者の成長のモデルとして国家の現状と行く末を頼りにすることができなくなるわけです。国勢が衰え、成長の指針とならぬとき、文学はどのような若者と青春を描くことができるのか、考えていきます。

◉　◉　◉

ここで本書の見取り図を示していきたいと思います。

序章では、本書の本論で扱う作品と比較するため、イギリスがまだ覇権国家であった一九世紀後半に発表された海洋冒険小説を扱います。海洋冒険小説は少年を主人公にします。これらの小説は、少年の健全な成長を前提にしています。健全とは体と心の成長が一致していることを示します。冒険が肉体的な成長を促し、それが植民地の拡張を正当化するレトリックを分析します。

第1部では、成長を止めてしまった若さを描く作品に焦点をあてます。心の成長と体の成長の一致しない若さが、ポイントになります。それは「大人になれない若者」の不甲斐なさを強調するのではなく、大英帝国の斜陽期を照出していることを論じます。

第2部は、第一次世界大戦と若者文学の関係を扱います。戦争がこれまでとは異なる成長の機会を若者に与えたことを証明します。戦争はイギリス社会を変えました。特に、世代と階級に関する伝統的な考えを変えてしまいました。第一次世界大戦が引き起こしたイギリス社会の変化を背景に、若者の成長の模索がどのように描かれるかをみていきたいと思います。

第3部は、第二次世界大戦後に実現した福祉国家における若者の表象を題材にします。脱階級化した社会において、父母のあとを追うようにして成長する物語は説得力をもちません。明確なロールモデルの不在において、若者たちの成長はどこに向かうのか、一九五〇年代の作家たちとともに考えていきます。

第4部は、福祉国家がもたらした消費文化と若者たちの成長の関係を分析します。自由に使える金を趣味や洋服に費やす若者は、消費によって個を実現していきます。消費が若者の成長に与える影響を、文学がどのように描いたかを辿っていきます。

◉ ◉ ◉

「歴史は勝者によって語られる」という言葉があります。誰のものかよくはわからないこの格言は、歴史が統一的で包括的な視座で編集されたテクストであることを示しています。歴史を編纂する権利は勝者にあるのは事実です。しかしこの場合の勝者は、戦争などの争いに勝ったものだけを指し示すわけではありません。国家や共同体を統治する支配者をも包含します。それならば、勝者の対義語は敗者とするだけでは不充分です。弱者や被統治者をも含まなければなりません。また大人とみなされていない若者も含まれます。

本書は歴史を背景に文学作品を解釈してきます。しかしそれはそれぞれの作品を歴史のなかに位置づけていくことではありません。勝者や権力者の編纂する物語から零《こぼ》れてしまう、小さくか弱いものの声の表現として、詩や小説、演劇作品を拾い上げていくことを、大人の未来に回収されない言葉を紡いでいくことを目指します。

序章

❖ 子ども

本書が扱う「若者」は子ども時代と大人時代を橋渡しする時間です。しかしそれは単純に両者を直線的に結ぶわけではありません。ここで簡単に若者文学の特徴を前置きとして挙げるならば、個人と社会の、保護と独立の狭間の、屈折した時間としての若さを描く文学ということができます。それは成長への疑いが生まれ、停滞した時間として青春を描出する作品です。

「若者」を論じるまえに、まずは「子ども」について考えてみましょう。誕生から大人へ続く成長のなだらかなプロセス。一七世紀くらいまでそれらを分割する明確な年代区分はありませんでした。最初に区分化されたのは子ども時代です。フィリップ・アリエス（Philippe Ariès）は『〈子供〉の誕生――アンシァン・レジーム期の子供と家族生活（*L'enfant et la vie familiale sous l'Ancien Régime*）』（一九六〇）のなかで、「子ども」は一七世紀以降に発見された概念であることを証明します。中世ヨーロッパでは、子どもは子どもとして認識されていなかったと言うのです。それまでは低年齢の人間は小さな大人、あるいは小さな労働者として考えられていました。子どもを大人と明確に区別し、社会が守るべきものと認めていなかったのです。医学、衛生学が未発達な時代にあって、出生時や出生後まもなく死亡する乳幼児が多く、子どもを保護するという考えが根づきにくかったのです*（Ariès 462 / 384）。

このような通念に異議を唱えたのはフランスの哲学者、ジャン＝ジャック・ルソー（Jean-Jacques Rousseau）です。『エミール（*Émile, ou De l'éducation*）』（一七六二）でルソーは次のように述べています。

> 人は子どもというものを知らない。子どもについてまちがった観念をもっているので、議論を進めれば進めるほど迷路にはいりこむ。このうえなく賢明な人々でさえ、大人が知らなければならないことに熱中して、子どもにはなにが学べるかを考えない。かれらは子どものうちに大人を求め、大人になるまえに子どもがどういうものであるかを考えない。**（241-42 / 上 18）

ルソーは個性を尊重し、自由主義的な教育観で知られています。引用部分でのかれの主張は、子どもは小さな大人ではないと概括することができます。両者を明確に区別することによって子どもへの正確な知識を得ることがルソーの目的です。

❖「子どもこそ大人の父」

一八世紀イギリスでは、子どもを学校に通わせることは親の義務ではありませんでした。一九世紀半ばまで学校に通っている子どもは全体の五割以下でした。学校教育は有料であり、その費用を捻出できるのは裕福な家庭だけでした。公教育という概念はなく、国家が教育にお金を払うことはなかったのです。博物学者のモリー・ハリソン（Molly Harrison）による『こどもの歴史（*Children in History*）』（一九五九）という本は、中世から一九世紀までのイギリスにおける子どもたちの生活を、豊富な資料を用いながら記述したものです。そこでは、経済的な余裕のあるものだけが、男子を私立学校へと通わせることができたこと（Harrison 102 / 270-71）、それ以外の多くの子どもは、大人と同じように一日一四時間から一六時間働かざるをえなかったことなどが伝えられています（113-14 / 279）。現代のわたしたちからすると残酷にみえます。しかし問題は、概念としてあるいはカテゴリーとして「子ども」が存在しなかったことにあります。つまり大人とは区別をして、保護しなければならない対象として子どもたちがみられていなかったことが問題なのです。

詩人ウィリアム・ブレイク（William Blake）は『無垢と経験の歌（*Songs of Innocence and of Experience*）』（一七九四）で、幼く無垢な子どもたちを描きます。例えば「煙突掃除の少年（"The Chimney Sweeper"）」では、母を亡くし、言葉もままならない頃に父によって売られ、厳しい労働を強制される男子の様子を描きます。純真な子どもが過酷な現実に晒《さら》される様子を描く詩は、その保護を訴えているようにも読めます。

子ども時代を神聖なものとして描いた詩人としてウィリアム・ワーズワース（William Wordsworth）がいます。「虹（"The Rainbow"）」（一八〇七）にかれの典型的な子どもへの見方がうかがえます。

わが心はおどる

……………………………………………………

＊この本の日本語訳は『〈子供〉の誕生――アンシァン・レジーム期の子供と家族生活』（杉山光信、杉山恵美子訳、みすず書房、一九八〇年）を参照しました。引用部分の前後の文脈や、本書で論じている文脈に沿って、変更した箇所があります。

＊＊この作品の日本語訳は『エミール　上』（今野一雄訳、岩波書店、一九八四年）を参照しました。

虻の空にかかるを見るとき。
わがいのちの初めにさなりき。
われ、いま、大人《おとな》にしてさなり。
われ老いたる時もさあれ、
さもなくば死ぬがまし。
子どもは大人の父なり。
願わくばわがいのち一日一日《ひとひひとひ》は、
自然の愛により結ばれんことを。*（Wordsworth 226 / 92）

ワーズワースがこの詩で焦点をあてているのは、子どもそのものではなく、大人が大事にもっている子ども時代の思い出です。ワーズワースは、子ども時代を大人の時間から切り分けています。しかしその思い出は大人になっても常に随伴します。どの年代になっても身近にある、携帯可能なものです。子どもの頃の思い出は、大人になっても常に回帰することのできる時間として聖別化されます。「子どもは大人の父」という逆説は、子どもの頃に戻りたいという大人の憧憬と現実には戻れないというアイロニーを含蓄しているのです。

❖教養主義小説

アリエスは「子ども」が明確に意識されるようになっても「青年期との区切りの曖昧さが残って」（18 / 31）いたといいます。そして近代の「青年（jeunesse）」像の最初の典型を作曲家ワーグナー（Wilhelm Richard Wagner）の『ジークフリード（*Siegfried*）』に求めます。『ニーベルングの指環（*Der Ring des Nibelungen*）』の一部であるこの音楽劇は、孤児ジークフリードが、かれの身に襲いかかる試練を通し、自らの出生の秘密を知り、大人へと成長していく冒険譚です。「（束の間の）純粋さ、身体的な力、自然さ、自発性、生きる歓びなどの混りあったものとして表現する最初のもの」とアリエスはそれを評価し、「若者の世紀（siècle de l'adolescence）である二〇世紀の主人公になる」（Ariès 19 / 32）と言います。

『ニーベルングの指環』が完全なかたちで初演されたのは一八七六年です。しかし文学史ではこのような成長物語の祖型はもう少し早い時期にみつけることができます。作家ゲーテ（Johann Wolfgang von Goethe）の『ヴィルヘルム・マイスターの修業時代（*Wilhelm Meisters Lehrjahre*）』（一七九六）が嚆矢《こうし》となり、一九世紀にはドイツ、フランスなどで、若者の成長に寄り添いながら社会の変化を描く長編小説が多く執筆されます。これは教養主義小説と総称されます。『ヴィルヘルム・マイスターの修業時代』では、主人公ヴィルヘルムがドイツ各地を遍歴します。演劇活動に携わりながら、様々な人間と出会い、共感と感性を磨くとともに、ドイツの国家としての発展を感じていきます。ヴィルヘルムが最愛の伴侶を手に入れたところで大団円を迎えます。

一九世紀イギリスでもこのような特徴をもった作品が発表されます。イギリス版教養主義小説の特徴は、階級を飛び終え、ジェントルマンになることを目指す若者を描くことです。ディケンズ（Charles Dickens）の『デビッド・コパフィールド（*David Copperfield*）』（一八五〇）や『大いなる遺産（*Great Expectations*）』（一八六一）、ハーディ（Thomas Hardy）の『日陰者ジュード（*Jude the Obscure*）』（一八九五）などがその代表例です。

英文学者ジェローム・ハミルトン・バックリー（Jerome Hamilton Buckley）は教養主義小説に関する名著『若さの季節（*Season of Youth: The Bildungsroman from Dickens to Golding*）』（一九七四）で、イギリスの教養主義小説の典型を、若者が成長し、作家、芸術家への自立を描くこととしています（13-14）。生まれ育った地域からの、少年の旅立ちと父からの独立、そして都市に出てジェントルマンになるという行程は、ときに経済的な成功への

＊この作品の日本語訳は『ワーズワース詩集』（田部重治選訳、岩波書店、一九六六年）を参照しました。

欲求に迷い込むこともありますが（17-21）、基本的には共感と他者への配慮を育む人間的な成長をゴールにします。ここで注意をしておきたいのが、このような教養主義小説の主人公の成長が、農耕から工業、商業へと経済的な足場を移そうとする、産業革命以降の国家の進展と軌を一にしていることです。教養主義小説は近代以降の国民意識の育成とともに、産業国家としての未来を映しだすものだったといっても間違いではありません。

ジョージ・オーウェル（George Orwell）が「チャールズ・ディケンズ（"Charles Dickens"）」（一九三九）のなかでディケンズについて次のように書いています。ディケンズは「社会機構の変革よりも精神の変革に注意を向けさせている」*（47 / 118）としています。ディケンズの小説は人間の道徳観の変化と成長に注視します。しかしだからといってかれが社会に無関心だと断定することはできません。オーウェルはディケンズの作品に一貫しているメッセージを次のようにまとめます。「人々が正しく行動すれば、世界は正しくなるだろう」（48 / 96）。個人と社会の有機的な関係が信じられている世界。それがディケンズの世界だと、オーウェルは言います。

例えば『オリヴァー・ツイスト（*Oliver Twist*）』（一八三八）は、一八三四年施行の「新救貧法（New Poor Law Act）」を背景にしています。一六〇一年施行の「救貧法（Poor Law Act）」はもともと老人や病人を救済するための法律でした。一八三四年の改正は、貧民への救済を制限し、少しでも働けるものは産業労働者とみなすものとしました。それは産業革命以降の産業界の労働力確保の要請に応えるものです。『オリヴァー・ツイスト』は、孤児が厳しい労働に晒される苦境を描くことで新救貧法の成立を暗に批判します。しかし政治的な力に訴えて制度を改善しようという動機は描かれません。ディケンズの作品では、劣悪な社会制度は市民の善良さによって補われます。いくら社会構造を変えても、人間の心が変わらなければ意味がない。むしろ人々の心を変えることによって世界は変わっていく。そして少年、少女の成長に、よりよき社会の実現が歩をあわせるのです。

ディケンズの小説をイギリスの教養主義小説の王道とするならば、それが描く「若さ」は、ワーズワースの「子どもは大人の父である」とは位相が異なります。もちろん対象とする年齢が違うのですが、なによりも、子どもと大人の関係が異なります。理念化された子ども時代は、そこに戻りたいけど戻れないという大人の憧れと諦めが作りだしたものでした。一方、教養主義小説の若さは、子どもと大人を接続する期間です。それは子ども自身の未来を照らしだすとともに、かれら彼女らの生きていく社会の未来をも照らしだすのです。

❖海洋冒険小説と『珊瑚島』

イギリス文学で少年の成長を描くジャンルとして、一九世紀後半の冒険小説を挙げることができます。冒険小説は、主人公の市民社会での経験をとおして国家の発展と軌を一にする成長を描く教養主義小説とは、区別されます。冒険小説の「冒険」は、日常の時間とは切り離された非日常の時間です。いつもとは異なった時間と空間が特別な体験を提供します。そのような非日常が少年の成長の場となります。

こうした冒険小説は多くの場合、本国から遠く離れた海や孤島を舞台にします。未開の地を探索し、宝を求める少年たちの冒険が描かれます。この精神は、新たな領土を求め植民を繰り返すイギリス帝国主義の精神と一致します。海洋冒険小説を読み、冒険心を刺激された少年が、イギリスの領土拡張を応援したことは想像に難くありません。

この時代を象徴する海洋冒険小説を多く残した作家としてバランタイン（R. M. Ballantyne）がいます。異国の地、特にヨーロッパから遠く離れた未開の場所での経験を、少年たちが成長の糧にするというプロットが特徴です。バランタインの代表作『珊瑚島（*The Coral Island: A Tale of the Pacific Ocean*）』（一八五七）は、西洋が後進国

＊この作品の日本語訳は「チャールズ・ディケンズ」横山貞子訳（『オーウェル評論集3――鯨の腹のなかで』川端康雄編、平凡社、二〇〇九年）を参照しました。

にたいして優位性を確立していくプロセスと、少年らの成長が見事に重なりあっていく物語です。

語り手は一五歳のラルフ・ローバー。ラルフが語るのは、一八歳のジャック・マーティンと一三歳のピーターキン・ゲイとの三人で繰り広げる冒険です。船が太平洋沖で難破しますが、三人の少年は辛くも生き残り、無人島に辿り着きます。資源豊富なその島で少年たちだけで楽園のような生活を送ります。しかし二組の部族が相次いでその島を訪れ、部族間抗争の場にしてしまう事件が起こります。後半は珊瑚島から海賊船まがいの商船に連れ去られたラルフの苦難を描いていきます。この小説の最後を飾るのは、少年たちの、アバティと呼ばれる少女の救出劇です。

少年たちの冒険は南洋の島々を舞台にします。南洋はイギリス植民地政策の重要な拠点でした。一八四〇年、イギリス政府とマオリ族のあいだで締結された「ワイタンギ条約（Treaty of Waitangi）」によって、ニュージーランドの主権はイギリスに移譲されました。イギリスは当初の保護の約束を裏切り、植民化を進めるようになります。一八六〇年から七二年まで、マオリはイギリスの植民地化に抗うために戦争を遂行しますが、敗れたマオリ族の社会はほぼ崩壊してしまいます。この地域の植民化の成功は、イギリス一九世紀後半の帝国主義の礎になります。

『珊瑚島』は部族間抗争の野蛮さを強調します。それは少年たちの振る舞いとは明確に区別されます。優生学的な偏見をここにみつけることはさほど難しくはありません。興味深いのは、部族間の抗争から女性と子どもたちを助けたあとに、ラルフが年少のピーターキンの成長に気づくというタイミングです。

このかわいそうな野蛮人たちが僕たちの元を去ったあと、僕たちはかれらについて長く頻繁に会話をしていました。そこで僕はピーターキンの態度がずいぶん変わったことに気がつきました。かれは、以前よりも単純に明るくなくなったわけではなかったけれど、明るくしゃべる頻度は少なくなりました。言葉遣いはともかく、かれの態度には深い真剣さがあり、ジャックと僕には、かれが数日のうちにふたつ年をとったようにみえました。(188)

普段経験できないような体験は、かれらの人生に新しいリズムを刻み込みます。野蛮な争いを続ける部族の男たちの未発達で幼い精神とは対比されるように、少年たちは成長するのです。種の違いが明白になり、その差異を背景に、個の成長が確認されるのです。

今確認したように、『珊瑚島』では、時の経過と成長が主観的に認識されます。どれだけの時間が経過したのか、曖昧な場面が多々あります。左の箇所はその典型です。

このあと何ヵ月も僕たちは島で途切れることのない調和と幸福のなかで暮らし続けました。ときにはラグーンで釣りをしたり、森のなかで狩りをしたり、山の頂上に登ったりしました。それは、通りかかるかもしれない船に合図するためだとピーターキンはいつも主張していました。でも、僕たちは誰ひとりとしてこの囚われの身から解放されることを望んでいなかったことは確かです。僕たちはとても幸せだったし、とても若かったので、一、二年、ここで過ごしたってなんともないとピーターキンはよく言っていました。まえにも言ったように、ピーターキンは一三歳、ジャックは一八歳、僕は一五歳でした。しかし、ジャックは年の割に背が高く、強く、男らしく、二〇歳といわれてもおかしくありませんでした。(168)

ストレスのない幸せな時間。それが永遠に続けばいいと少年たちは願います。時間が止まったような永遠の現在は、逆接的に、少年たちの成長を促していきます。海洋冒険小説は日常とは異なった時間を提供するのです。「何ヵ月も」経っているにもかかわらず、少年たちの年齢は変わらず、しかし体は逞しさを増していきます。

時計の針はカチカチとなっているけれど、どれだけ時間が経過したのかわからない、そんなふうに時が流れています。海と島は、大人たちの日常とは区別された子どもたちの場所を確保します。隔絶された空間が、子どもたちの心身の成長に寄与するのです。

『珊瑚島』は少年たちの成長を描きます。しかしそれは時間軸では計測されません。これに関して、エドワード・サイード（Edward W. Said）の次のような指摘が参考になります。「わたしたちは小説のプロットと構造を、主に、時間によって構築されていると考えることに慣れっこになってしまい、空間や地理や位置の機能をみすごしてきた[*]」(84 / 1: 168)。サイードはこの指摘を、「結婚や財産の『制定』が最終的な目標となる中心的人物たち」を描くジェイン・オースティン（Jane Austen）の小説『マンスフィールド・パーク（*Mansfield Park*）』（一八一四）を論じている箇所でしています。この小説のヒロイン、ファニーの成長は「彼女自身の貧弱な経験の枠内ではとても望めない」庇護者、外部の権威を必要とします（85 / 1:169）。一九世紀、女性の行動範囲は狭く、得られる経験も限定的でした。『マンスフィールド・パーク』では西インド諸島にある地所が重要です。それがもたらす利益がファニーを取り巻く人間に大きく作用するからです。しかし地所に赴き、管理をするのは男性の役目です。彼女は自分の運命の鍵となる領地に直接働きかけることはできないものの、外部の権威を通じた領地の変容がファニーの成長に寄り添うのです。

海洋冒険小説もまた、時間ではなく、空間的、地理的な軸に沿って展開するジャンルといえます。『珊瑚島』の少年たちの成長は、かれらの行動範囲の拡張に比例します。『マンスフィールド・パーク』のファニーと異なるところは、ラルフらの少年は、直接的な経験を得ることができる点です。未開の地を自ら探検し、新しい地平を自分たちの目で眺めることができます。そのような経験が、行動範囲の拡張を示し、少年たちの成長の証左となります。一九世紀は、このような冒険と経験を女性が得ることは難しい時代でした。海洋冒険小説は男子特権的ジャンルだったといえます。

❖ 観光

『珊瑚島』は海難事故、絶海の孤島、食人民族との遭遇などダニエル・デフォー（Daniel Defoe）の『ロビンソン・クルーソー（*Robinson Crusoe*）』（一七一九）以降の海洋小説の要素を備えています。しかし、それらの系譜と一線を画す特徴は、少年たちが溌剌《はつらつ》とし、決して悲観しないことです。事故と遭難にもかかわらず、かれらは陽気さを失うことはありません。児童文学だからといえばそれまでですが、そのような明るさを担保する歴史的な条件があります。マーティン・グリーン（Martin Green）の指摘を参照してみましょう。「十九世紀中頃には冒険は、観念的な意味においてではあるが、少年にとっての最上の（という唄い文句付きの）教育の一部となっていた。我々は、幻想諸島をめざした地球規模の冒険運動場すなわち観光産業の時代の入り口に立っているのである」**(Green 116 / 163)。『珊瑚島』で、無人島に漂着して以降の少年たちの活動は教育と観光を兼ねたものでした。多少の苦難は描かれますが、最終的には少年たちの成長を促す機会に転じます。

グリーンは海洋冒険小説を観光産業と結びつけています。一九世紀後半は観光産業が興隆した時代です。近代ツーリズムの祖トマス・クック（Thomas Cook）はレスターからラフバラーまでの団体旅行を企画し、数百人の乗客を引率します。一八四一年に行われたその旅行は世界初の団体旅行として記憶されています。その後クックは、ロンドン万博（一八五一）、パリ万博（一八五五）にあわせて団体旅行を企画しその射程を広げていきます。当初は禁酒運動に従事していたクックの目的は、飲酒に代わる娯楽として、旅行を手軽なものにすることでした。そしてそれは徐々に娯楽以上の価値を帯び、教育的な効果も期待されるようになります（本城 74）。

＊この作品の日本語訳は『文化と帝国主義 1』（大橋洋一訳、みすず書房、一九九八年）を参照し、独自に翻訳しました。

＊＊この作品の日本語訳は『ロビンソン・クルーソー物語』（岩尾龍太郎訳、みすず書房、一九九三年）を参照しました。

本書との関連で無視できないのは、トマス・クック社とイギリス帝国主義の関係です。一八八四年、エジプト領のスーダンで起こったマフディーの反乱を鎮圧するために、イギリスは陸軍のチャールズ・ゴードン（Charles Gordon）将軍を派遣します。スーダンの首都ハルツームで包囲されたゴードン将軍のもとに軍需物資などを輸送する任をクック社が担ったのです。「クック社は大英帝国の栄光を維持し拡大するために結構協力している。戦争はビジネスと見事に両立するわけであり、大英帝国の勢力圏の拡大と並行して、クック社も勢力を拡大していくことになる」（本城 186）。このように黎明期の観光産業は帝国主義の興隆をサポートしました。『珊瑚島』の少年たちの冒険が観光に比較されるのは、このような背景があるからです。

❖ 教育と冒険

グリーンはまた冒険小説の島々を少年たちの成長を促す「運動場」と評します。それは教育の一部でありながら、教室で行う勉強とは当然ながら区別されます。

イギリスにおいて近代教育が整備されるのは一九世紀後半から二〇世紀前半にかけてです。一八七〇年に「初等教育法（The Elementary Education Act）」が制定され、六歳から一三歳の子どもの就学義務や公費による初等学校の設立、維持が規定されました。

このような法案と政策をとおして「子ども」が概念化されてきます。先述したとおり、それまで子どもの養育は各家庭の問題であり、プライベートな事案でした。初等教育法の施行は、子どもたちの養育と教育が国の責任となったことを示します。

冒険小説はこのような教育の国策化とどのような関係にあるのでしょうか？『珊瑚島』と並ぶ、海洋冒険小説の代表作のひとつが、ロバート・ルイス・スティーブンソン（Robert Louis Stevenson）の『宝島（*Treasure Island*）』（一八八三）であることはいうまでもありません。それは、ジム・ホーキンズという少年が、ひょんなことから入手した地図を手掛かりに、伝説の海賊、フリント船長たちが隠した財宝を探すために大西洋のある、骸骨島と呼ばれる孤島に向かう冒険物語です。ジムの仲間は、リヴジー医師、地方郷士のトリローニ、スモレット船長らです。かれらは宝探しのため、ヒスパニオーラ号という船を購入し、船員を数人確保します。しかしコックとして雇ったロング・ジョン・シルバーは、フリント船長のかつての仲間でした。シルバーは海賊の残党とともに宝探しをシージャックしようとします。ヒスパニオーラ号はイギリス社会の縮図です。リヴジーやトリローニはすでに初老の支配階級で、ある程度の経済的余裕があり、宝探しは余暇として行います。海賊らは働き盛りの労働者階級で、一攫千金を求めています。

このような多彩な仲間と繰り広げる冒険物語の構造において注目したいのは、作者スティーブンソンの名で記された「買おうかどうか迷っている人に（"To The Hesitating Purchaser"）」という前書きです。

もしも船乗り言葉で語られる船乗りの物語が
風と冒険が　炎熱と酷寒が
帆船が　島々が　孤島に置きざりにされた男が
海賊や埋蔵財宝が
そして往古から語りつがれた
あのいにしえのロマンスが
かつて私を魅了したように
私より優れた今の若者を魅了するなら
よろしい　お買いなさい

もしもそうでないなら
勉強第一の今の若者が
もはや往時の渇望を持たず
キングストンや、勇者バランタインや
森と湖のクーパーに憧れぬなら
それもまたよろしい
それなら私と私の海賊仲間は
それらの作者と作中人物がよこたわる墓に
とっとと退散しよう*（Stevenson 4 / 5）

詩になっているこの前書きの前半は『宝島』のストーリーの予告です。後半はそれが属するジャンルを明示します。バランタインと並んで言及されるキングストン（W. H. G. Kingston）はイギリスの、クーパー（James Fenimore Cooper）はアメリカの冒険小説作家です。海洋冒険小説の代表的な作家名とそこに頻出するモチーフを列挙することで、スティーブンソンはこれから始まる物語をしかるべきジャンルに位置づけ、読者を導きます。そしてそれに読者が惹かれないのならば、筆者はおとなしく墓場で眠っていようと言います。

この「前書き」は本屋で読まれることを想定し、本の購入を宝探しになぞらえています。文学作品がマーケットでやりとりされることを強く意識しています。一九世紀末には、児童文学の市場が形成されていました。そのような条件を意識してこの前書きは書かれています。購入を勧める言葉は、「冒険小説」と「勉強」を対比します。後者を選択するならば、この本は書棚に戻せというのです。このような対比は、先述した初等教育法の成立を背景にしています。義務教育が実施され、広く与えられた教育機会に、冒険が対置されるのです。勉学による立身出世と冒険による一攫千金。もちろん後者は実際に宝探しの冒険をすることを促すのではありません。児童文学という娯楽の冒険へとスティーブンソンは誘うのです。

ところでこの初等教育法はあまり評価がよくありません。『タイム・マシン（*The Time Machine*）』（一八九五）や『宇宙戦争（*The War of the Worlds*）』（一八九八）で知られる作家H・G・ウェルズ（H. G. Wells）は一九三四年発表の自伝で次のように述懐しています。「わたしが生まれた頃、世界に出現した新たな体制は、普遍的な初等教育の必要性を意識させていた。識字率の低い国は外国人との競争で不利になるということが、支配階級のあいだで認識されていた」（Wells 60）。一八六六年生まれのウェルズが四歳のとき「初等教育法」が制定されました。その背後には海外列強との競争があったことをかれは指摘します。

一方でウェルズはそれが従順で扱いやすい子どもを育てる目的があったと述べています。

> 初等教育法は、普遍的な教育を共有するための法律ではなく、下層階級を下層階級の職業に留めるための教育法であった。大学の教養をもたない、レベルの低い教員を特別に訓練し、その教育にあたらせるためのものだった。（68）

質の悪い教員による教育は、詰め込み教育と体罰の横行を許します。その結果、従順で聞き分けのいい子どもが多く教育されます。それは、上流、中産階級による労働者階級の支配を容易にします。初等教育法は結果として、階級階層の保持に貢献したのです。様々な階級と年代の大人たちと交流した、『宝島』のジム・ホーキンズがこのような世界に馴染《なじ》めないことは容易に予想できます。

＊この作品の日本語訳は『宝島』（村上博基訳、光文社、二〇〇八年）を参照しました。

ここで『珊瑚島』に戻りましょう。物語が始まるまえに、小説の語り手であるラルフ・ローバーの署名入りの「前書き」が置かれています。それは『宝島』の「買おうかどうか迷っている人に」と奇妙な類似を示しています。

ここに書かれている素晴らしい冒険を経験したとき、わたしはまだ少年でした。少年時代の思い出を胸に、この本を特に少年たちに贈りたいと思います。かれらがこの本のページから貴重な情報や多くの喜び、大きな利益、そして限りない娯楽を得ることを切に祈念します。

もう一言。憂鬱で不機嫌がちで、楽しみの領域に共感しながら入ることができない少年や男性がいたら、わたしの本を閉じて片づけるように真摯に忠告したいと思います。これはそのような人のためのものではありません。(Ballantyne XXX)

物語が始まるまえに、語り手が登場し、物語の世界へと読者を誘います。買い手を読者として迎え入れようというのです。すでに大人になっているラルフが少年時代の冒険を回顧し、その喜びを現代の少年たちに分け与えるという設定が明らかになります。

重要なのはその冒険が「楽しみの領域(the regions of fun)」と定義され、真面目さや深刻さとは無縁なものとされている点です。『珊瑚島』と『宝島』は冒険を教育とは別の領域で展開します。隔離された時間と空間が子どもたちに自由な遊戯を保証します。そしてその遊びの延長線上に、大英帝国の未来が置かれるのです。

初等教育法が従順な市民を育成し、階級の保持に向かうのにたいして、冒険は一時的に子どもたちを階級から解放します。冒険は、教育とは異なる成長の途を、特に少年たちに拓くのです。しかし『珊瑚島』と『宝島』は子どもたちの本国への帰還によって結末を迎えます。それが例証するとおり、海洋冒険小説では、少年たちの非日常的な冒険が、たいていは日常のなかに回収されて終わります。そして冒険をとおしての成長が海外領土拡張の比喩として機能しているならば、初等教育法の主旨と大きく外れることはないのです。

⦿
⦿
⦿

歴史家のエリック・ホブズボーム（Eric Hobsbawm）は「長い一九世紀」という歴史観を提示します。テーマごとに時代を区切ったときに、フランス革命の始まった一七八九年から第一次世界大戦が勃発する一九一四年までをひとつの時代とみなします。革命の嵐が吹き荒れ、ナショナリズムの高まりにより国民国家が形成される「革命の時代」（一七八九―一八四八）。産業革命によりインフラの整備が進み、また貿易により、ブルジョア経済が形成される「資本の時代」（一八四八―一八七五）。そしてブルジョア経済の推し進めた世界的な交易が競争を産み、世界を分割していく「帝国の時代」（一八七五―一九一四）とホブズボームは歴史を整理します。

このような時代区分に海洋冒険小説をあてはめてみましょう。海洋冒険小説は成長を描くという目的を教養主義小説と共有します。しかし、描かれる成長の工程は大きく異なります。苦難と試練を経て大人になるフォーマットに特徴づけられる教養主義小説は修養を前提としました。主力産業形態の変化に応じて、若者の成長を国民意識の育成と併せて描く教養主義小説は「資本の時代」の文学といえます。一方、海洋冒険小説は、非日常での遊びと冒険をとおして子どもたちの成長を描きます。少年たちの孤島の冒険を描く海洋冒険小説は「帝国の時代」の文学と位置づけることができます。

海洋冒険小説において少年たちの冒険はかれらの成長の糧になります。かれらの非日常は日常に回収されていくのです。しかし、世紀末以降の「帝国の時代」の後半には、このような直線的な成長のモデルにあてはまらない作品が発表されはじめます。それは、子どもと大人を単純に接続しない、あるいは開いてしまった非日常が日常にうまく回収されない、そんな作品です。そこでは成長を疑うような、成長を阻むような時間が前景化します。「はじめに」で述べたように、本書は若さや青春を、親密な子どもの時間と、公的な責任を伴う大人の時間が折り重なり、緊張が高まる時期と定めます。それまで過ごしてきた日常が非日常的なものに強引に繋げられ、歪みが生じる時間です。精神的な成熟と肉体的な成長が一致しない、奇妙な時間。一九世紀の終わりから、このような青春を描く作品が増えてきます。本書はこうした作品を英国若者文学の端緒と考えます。これらはどのような時代の産物なのでしょうか。どのような状況を予見しているのでしょうか。

第1部　帝国の時代

イギリス文学研究者のジェド・エスティ（Jed Esty）は『季節はずれの青春（*Unseasonable Youth: Modernism, Colonialism, and the Fiction of Development*）』（二〇一一）のなかで次のように指摘しています。

バルザック、トルストイ、〔ウォルター・〕スコットが一九世紀の世界システムにおける国家危機への具体的な意識をとらえたものだとすれば、コンラッド、ジョイス、ウルフは、二〇世紀の世界システムにおいても残る国家の危機への具体的な意識をとらえている。モダニストの時代のブルジョア小説は、最終的に（遅ればせながら）不均等な近代化のナラティブを、国家の枠組みからグローバルな枠組みへと移行させたということが可能である。（36-37）

国家の時間とグローバルな時間。一九世紀の作家たちは前者の立場に立ち、グローバル化の波に呑まれようとする国家の危うさを描く傾向にあります。それにたいして、二〇世紀のモダニズム作家は前者と後者の緊張関係、あるいはその移行を見届けていると、エスティは指摘しているのです。エスティは世紀末から一九二〇年代を、国家資本主義からグローバルな資本主義への移行期としてとらえます。グローバル化の波は、イギリスを取り巻く国際的力学を変化させます。それにあわせるようにして、成長物語も変わるとエスティは言うのです。このような構図を本書の第1部は利用します。しかし細部を微調整することが必要です。というのも本書は、国家とグローバル化の関係においてではなく、帝国主義の衰退が、青春と若者の描き方にどのような影響を与えるのか、という観点をとるからです。

第1部で扱う問題を垣間見るために、ここではジョゼフ・コンラッド（Joseph Conrad）による『青春（*Youth, A Narrative*）』（一八九八）という中編小説をみてみましょう。エスティはこの作品には軽く触れているだけですが、本書の設定する文脈においてとても重要な作品です。『青春』はコンラッドの代表作『闇の奥（*Heart Of Darkness*）』（一八九九）に繋がる作品です。マーロウという名の船乗りが、パブで仲間たちと酒を飲みながら、二二年まえ、かれが二〇歳だった頃の航海の思い出を語るという設定です。その冒頭には「この物語はイギリス以外では起こりえない。そこでは人と海が深く交じりあう」（Conrad 139）という一節から始まります。イギリスが海洋国家であったという歴史を思い起こさせて作品は幕を開けます。語り手はマーロウです。パブで杯を酌み交わしながら、仲間たちに思い出を話す設定になっています。

バンコクへ石炭を運ぶ貨物船の二等航海士として雇われた若き日のマーロウは、乗り込む予定の老船に愛着を覚え、出航することを心待ちにします。しかし船は度重なる故障に見舞われなかなか出発できません。やっと出航しても何度もボヤを起こし、最後はインド洋で炎上してしまいます。しかしマーロウはその困難ゆえにこの船のことを忘れることができません。

青春！　その力強さと信念、その想像力！　僕にとってその船は、石炭を運ぶため、世界を放浪する老いぼれのガラクタではない。僕にとって人生の努力、試練、挑戦だったのだ。僕は船のことを喜びと愛情、そして後悔とともに思い起こす。まるですでに亡くなった、愛する人を思うように。あの船のことは決して忘れまい……酒をくれ。（146）

ここで老船は「彼女（she）」と呼ばれ、愛する人にたとえられています。それを思い起こすときには喜びと愛情、そして後悔が随伴します。かつて親密だった女性を思い起こすような口調でこの船について語ります。マーロウの老船に向ける感情は明らかに性愛的なものです。なによりも重要なのは、「青春」

という言葉が間投詞として掲げられ、その力強さと想像力が賞賛されていることです。それは「酒をくれ」というため息交じりの言葉が示す、中年男の悲哀と対照を形成します。

　この老船はかつて航海術と海軍力を誇ったイギリスの衰退を示しています。中年に差しかかったマーロウは、自らの失われた若さをその老船に重ねあわせているのです。この中編小説は以下の文章で締め括られます。

> わたしたちはみな、かれの話に頷いた。財務畑の男、会計担当の男、法律関係の男がいた。磨き上げられたテーブルの表面が茶色い水面のように、しわくちゃになったわたしたちの顔を映しだしている上で、わたしたちはかれの話に頷いた。わたしたちの顔には、労苦、欺瞞、成功、愛が刻まれていた。わたしたちの疲れた目は静かに見つめていた、ずっと見つめていた、人生からのなにかをみいだそうと心配そうに見つめていた。期待されつつも、過ぎ去ってしまったもの、見えないところに逝ってしまったもの、ため息ときらめきのなかで、青春と力強さと、空想を愛するロマンスとともに過ぎ去ってしまったものをみいだそうと。(170)

このテーブルに集うのは金融関係や法律関係の男たちです。その男たちの疲れた様子は、イギリスがすでに斜陽であり、明るい未来が描けないことを示しています。語り手たちはマーロウの思い出話に共感し、失われたものの大きさに思いを馳《は》せます。男たちは、そこにはないなにかを見つめています。それは決して明示されません。「なにか」としかいえないものです。期待されながらも、過ぎ去ってしまうもの、「青春」や「力強さ」など若さが象徴するものとともに消えていってしまうものです。

　マーロウの過去を見つめる視線に去来するのは、おそらくはポンコツ老船の無様な冒険でしょう。実はそれはさほど美しい思い出ではありません。しかしそれが青春に重ねあわされるとき、美化されます。ここで強調されるのは遠いものとなった過去の栄華ではなく、ありもしなかった栄光に縋《すが》ってしまう男たちの寂しい現状です。「青春」は、具体的な思い出ではなく、惨めな過去でも美化してしまう掛け声のようなものです。そのように声に出さなければ、消えてしまうようななにかです。

コンラッドの『青春』は『珊瑚島』などの海洋冒険小説のパロディとして理解できます。その違いは、作品あるいは作家の個性の違いだけに還元することはできません。それぞれの作品が前提にしている歴史認識の違いと語りの構造の差異が明らかだからです。海洋冒険小説の少年の成長は帝国主義の興隆を背景にしていました。また『珊瑚島』も『宝島』も、語り手が自らの少年時代を思い起こす回想構造をもっています。思春期と青春を語り直すことで、冒険がともに再体験され、帝国の栄光という遺産と共有されるのです。

他方コンラッドの『青春』は、青春とともに蘇る思い出が、脚色され、美化されがちであることに意識的です。「青春」は過去を語る際のレトリック、それを美しくしてしまう魔法です。そしてその青春の回顧は、帝国主義の季節が遠く過ぎ去ってしまったことを示唆します。

本書の第1部は、帝国主義と若さの新しい関係を模索した作品を、帝国主義の拡張が望めない時代の青春の表現を扱います。そこではもはや若さは純粋、純潔、無垢、健全の象徴ではありません。また青春は目に見えるような成長を伴わないこともあります。序章で扱った海洋冒険小説は、少年を主人公にしていました。身体的な成長と精神的な成長の一致が、わかりやすく表象されるからです。一方、第1部で論じる作品は、「ピーター・パン」を除き、少年よりも年上の世代が主人公です。それは心身の成長の不一致を描きやすいからです。このような若さはどのような時間のなかにあり、どんなリズムを刻むのか、考えていきたいと思います。

第1章　夢と地理学

ラドヤード・キプリング「ブラッシュウッド・ボーイ」

❖思春期

「思春期（adolescence）」という言葉が学術的に定義されたのは実は比較的最近のことです。歴史学者ジョン・スプリングホール（John Springhall）は、一八九〇年以前、イギリスでは、「思春期」という言葉がきちんと定着していなかったことを指摘しています（Springhall 9）。一九〇八年に制定された「犯罪予防法（Prevention of Crime Act）」は、「ボースタル（Borstal）」と呼ばれる矯正施設の運用を定めた法律として知られています。ここでは、一六歳から二一歳未満の若者に、「若年成人（juvenile-adult）」という新しい年代区分を設け、罪を犯した場合でも処罰よりも、矯正と更生の機会を与えることを明文化しました（渡邊 90）。

もちろんそれ以前に思春期の若者は存在しなかったというわけではありません。今も昔も若者は存在していました。イギリスで「思春期」というカテゴリーが明確に輪郭づけられたのがこの時代だということです。そして「思春期」がある程度定式化されたとき、その隣接概念もまた整備されていきます。

思春期が概念として定式化されるのは二〇世紀初めのアメリカでのことです。アメリカの心理学者G・スタンリー・ホール（G. Stanley Hall）は、思春期に関する初の体系的な研究書『思春期（*Adolescence*）』（一九〇四）で、この時期の重要性を唱えます。ホールは思春期を「子ども時代と結婚適齢期のあいだの保護期間（probationary period）」（II: 529）と名づけます。この期間、若者たちはあらゆる煩いが免除されるべきであり、この時間を長く確保することが大切だと主張するのです。若者の緩やかな成長を見守る大人の配慮がうかがえます。それと同時に、思春期は結婚し、家庭をもつまえの猶予期間と考えられています。つまりこの時期が重要なのは、個人の成長よりも種の繁栄の基礎となっているからです。

ホールの議論で興味深いのは、若者の成長と民族の歴史を相関的なものととらえている点です。

> 子どもと種は互いの鍵であると考え、わたしは、想定しうるあらゆる段階の系統的説明を絶えず提案してきた。〔中略〕幼少期と青年期を、種の発展とより関係づけることの重要性とともに、次のような確信も高まってきた。つまり、ここでのみ、わたしたちは、家庭、学校、教会、および文明全般における早熟化傾向にたいする真の規範をみつけうるという確信と、また、個と種における抑圧と遅延を、診断し、測定するための基準を確立しうるという確信である。（I: viii）

若者の自由な時間を尊重する考えは、アメリカ社会が成熟しているからこそ生まれてくる発想です。一方、個々人の人生そのもののなかにその民族の歴史が凝縮しているというホールの考えは「反復説（recapitulation theory）」と呼ばれます。個体発生が系統発生に準じるというその考えは、個人の成長の領域を限定します。人は自分自身であるまえに、民族の代表であるわけです。

ホールは思春期にふたつの時間をみいだします。個人の成長の過度期と国家の未来です。その考えは、これから覇権を握ろうとするアメリカの趨勢を感じます。しかし、すでに帝国主義全盛時代を過ぎたイギリスでも、若き男子の成長期に国家や民族の未来をみるような言説が生まれます[★1]。

序章でみた海洋冒険小説では、日常とは隔絶された島と海の時間と空間が少年たちの成長の背景となりました。かれらの自由な冒険の延長線上に、帝国主義の未来はありました。一方、現実において、少年たちの成長と能力を管理し、そのエネルギーを国家に役立たせるための社会制度も整備されていきます。「初等教育法」がその象徴でした。そのような制度の一端を担っていたものとしてパブリック・スクールがあります。

❖パブリック・スクール

歴史研究家のC・ジョン・サマービル（C. John Sommerville）は、イギリス社会では一八世紀頃まで職業選択という概念が希薄だったことを指摘しています。子どもは親の仕事を継ぐか、用意されたポストに就くことが前提とされていました。特に労働者階級の子どもは一〇歳から一二歳のあいだに奉公に出て、大人の社会の戦力になるための用意をしていました。しかし一八世紀から一九世紀にかけて熟練職業が徐々に減少し、徒弟《とてい》制度も廃れていきます。その代わりに、職業選択の自由という考えが共有されるようになったとサマービルは指摘します。

職業選択が多様化したのに加え、教育制度の拡充が子ども時代と大人時代の距離を広げていきます。ところでサマービルは、一八世紀後半にラグビー校やイートン校などのパブリック・スクールの生徒たちの反乱が相次ぎ、軍隊が鎮圧のために出動したという事件に着目します。なぜこれが重要なのでしょうか。若者たちが連帯し、大人たちへと反抗を企てたこの事件は、新たな年代区分の確立への世代間闘争だったからです。

一九世紀の間に幼少期は思春期と呼ばれるものに延長され、ティーンエイジャーは成長期の緊張とストレスに集中させられた。若者たちは、自分たちの成長に集中しているあいだ、より大きな社会への参加は阻まれた。しかし、この変革のほぼ最初期から、若者のなかには、自分たちの新しいステータスが権利の喪失を伴うことに気づくものがいた。(Sommerville 212)

子どもから大人へと向かう時代の細分化から生まれた「思春期」は、大人になるための猶予期間であったといっていいでしょう。社会的、経済的な責任は免除され、大人の世界を、少し距離をとってみることが許される年代です。しかしそのような猶予にたいして社会参画が阻まれたととらえる若者がいたのです。

一方で、思春期や青春という時間を社会制度のなかにきちんと位置づけようとする試みも行われます。一九世紀後半の社会的動向に関して、文学研究者のダン・ランダル(Dan Randall)の説明を参照してみましょう。

子ども時代という既に存在していた神話と理想は、子どもを、社会のダイナミクスのなかに位置づけ、役割を与える。それは帝国主義の精力的な拡大の欲求と密に関連して、再編成、最構築された。このプロセスのなかで重要な表象として確立されたのが、思春期の少年である。それは社会文化的な願望と不安が集中する表象であり、そこでは、国内の社会の進展と海外での帝国主義の使命という二重の賭けがなされた。(Randall 57)

大人への反抗へとエネルギーを提供した思春期は、社会改革と帝国主義のミッションのための人材育成プランに再編されていきます。若く健康な男子の育成は、植民地の統括に必須であったのです。

もともとパブリック・スクールはラテン語やギリシャ語の習得を基礎に据えた教養教育の場でしたが、自然科学と実務的知識の習得を目指した新教育制度が導入されていきます。新教育の大きな目的のひとつは植民地を運営し、大英帝国の基盤を担う人材の育成でした。パブリック・スクールにおける新教育の導入は、世代間闘争のエネルギーを植民地統治に向けることを企図したといえます。

文学作品としてはトマス・ヒューズ（Thomas Hughes）の『トム・ブラウンの学校生活（*Tom Brown's Schooldays*）』（一八五七）がパブリック・スクールでの少年たちの成長を描いた作品として有名です。寄宿舎の共同生活での、生徒同士の喧嘩や友情をとおして、少年たちの成長とそれを見守る教師の関係が描かれます。

この小説は、トムがパブリック・スクール時代を回顧する構成になっています。学校時代の思い出が語られるまえに、ブラウン一家の歴史を概括し、トムが生まれ育ったバークシャー地方の美しい自然と人々と風俗を懐かしむ文章があります。鉄道の開通によって国内だけでなく国外旅行も容易《たやす》くなった時代の若い読者に向けて、「君たちは若いコスモポリタン、すべての地域に所属するけど、どの国にも属さない」*（5／上15）と語りかけるとき、バークシャー人を自認するトムと作者トマスは、自分たちとコスモポリタン世代の意識の違いを明らかにします。

このような地元愛、ローカルな文化への愛着は学校生活の描写にも浸透しています。しかしトムが薫陶を受けたパブリック・スクールは地元を愛すること、イングランドの伝統を守ることの大切さを教えるだけではありません。若者たちの目を海外に向けることにも注力しています。トムの親友イーストには、卒業後、インドで連隊に入り、植民地統治に貢献する未来が用意されます（265／下188）。トムはコスモポリタンとは距離をとりますが、パブリック・スクールが植民地主義の人材育成の場であることは認識しています。

当初は敵対関係にあったトムと校長ですが、最後にトムは校長の懐の広さに胸をうたれ感服します。そのこ

＊この作品の日本語訳は『トム・ブラウンの学校生活　上下』（前川俊一訳、岩波書店、一九五二年）を参照し、独自に翻訳しました。

とを描く場面は、成長と戦争を関連づける非常に興味深い表現がされています。

かれ〔トム〕はあらゆる点で兜を脱いだ。敵は進行してきた。騎兵として、歩兵として、砲兵として、陸上輸送隊として、従軍者として進行してきた。八年かかったが、その成果は徹底的なものだった。校長を信じないところはトムには一片もなかった。（268／下194）

校長の人間性と寛容を理解したことが、トムの成長を確証します。『珊瑚島』とは違い、少年たちの成長は教師との関係において、学校の管理下において確かめられます。成長の表現でなによりも興味深いのは、トムが校長の寛大さに圧倒されるさまが、戦争と軍隊の比喩で語られている点です。人間性に感服することが、兵力でねじ伏せられたと表現されています。トムの心は校長に植民されたといってもいいでしょう。このような教師と生徒の関係が、イギリスと植民地の関係の雛形として提示されたことは明らかです。

❖地理的観察

ラドヤード・キプリング（Rudyard Kipling）は帝国主義を背景に若者の成長を描く作品を多く残しています。パブリック・スクールを舞台にしたものもいくつかあります。キプリングはイギリス統治下のインド、ボンベイ（今のムンバイ）で生まれ育ちます。のちに教育のため本国イギリスに帰り、総合軍学校（United Services College）で学びます。一八七四年に新設されたこのパブリック・スクールでは、生徒の多くが士官の子弟でした。そのような経験は、かれの作品に色濃く反映されています。

キプリングと帝国主義であれば、まず思い浮かぶのが『キム（*Kim*）』（一九〇一）です。一九世紀後半、中央アジアにおける英露の領土争奪戦を背景にしたこの長編小説に関しては、サイードのポストコロニアリズム的批評が有名です。キプリングのオリエンタルな人々の表象がステレオタイプ化していること（Said 135 / 1: 253）、インドはイギリスに支配されるべきであることを疑わないこと（146 / 1: 269）などが指摘されます。しかしサイード自身が躊躇しているように、『キム』だけを読み、キプリングを帝国主義者と即断することは間違いです。本書で注目したいのは、サイードが次のようにまとめたキプリングの少年表象の特徴です。

少年は、人生と帝国のふたつを、神聖不可侵の掟によって統治されるものと考えるべきである。また帝国への奉仕は楽しむべきものである。そして奉仕は、線的で継続的で時間的な物語として考えるよりも、多元的で不連続で空間的な遊び場として考えたほうがずっと楽しい。（138 / 1: 256-57）

帝国は、綿密に計画され徐々に発展していくものというよりは、その場その場の突発的な即興によって発展していくという考えが、キプリングの小説にはあります。だからこそ、少年が帝国拡張の物語の主役に据えられます。イギリスがインドを統治し、帝国を拡大することと、キムの心身の成長がパラレルな関係にあるというサイードの指摘を、わたしたちは出発点にしたいと思います。

キプリングが総合軍学校で送った学園生活は、のちにかれの創作の源になります。『ストーキーと仲間たち（*Stalky & Co.*）』（一八九九）はその代表例です。キプリング自身をモデルにしたビートルとその仲間たちが主人公の連作ものです。巻頭に収められているのは「ストーキー」という短編です。寄宿舎を囲む農場の主たちにいたずらを仕掛ける悪ガキたちの悪知恵と大胆さが存分に描かれる作品です。しかし、そこにはかれらの将来を先取りするような描写が忍び込んでいます。

三人の少年は牧場門の近くにいた。そこは耕作地の境界を示しており、ノーサム・ヒルらバロウズに向けては牧草地が広がっている。くしゃくしゃ髪で眼鏡をかけたビートルは湿った柵木のあちこちで臭いをかいでいる。マクタークは、ひとつの足からもう一方の足へと体重移動をしながら、水がどちらの足跡に流れていくのか観察をしている。コークランは芝地の斜面にもたれた姿勢で口笛を吹き、霧のなかを見通そうとしていた。

大人や判断力のあるものならば悪天候と呼ぶだろうが、この学校の少年たちは、気候に関する国家的重要性についてはまだ学んでいなかったのだ。(Kipling, *Stalky* 12)

三人の少年はこれからいたずらを仕掛ける敵地を観察します。霧荒む風景を凝視するコークランは、のちにリーダー格と認定され、その称号として「ストーキー」と呼ばれるようになります。かれらのいたずらは真剣なものになっていきます。領域を確定し、視界をクリアにしようとする記述にも、いたずら/戦いに挑む用意周到さがうかがえます。天候が国家の利害に関わるという説明は明らかに軍事的な場面を想定しています。これらの若者たちにはまだそのような狡知《こうち》はありません。しかしかれらが近い将来、英国を背負って植民地に立つ姿が透けてみえます。

『ストーキーと仲間たち』の一四の短編は三人の学校生活からストーキーのインドでの軍隊生活へと時系列に配置されています。しかしそれが少年らの精神的、肉体的成長と一致しているかというとそうではありません。かれらの学校生活にはすでに軍隊的規律が入り込んでいます。

ストーキーらの遊びにはさりげなく気象学、地理学、測量などの知見が忍び込んでいます。『キム』でも、主人公の少年キムは数学に秀でており測量と地図制作に長けているところが示されます。「羅針盤と水準器とまっすぐな目を持って国じゅうを歩きまわっていれば、できあがった地図で銀貨がどっさりともらえる」*(Kipling 16: 374 / 174)。帝国主義の拡大を支える技能として、測量と地図の重要性が述べられています。

❖『珊瑚島』の地理学

ここでバランタインの『珊瑚島』に少しだけ戻りましょう。少年たちが難破し漂着した島について、ラルフが説明をする場面です。

> 心は幸運に満たされ、僕たちは軽やかで活発な足取りで丘の急斜面を登っていきました。頂上に到着すると、新たな、多分もっと大きな展望が僕たちの視線をとらえました。ここは島の一番高いところではなく、その先にもうひとつ丘があり、その丘と僕たちが立っていた丘のあいだには広い谷があることがわかったのです。この谷には、最初の谷と同様に、豊かな木がたくさんあり、濃い緑、薄い緑、重くて厚い葉、軽くて羽毛のように優美な葉が生い茂っていました。一方、多くの美しい花が虹色に染まり、谷に花々の庭のような外観を与えていました。そのなかには、黄色い実をつけたパンノキや、たくさんのカカオナッツの木がありました。丘の側を押し下げて谷を越え、すぐにふたつ目の山に登りはじめました。山は頂上近くまでは木々に覆われていましたが、頂きは剝きだしで、いくつかの場所ではひび割れていました。
> (Ballantyne 45)

ラルフと仲間たちは落ち着いて島を探索し、詳細な自然観察を冷静に行います。慌て取り乱すことなく、身の周りに広がる空間を分析し、言葉にしていきます。このような観察と分析と表現を支えるのが一五歳にしては広範な植物の知識と地理の秀逸な描写です。

＊この作品の日本語訳は『少年キム』（斎藤兆史訳、晶文社、一九九七年）を参照しました。

克明な描写はラルフが植物学の知識と地理学的感覚をもっていることを示唆します。そのような感覚は島の全体把握を可能にします。実際にかれは次のように続けます。

ここは島で一番高いところで、そこからは、まるで地図のように王国が広がっているのが見えた。僕はいつも物事を全体的な把握をせずに理解することは不可能だと考えてきたので、島のことを描写するあいだ、読者の皆様には少し辛抱をお願いしたいと思います。(47)

山頂は、島を見渡すパノラマ的光景を少年たちに与えます。その光景は「王国」と称され、そのパノラマは「地図のよう」と比喩されます。ラルフたちは島の所有権を宣言するのです。

キプリングの冒険小説の主人公たちもまた地理学的な知見をもっています。バランタインの描く少年らの冒険をサポートした地理学的知見との違いは、前者が明確に教育の一環として供されている頃です。一八七〇年から第一次世界大戦が始まる一九一四年頃まで、地理学は、王立地理学会(The Royal Geographical Society)を中心に、軍事、統治を目的として体系化されていきます。それは植民地開拓の必要に応えるための政策だったのです。一八九六年から会長を務めていたクレメンツ・マーカム(Clements Markham)の発案で学位の授与が始まります。この学問に国家的な権威づけがなされるのです。学位授与の案件の原案は以下のようなものであったようです。

(1)野外でのプリズムコンパスと平板の使用
(2)六分儀、望遠鏡付き測量器の使用と調節
(3)月と星の位置、月による星の掩蔽、土星の惑星の食などによって時間、方位、経度の判断

（4）望遠鏡付き測量器と回転速度計を使用してのトラバース測量
（5）直角三角計を使用しての高度と距離の決定
（6）以上の判断結果を決定するに必要な計算
（7）地球上の様々な地域での掩蔽の状況の予測（qtd. Collier and Inkpen 103）

同時代の地理学の状況についてキプリングがどれだけ知悉《ちしつ》していたかはわかりません。しかし地理学的見識はかれの描くパブリック・スクールの生徒たちの日常に確実に浸透しています。地図制作と測量はキプリングの少年たちを大人の世界へと導き、また帝国主義を支える力を養うための階梯《かいてい》です。それはかれらの視野を広げるとともに、大英帝国の領土の拡張にも貢献します。

❖「ブラッシュウッド・ボーイ」の地図と領土

ここでは、キプリングの短編「ブラッシュウッド・ボーイ（"The Brushwood Boy"）」（一八九五）を分析の対象とします。帝国主義の時代に、若者が思春期を自覚し、成長を認知することの困難を考えていきましょう。「ブラッシュウッド・ボーイ」は短い作品ながらも、大英帝国の拡張にたいするキプリングの複雑な態度が露呈しています。

「ブラッシュウッド・ボーイ」がキプリングの作品のなかでも特異な点は、地理学的な知見の限界が問題となっているところです。主人公ジョージ・コターの三歳から二五歳になるまでの成長を軸にストーリーは展開します。品行方正でスマートな少年が、サンドハーストというパブリック・スクールに通い、植民地インドで兵士として活躍をする物語といえば、他のキプリングの作品と同様に、帝国主義のモラルを前景化するものと考えてしまうかもしれません。ところがこの短編は、帝国の領土拡張とは一致しない少年の成長が描かれているのです。

主人公のコターは夢みがちな子どもです。三歳からみはじめた夢は、かれの成長とともに細部が変更していきますが、基本的には一貫した設定をもつ冒険譚です。「警官」など抑圧的な存在とともに、コターと同年齢の少女も夢に現れます。この夢はコターがサンドハーストに入学すると途切れてしまいます。夢の世界を切断するのがパブリック・スクールという男性的な世界であることは象徴的です。

夢の代わりにコターがサンドハーストで得るのは、男たちの友愛と絆です。かれはスポーツをとおしてフェアネスを知り、先輩からは信頼を、後輩からは賞賛を得ます。そのコターの背後には常に男性指導者の影響があります。

> 彼の背後には、余り近寄らない程度に賢明で手加減を知り尽くした校長が控えていて、蛇の知恵と鳩の従順を忠告し、ジョージ〔・コター〕に直接の言葉でなく暗示によって「少年と男は一体であり、一方を扱えるものは他方もコントロールできるものだ」ということを悟らせたのだった。* (Kipling 6: 337 / 193)

コターは校長に見守られながら少年たちの集団を統率していく術を覚えていきます。コターはここで集団統治の手段を学び、男性性を共有していくのです。少年と大人の男が一体であるという校長の言葉は、少年のなかに強く従順な兵士の萌芽をみつけ、それを順調に育成させていくことの重要性を示しています。

この引用のすぐ後に次のようにあります。「大英帝国の組織的な維持のために彼はインドに派遣された。彼は下士官の生活（一部屋と牛皮のトランクだけ）に深い孤独を味わった。所属の兵営の新しい生活を一から学んだ」(338 / 194)。パブリック・スクールと帝国主義は連携し、男子に成長の途を提供します。原文は“[t]he regular working of the Empire shifted his world to India”とあり、少年は、ベルトコンベアで移動する部品のように、パブリック・スクールからインドへと運ばれると表現されます。

インドでもコターはレスリングなどのスポーツと身体鍛錬をとおして周囲の支持を得ていきます。体育会系的規律はパブリック・スクール時代から体得されたものでした。それは、兵士の成長を帝国の拡大に寄り添うように導きます。ここでさりげなくコターの孤独が言及されますが、その言葉の意味は徐々に明らかになっていきます。

『ストーキーと仲間たち』や『キム』と同じく、「ブラッシュウッド・ボーイ」でも測量と地図は重要な鍵となっています。植民地でのダンスパーティの誘いを断り、コターは上官と「ストップウォッチ、コンパスを片手に、四インチ地図の上」で戦術ゲームを楽しみます（342／200）。その他にも測量と地図への言及は頻出しますが、その多くは奇妙な状況で使われます。サンドハースト入学以降途絶えていたコターの夢の世界がインド赴任後に再開されます。夢でかれは「三〇マイル・ライド」、「未知の大陸」など様々な領土に分割された空間を冒険します。その夢の世界が測量と地図によって分節化されるのです。「凪いだ静かな水面に足を着けた途端に、地図が広がる音がして、それは地球の第六区域に変化した。そこは人間の想像力が遠く及ばないような海域で、黄色や青の島々の表面には文字が連なっていた」（344／202）。コターが踏みだした足は、地図を広げるきっかけになり、区画整理された虚構の二次元を出現させます。色分けされた場所と文字は明らかに帝国主義の版図のアナロジーです。ここでは、そのような版図にコターがとらわれてしまったかのような印象を与えます。

キプリングは「ブラッシュウッド・ボーイ」創作のため地図を自筆しています。それはコターの夢の世界を

＊この作品の日本語訳は「ブラッシュウッド・ボーイ」『キプリング短編集』所収（橋本槇矩訳、岩波書店、一九九五年）を参照しました。引用部分の前後の文脈や、本書で論じている文脈に沿って、変更した箇所があります。

図案化したものです（【図1】）。それに対応するように左のような文章があります。

> しかしほんの少し遠方にサンドハーストの地図制作法に従った記号の川や山がある旧世界が見えた。百合の水門の人が未踏の領域を越えてやってきて彼を導いた。二人は手に手を取って逃走し、峡谷に跨る路まで辿りついた。その路は崖縁を走り、丘を貫いていた。（344-45 / 203）

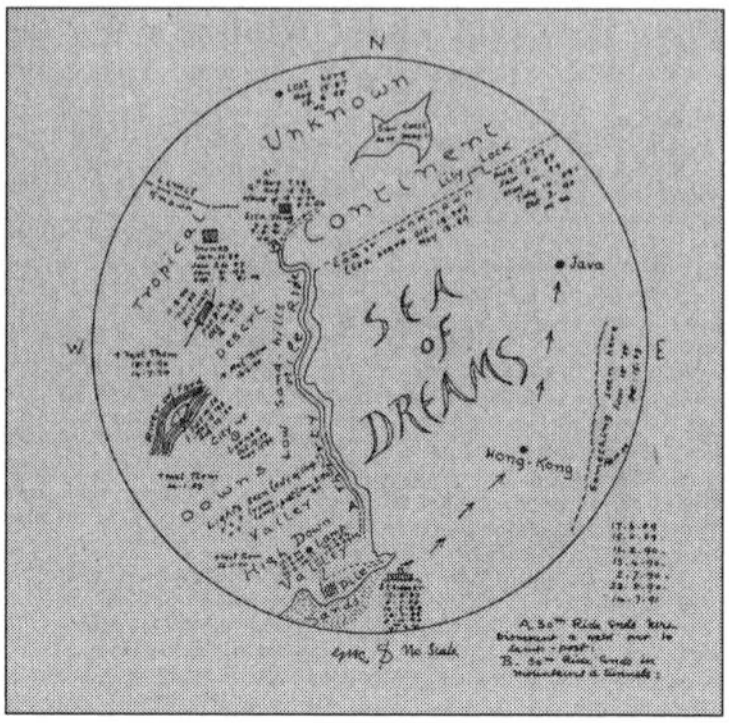

【図1】ラドヤード・キプリング自身が作図した「ブラッシュウッド・ボーイ」の夢の世界の地図

これもコターの夢の世界の描写です。そのような光景は、サンドハーストで習得された測量と地図製作の産物です。コターはその世界をリリーロックという少女の手を取って逃げようとします。ところがふたりはなにから逃げようとしているのかよくわかりません。測量と作図によって作られた世界から脱出しようとしているようです。

パブリック・スクールからインドへの途は、コター少年の精神的、肉体的成長の礎を提供します。しかし帝国の拡大維持という公の使命とは別に、夢の世界にはまだ作図化されていない、未踏の地が残っていることが示されます。それはかれの精神世界に未開拓なところがあることを示唆します。そここそがコターの冒険の真の対象なのです。

❖母親と息子の帝国主義

コターの成長はアンバランスなものです。パブリック・スクールからインドへと向かう男子友愛の世界では模範的な振る舞いをみせる一方で、夢はコターのなかに未開発な部分があることを示しています。それはかれの女性関係に原因が求められます。

まずはコターと母親の関係をみてみましょう。インドから帰ってきたコターが母親と仲睦まじく会話をする場面は異様な雰囲気を湛えています。

しばらくして母親が寝具をかけにやってきた。彼女はベッドに腰を下ろした。ふたりが、母親と息子らしく話し合う様は帝国の未来にとって理想の姿だった。単純な女の深い知恵を働かせて、母親はいろいろと質問をし、しかるべき答えを仄めかした。しかし枕に横になったジョージの顔には予想したような表情は現れなかった。彼は瞼を震わせることもなく、息をはずませることもなく、質問に臆することなくずばりと答えた。彼女は彼にお休みといいながら、（世の常識から見れば、必ずしも母親の物ではない）息子の口にキスをした。彼女は後に夫に何か伝えたが、彼は「そんな馬鹿な」と、疑いの笑いを浮かべた。（355／218）

二五歳の息子が横たわる寝台に母親が腰かけ、会話をする様子が、帝国の未来と重ねられます。その後の母親の問いかけはとても艶めかしいものである一方、コターの回答は率直単純なものです。最後に母は息子にキスをします。ずっと母親のものであるとは限らないという常識の挿入句は、母子の非常識的な関係を仄めかします。近親相姦を思わせる親密さは、コターの性的な未熟さを際立たせます。キプリングは、驚くべきことにこのような男子の未成熟さこそが、帝国の礎というのです。

コターの未熟さは別の女性との関係でも確認されます。インドから故郷へと戻る船上でコターはミセス・ズレイカという年上の女性と仲良くなります。ミセス・ズレイカの母性的な気配りは徐々に恋愛感情へと変わります。しかしコターはそのような変化に全く気づきません。「彼女は彼の話が本当であると確信した。夫人は再び、母親代わりの立場に戻った。（ジョージはそもそも彼女が母親の立場を離れたことに気づいていなかったのだが）」（351／212）。コターの性愛的未成熟は、周囲の女性を母親化してしまうようです。それがかれを繭のように囲い、少年のままで保護しておくのです。コターの孤独に言及した部分がありました。それはパブリック・スクールからインドへと赴任するかれの道程を修飾する言葉でした。寄り道に逸れることのないコターの成長が母性を引きつける一方、真の友情や愛情を寄せつけないことを、孤独という言葉は示しています。それは、かれが帝国主義の歯車となる過程で、内面を深化させる人間関係を育む機会を奪われている状態のことです。

　ミセス・ズレイカとのエピソードのあと、コターは夢のなかで少女に再会します。その容姿を描出するところで珍しい記述があります。「掻き上げられた額の生え際がV字になった黒髪の女性」（352／213）。「V字」は“widow’s peak”の訳です。これは髪を上げて結ったときに額にできるV字の生え際のことです。女性のV字の生え際が「未亡人」に結びつけられるのは、夫を亡くした寡婦がそのような髪形をする風習があったからです。インドから帰国し実家でくつろぐコターは、両親からミリアムという女性を紹介されます。コターは彼女が夢のなかで出会っていた少女だと知り、ふたりは急速に魅かれあっていきます。面白いことに、現実のミリアムにもV字の生え際が観察されます。「額のV字の切り込みの豊かな黒髪は後ろに梳かれている」（362／228）。「未亡人の生え際」に関連し、英文学者の橋本槇矩は興味深い指摘をしています。「‘widow’s peak’から、寡婦であったヴィクトリア女王を連想するのは、彼女がキプリングの詩で‘The Widow at Windor’（「ウィンザーの寡婦」）と呼ばれていることからも自然だろう」（橋本 246-47）。この類推を敷衍《ふえん》していくならば、母性本能を引きだすコターの未熟さは、女王陛下を仰ぎ見る従順さの表現と理解することができます。しかし一方で、夫を早くに亡くす予兆である「未亡人の生え際」が、運命の少女ミリアムにも発見され、彼女がコターの運命の女性ならば、それはコターの夭折《ようせつ》を暗示することを忘れてはいけません。

❖ 夢の測量

実家で休養するコターは、近くの川に釣りに出かけます。少年時代の遊びに耽る牧歌的な場面ですが、その描写には非常に巧妙な仕掛けが隠されています。

水域は厳格に保護されていた。二度目の投げ込みで四分の三ポンドの大物が掛かったのでジョージは作戦を練り始めた。彼は下流に向かって投げ込んでいった。葦やシモツケソウの背後に屈んだり、カジノキの生け垣と細い踏み跡のある土手の間に隠れた。彼には鱒が見えるが、鱒のほうは彼と背景の区別がつかないように。川面に張り出した木の茂みの下のざら瀬の作る波の縞模様に青い浮きを振り込むために腹這いになった。（359／223）

コターが川に釣り針を投げ込み、鱒を釣り上げる場面は「作戦を練る（campaign）」という言葉で表現されます。それは「軍事行動」を表す用語です。腹這いになるコターの様子は軍事演習を想起させます。また、「鱒」の視点を想定し、視線を反転させるところに着目しなければなりません。そこからみたとき、コターは周囲に溶け込んでしまって見えるといいます。図と地の関係が逆転し、かれの存在がここで現実の重みを失ってしまったかのような印象を与えます。

現実と夢が混在し、故郷の風景と植民地での訓練が入れ代わってしまったような居心地の悪さ。それはこのあとも続きます。コターは「カラス貝を漁るカワウソ、ブナの森の端でクローバーを食べるウサギ、野ネズミを襲う警官のような白フクロウをびっくりさせながら」釣りを続けます。「警官」はコターの子どもの頃の夢に頻出した存在でした。それがここで現れることは、夢と現実がはっきりとした区別を失ったことを示唆します。軍事用語によって表現されている以上、釣りはコターの少年時代を思い起こさせるわけではありません。

いやむしろ、かれの少年時代がすでに軍隊への長い助走となっていたといえるかもしれません。釣りからの帰り道も戦いの比喩で表現されます。

彼は回り道をして家に入った。屋敷の掟や（他の事項では刻々と破っていたにしても）、少年時代の規律は堅く守ったからである。釣りの後では南の庭園の裏ドアから入り、外の洗い場で身体を洗い、着替えてから目上の人の前に姿を見せる。これが掟である。（359 / 224）

家に入ろうとする際に、コターが少年時代から続けている習慣が解説されます。「回り道をして」と訳されている部分の原文は“fetched a compass”です。字義どおり訳すならば「コンパスを取ってくる」となります。もちろんそのような訳は間違いです。しかしキプリングはそのような字義的な読み方を誘発するような文脈を意図的に用意しているようにも読めます。ここで、慣れ親しんだ実家周辺を、帝国主義的知識を獲得する装置であるコンパスで測量することが示唆されるのであれば、本国と植民地の関係が逆転しています。

夢と現実が入り交じり、インドでの光景とイングランドでの景色が明確な境界を失う場所にコターは置かれています。コンパスは植民地開拓を下支えする測量の道具であり、パブリック・スクールから軍隊へとキャリアを進める男子必須の用具でした。しかしここでは自宅に入るまえ、これから女性を紹介されようとするタイミングでこの表現が使われます。そしてこの女性こそが、コターの夢の冒険に随伴していた「ブラッシュウッド・ガール」（362）、つまりミリアムであることがわかるのです。

◉ ◉ ◉

コターは体育会系的規律と地理学的知識によって帝国主義に貢献します。かれは優秀な兵士ですが、戦いの大義はかれの知悉するところではありません。その純粋さは植民地主義を疑わない無識でもあります。測量と地図制作という手段は、帝国の維持と拡張という本来の目的ではなく、コターの夢の世界の構築にも寄与します。そして植民地の現実と夢の世界は明確な境界を失います。

他方、母性愛はかれの純粋さを保持すると同時に成長を抑圧します。かれの女性との未成熟な関係が、帝国の不吉な未来を描きます。それは男子の成長と帝国の拡張の並行関係の綻びを顕在化します。コターの成長が内面の成長を伴わないものであること、そしてそのアナロジーとしての帝国の発展が空虚な拡張に過ぎないことを暗示しています。「ブラッシュウッド・ボーイ」のアイロニーは、未成熟と初心さが帝国主義を推進する原動力であることを示す点です。

キプリングが「ブラッシュウッド・ボーイ」を書いた一九世紀末は、ジークムント・フロイト（Sigmund Freud）が精神分析に関する画期的な研究を発表しはじめた時期でした。「ブラッシュウッド・ボーイ」が発表された一八九五年には、ヨーゼフ・ブロイアー（Josef Breuer）との共著『ヒステリー研究（*Studien über Hysterie*）』が上梓されています。コターには確かに精神的な抑圧兆候があり、かれの夢は精神分析の解釈を誘っているようでもあります。

しかし、本章の目的は、キプリングがフロイトの研究を意識しており、それを作品に活用したと主張することではありません。「思春期」が発見された一九世紀末に、帝国主義の拡張に吸収されない若者の成長の可能性への探求が、夢の世界へと向かったと考えるべきでしょう。

コターは周囲の期待を意識することがありません。家族や学校の先生、軍隊の上官の期待と自分の意志の齟齬を感じないのです。それは帝国主義的論理を完璧に内面化しているからです。夢の世界はコターのそのような内面に裂めをうがちます。キプリングは大英帝国を賛美するような詩や小説を多く残していますが、かれの態度は不変であったわけではありません。「ブラッシュウッド・ボーイ」はキプリングの密かな一面を示す、稀有な作品といえます。思春期のエネルギーを体育会系ディシプリンに変換し、帝国主義を維持、拡張するための基礎を築く組織としてのパブリック・スクール。「ブラッシュウッド・ボーイ」はパブリック・スクールから始まる帝国主義へのベルトコンベアからの隘路《あいろ》を示した作品でした。

★1　イギリスで似たような考えを提唱したのが、人類学者フランシス・ゴールトン（Francis Galton）です。しかしその理論の一部は現在ではあまり信頼されていません。特にかれの提唱した優生学は人種差別の根拠にもなったため、学問として顧みられることはほとんどありません。優生学は社会改良のひとつと考えられています。労働環境と教育の整備は生活環境を改善し、よい社会を目指しますが、優生学は生物学的な改良、つまり種の管理による社会改善を企てます。具体的にいうならば、優秀な血を発見しその子孫を多く大事に育てる一方で、劣等種を見つけ排除することです。ゴールトンの考えを端的に表す論文として「遺伝する才能と性格（"Hereditary Talent and Character"）」（一八六五）があります。そこには、優生学のお決まりの文言が並んでいます。知識と技術の進歩によりある種の混沌状態が世界を支配していること。そのような難局を乗り切るためにはリーダーシップが必要であり、そのような人材の育成が急務であること。このような考えの裏側に、白人による劣等種支配の正当化があることは疑いようがありません。ところでこの論文の第二部に成長に関する興味深い議論があります。

アングロサクソンよりも下等種族の子どもの方が早熟であることがある。それは生後数週間の野獣の方が、同じ年齢の子どもよりも確実にもの分かりがよく、成長がはやいのと似たようなものである。しかし年を追うごとに、高等種族は進歩を続け、下等種族は徐々に進歩を止めてしまう。かれらは大人の男性の情熱をもっているが、心のなかでは子どものままである。顕著な才能は一般的に未熟な年頃に現れるが、長い間発展し続ける。最高等人種の最高等の精神は、最も長く少年時代を過ごした人たちにあり、年若い頃に成功したものではない。死亡率の高さは貧困層の子どもたちを取り巻く問題である。このような貧困層の子どもは早熟な家庭の一員であり、幼少期から賃金を稼ぐことができる。そのような子どもたちは競争相手よりも明らかに有利といえるかもしれない。全体として、かれらは他の人々が死んでしまっても、生き延び、似たようなものを繁殖させる。しかし、このような早熟さが種族にとって好ましくない場合、つまり、早熟に発育が早期に止まり、早めの老年期が続く場合、現在の産業文明は、人間の様々なかたちで早熟を奨励することで、種を劣化させている。(Galton 326)

無理に成長を促さず、子ども時代をきちんと確保し、精神的な成長と肉体的な成長のバランスをきちんととってあげよう、民族の繁栄に繋がるからという主張です。子どもの健全な育成を促す考え自体は問題があるように思えません。特に子どもを労働力とみなしたような一九世紀英国の社会状況に照らしたときに、このような勧告はとても有益なものです。

しかしゴールトンの優生学思想を考慮したとき、この議論が少し不気味にみえます。下等種族、貧困層は心と体のバランスを欠いているが生命力は逞しく放っておくとどんどん繁殖して社会に害を与える。このような種を管理するために、アングロサクソンに代表される高等種族は、長く少年時代を担保し、階級上位者へと人材を供給しなければならないと、ゴールトンは仄めかしてようにも読めます。

第2章　帝国主義の美学
オスカー・ワイルド『ドリアン・グレイの肖像』

❖『ドリアン・グレイの肖像』

本章で取り扱うのはオスカー・ワイルド（Oscar Wilde）の『ドリアン・グレイの肖像（*The Picture of Dorian Gray*）』（一八九〇）です。そこではロンドンを舞台に、美貌の青年ドリアン・グレイの行状が描かれます。かれは一〇代後半のとき、友人の画家バジル・ホールウォードに肖像画を描いてもらったことをきっかけに、年をとらなくなり、そのときの若さ、美しさを死の直前まで維持することになります。カリスマ的魅力を放つヘンリー・ウォットンの影響を受け、反常識的で堕落的生活を送るようになるドリアンは、ロンドン中の注目を集めるようになってきます。そんななか女優のシビル・ヴェインと恋に落ちるも、すぐに飽きてしまい、無慈悲な捨て方をします。その結果、シビルは自殺してしまう。悪徳を重ねるドリアンですが、その容姿は変わらぬまま。その代わりに肖像画のなかの姿が醜さを増していきます。

前章では、キプリングの作品を通じて青年期の未成熟がイギリス帝国主義の停滞を表していると考えました。

成長を止めたドリアンも大英帝国の限界あるいは衰退を指していると考えられます。ドリアンは孤児です。貴族ケルソーの美しい娘マーガレット・デヴァルーが、貧しい兵士と駆け落ちして生んだ子どもです。それを気に入らなかったケルソーは乱暴者を雇いマーガレットの夫を殺害させます（Wilde, *Dorian Gray* 39 / 71-72）。先祖の資産とマーガレットの美貌を受け継ぐドリアンの血筋には、祖父の下劣さも忍び込んでいます。このようなドリアンの生まれは、イギリスの婚姻状況の悪化を示しています。ドリアンの血筋が紹介されたすぐあとに、イギリスの女性よりもアメリカの女性と結婚したがるイギリス人男性が増えつつあることが話題になります（40 / 73）。経済力の推移によって覇権がアメリカに移り、世界の中心が移動しつつあることが暗示されます。

通例、孤児の物語には父親代わり、母親代わりの存在が現れます。ディケンズの作品が特徴的です。疑似親子関係においてよき市民に成長する子どもがイギリス社会の成熟を示します。ドリアンにとってはヘンリー・ウォットンがそれにあたるのかもしれません。しかしヘンリーが導くのは悪徳の道です。社会的な責任や政治的使命から免責されたドリアンの世界。そこでかれは成長を止めます。それは未熟とも異なる、奇妙な時間にドリアンを留めます。

❖都市というモンスター

冒頭近くには次のような記述があります。「ヘンリー・ウォットン卿はペルシアの鞍袋《サドルバック》でできた長椅子に寝そべり、いつものように際限なく煙草を吸いながら、ちょうど、蜂蜜のように甘く、色合いも蜂蜜のような金鎖《きんぐさり》の花が、かすかにきらめくのを見た」*（5 / 11）。ペルシア風の生地の長椅子。甘い金鎖の香。紫煙。寝そべるヘンリー。贅沢で怠惰な雰囲気が物語のはじまりから充満しています。

怠惰で耽美な室内空間は世紀末の貧困問題と著しい対照を示します。ヘンリー卿の参加した晩餐会では、イーストエンドの問題が議論されます（46-47 / 83-84）。イーストエンドはロンドン東部にあり、インド、パキスタン移民が移り住んだ、スラムの密集地区として知られています。有名な「切り裂きジャック事件」(一八八八)はこの地区を中心に起こった事件です。長年の植民地主義の闇がこの地区に集約しているのです。イーストエンドの問題を議論するヘンリーは「奴隷制度の問題なのに、我々はそれを奴隷を楽しませることで解決しようとしている」(47/84)と言います。

街をさまよい歩くドリアンには、そのようなロンドンが怪しくも不思議な魅力を放っているように見えます。

公園を散歩していても、ピカデリーをぶらついていても、通り過ぎる人々を見ては、この人はどんな生活を送っているのだろうと、狂おしいほど知りたくなっていた。僕を魅了する者もいた。恐怖でたまらない気持ちにさせるような者もいた。あたりには何かいいようのない毒が満ちていた。僕はいろいろな感覚を経験したいという情熱に駆られていた……そして、ある夜の七時ごろ、僕は冒険を求めて出かけることにした。この灰色のモンスターのような我らのロンドン、きわめて雑多な人々にいる街。浅ましい罪人がいて、すばらしい罪があるとあなたが言ったロンドンのどこかで、何かが僕を待っているような気がしたんだ。僕はいろいろと夢想した。危険を冒すのだと思うだけでぞくぞくした。(55/99-100)。

都市をさまよい歩くドリアンが感じるのはエクスタシーです。貧困や犯罪へ言及しながらも、ドリアンは決してそれを法や政治の問題として捉え直そうとはしません。あくまでもそれは感覚の刺激に過ぎません。複数の人間がうごめく空間は「モンスター」と修飾されます。それは特定のだれかを指す表現ではなく、個

＊この作品の日本語訳は『ドリアン・グレイの肖像』(仁木めぐみ訳、光文社、二〇〇六年)を参照しました。引用部分の前後の文脈や、本書で論じている文脈に沿って、変更した箇所があります。

人が輪郭を失い、不特定多数からなる群衆に溶解している状態を修飾する言葉です。ドリアンはそのようなモンスターに恐ろしさと魅力を感じています。魅かれながらもそのなかに紛れてしまうことへの恐怖が描かれています。

このあとにドリアンは劇場の呼び込みをする醜いユダヤ人に誘われ、シビル・ヴェインという女優と運命の出会いをします。この支配人も「モンスター」と評されます（55／100）。ドリアンは、モンスターのような群衆に誘われ、運命の恋におちるのです。

ドリアンが一時的に熱狂的に恋をするシビル・ヴェインは場末の劇場の女優です。ドリアンとの本当の恋に目覚めてしまったシビルは演技ができなくなってしまいます。ドリアンはシビルを女優として、芸術作品として愛していました。彼女が演技をやめ、本当の自分を求めたときに、ドリアンは彼女を捨てます。これをきっかけに、物語は嘘と現実の狭間に生まれるドリアンの内面を焦点化していきます。かれは若いままの自分と醜く老いる肖像画のなかの自分との狭間に驚きつつ、耽美的な趣味を深化させていきます。

ドリアンはロンドンの群衆とのつかず離れずの関係を保っていました。しかし徐々にかれはそれを美術作品として鑑賞するようになっていきます。若さと美しさがドリアンを周囲から際立たせる要素となるのです。かれはロンドンという舞台において、群衆を背景にしながら、若く美しい「ドリアン」を演じているのです。

ワイルドは「演劇」の比喩を意図的に使っています。それは、ドリアンは群衆には属さない、かれにとって都市はかりそめの場所だというニュアンスを含んでいます。ドリアンはそこにコミットメントするつもりはありません。繰り返しになりますが、そのような責任の回避が、かれの成長を止めているのです。

❖ 都市の貧困

ドリアンが老いない自分を演じた舞台の背景について確認してみましょう。世紀の変わり目は、大英帝国の中心、ロンドンの変容を見せます。チャールズ・ブース（Charles Booth）は大著『ロンドン民衆の生活と労働（*Life and Labour of the People in London*）』（一八八九―一九〇三）で人口の三分の一が貧困にあえいでいたことを明かしました。貧困はロンドンだけの問題ではありません。大英帝国全体の問題でもあります。

アメリカ人作家ジャック・ロンドン（Jack London）は、都市の貧困をつぶさに観察し、その淵源として大英帝国の衰退を知悉します。かれは、一九〇二年にイーストロンドンに滞在し、見聞き経験したものを記録したルポルタージュ『どん底の人びと（*The People of the Abyss*）』（一九〇三）を発表します。身分を偽り、貧しい人々とともに炊き出しに並び、ホップを摘み、救貧院に寝泊まりをするジャック・ロンドンは貧困地区の住む人々の生活を詳細に伝えます。

そのなかでとても興味深いエピソードがあります。ともに七〇代のマグリッジ夫妻の家に下宿をし、話を聞く機会を、ロンドンは得ます。六〇年以上働き続けたにもかかわらず、資産と呼べるものはなにも持たないふたりの質素な暮らしに感嘆するロンドンが耳を傾けるのは、海外に散らばっている、夫婦の一五人の子どもたちとその孫たちの話です。キッチンに飾ってある写真をみてロンドンは息子かと尋ねます。

息子だって！　いや孫ですよ、インドの勤務から戻ったところで、国王のラッパ卒をやっている。この子の兄も同じ連隊にいる。というわけで息子と娘、孫息子と孫娘たちは、みな世界の旅行者と帝国建設者となっているのだ。かれらみなそうなのだ。一方、老夫婦はもっぱら国内に留まり、やはり帝国繁栄の礎となったのである。*（183 / 199）

……………………………………………

＊この作品の日本語訳は『どん底の人びと――ロンドン１９０２』（行方昭夫訳、岩波書店、一九九五年）を参照しました。引用部分の前後の文脈や、本書で論じている文脈に沿って、変更した箇所があります。

ロンドンの貧困区に留まり質素な生活を営む老夫婦と、大英帝国の隅々に派遣されその維持のために尽力する子孫たち。老夫婦のつつましやかな生活が、広大な植民地を支えていることをロンドンは知ります。

しかしこのことに感動するほどロンドンは単純ではありません。帝国の拡張を支える首都という構図はもはや破綻していることを、かれはきちんと見抜いています。

> 海の女の出産はもう終わった。一族はもう尽き、地球はいっぱいだ。息子たちの嫁が出産を続けるかもしれないけれど、マグリッジ母さんの務めは終りだ。かつてイギリスの男だった者は、今ではオーストラリアだのアフリカだのアメリカの男になっている。イギリスはもうずっと以前から「産んだ最善の者たち」を世界各地に送り出し、国内に残った者たちをひどく粗略に扱ったものだから、母なるものとしては、長い夜の間じっと坐って、壁にかかった王室の人を眺めるしか他にすることがないのだ。（184 / 200-201）

ロンドンは、帝国の礎が母親たちの出産によって築かれたと考えています。しかしそのような時代はもはや終わりを迎えつつあります。優秀なものは海外に派遣され、国内に残ったものは粗末に扱われたため、帝国を支える中心が空洞化してしまったというのです。帝国の拡張が、ロンドン住民の出産と子育てとの関係で語られていることに注目すべきです。

❖ 帝国の汚水溜め

世紀末の都市の貧困と風俗壊乱。この時代に、コナン・ドイル（Conan Doyle）はシャーロック・ホームズ・シリーズを開始し、推理小説の基礎を築きました。都市ロンドンは単なる背景以上の役割を果たしています。ホームズ・シリーズにおいて犯罪者の多くは植民地からやってきます。そのことはホームズ・シリーズの第一作目『緋色の研究（*A Study in Scarlet*）』（一八八七）の冒頭から明確にされます。以下の引用は、アフガニスタン戦争に従軍したワトソンが帰国し、ロンドンに来たときの感想です。

> イギリスに親類縁者はいなかったので、わたしは完全にというか、一日十一シリング六ペンスの支給額が許す範囲で自由だった。そんなわたしが、大英帝国のあらゆる怠け者が引き寄せられるあの巨大な汚水溜めのような大都市、ロンドンで暮らすようになったのは当然の成り行きだ。*（4／16-17）

この短い引用に、一九世紀末ロンドンの雰囲気が凝縮しています。ワトソンはロンドンにやってきた理由を、親類縁者がいなかったにもかかわらずではなく、いなかったからこそとします。従軍したことで支給されるわずかな金額で賄える自由がそこにあると続けます。そして自分を、広範な大英帝国からやってくる様々な移民者、亡命者、犯罪者たちの同類とみなします。そのようなロンドンを、ワトソンは、帝国主義の膿が溜まり、支配していた植民地の淀みが還流してくるような場所として、「大英帝国の汚水溜め（great cesspool）」**として、表現しています。現に「緋色の研究」の事件は、イギリスの旧植民地、アメリカでの諍いが淵源です。ホームズが推理し、犯罪を暴く場所は、絶え間ない人の往来により、都市の境界、中心と周縁の明確な区別が失われ

---

*この作品の日本語訳は『シャーロック・ホームズ全集① 緋色の習作』（小林司、東山あかね訳、河出書房新社、二〇一四年）を参照しました。

**この指摘に関しては以下の文献を参照。Joseph McLaughlin. *Writing the Urban Jungle: Reading Empire in London from Doyle to Eliot* (University of Virginia Press, 2000), p.2.

ているところです。不特定多数の人で溢れる街は、顔と個性を失った匿名空間となります。ホームズは変装の名人としても知られます。それを可能にするのは出自と来歴が問われない、都市の暗黙の了解があり、顔と名前をもたない群衆が背景として機能しているからです。

コナン・ドイルはアイルランド系で、ワイルドはアイルランド出身です。同じ頃ロンドンで活躍していたふたりの作家は何度か会食する機会をもったようです（Stashower 104-105）。『ドリアン・グレイの肖像』のロンドンもまた「大英帝国の汚水溜め」として描かれます。その群衆は「モンスター」と表現されていました。ドリアンはそのような群衆に魅了されながらも、呑み込まれないように距離をとるのです。

❖ 唯美主義

ワイルドは唯美主義（Aestheticism）の作家と考えられています。唯美主義は美術史でよく使われる概念です。『オックスフォード芸術辞典（*The Oxford Dictionary of Art*）』（一九八八）では次のように定義されています。「芸術は自足しており、道徳、政治、宗教など、芸術以外の目的には仕えないという教義を様々に誇張する際に適用される用語である」（Chilvers 6）。『ドリアン・グレイの肖像』はこのような美学に裏づけられています。ドリアンは政治的、道義的な使命を感じることはありません。美しさと快楽を徹底的に追及するドリアンの態度は、しかし、常に悪所としての都市の光景を背景にしています。ワイルドは、ドリアンの耽美的態度を、「帝国の汚水溜め」と対置しているのです。レジニア・ギャグニア（Regenia Gagnier）はワイルドの美学を次のように定義します。「芸術を自律的な『無用の領域』として理論化することで、中産階級の日常生活における手段と目的の合理性を否定する」（Gagnier 3）。ワイルドの美学を要約する言葉としてこれは的確です。しかし『ドリアン・グレイの肖像』においてはもう少し補足説明が必要です。この小説はドリアンの唯美的な態度をより挑戦的な振る舞いとして描いています。政治や道徳的な価値観を全く無視して美と欲望を追求することはできるのかと、問いかけているのです。そしてそのような挑発の背景として、世紀末のロンドンが描かれているのです。

もう少し具体的に論じてみましょう。肖像画は、ドリアンの部屋の奥に隠され、人目から遠ざけられます。それは鑑賞の対象ではなくドリアンの内面を映しだす鏡として機能しています。かれの心の醜さを照映し、倫理的意識を呼び覚まします。現実と肖像画の二重化は、ドリアンの美的領域と倫理的領域の分裂を示します。

一方周囲は、老いることのないドリアンをどのように見ているのでしょうか。「彼がそこにいるだけで、自分たちが汚してしまった、純潔だったころの記憶がよみがえるようだった。彼らは、このむさくるしく肉欲的な時代に、彼のように魅力的で美しい人が汚されずにいることが不思議でならなかった」(142 / 245-46)。欲と貧困に穢れた時代に若さと美しさを保持する存在。それが想起する「純潔だったころ」とはどこの時代なのかは不明です。しかしそれがどの時代を指すか特定するよりも、ここでは世紀末社会に堆積した疲労感を浮き彫りにするドリアンの美しさの機能に着目すべきでしょう。都市の衰退を際立たせるドリアンの若さと美しさは、ただ美を追求することの倫理的な問題を突きつけるのです。

❖メトロポリタン的感性

一九世紀後半は公共の博物館の増加した時代であることも念頭に置いておかなければなりません。ロンドン万国博覧会(一八五一)をきっかけに「ヴィクトリア朝に博物館は爆発的に増加」(Marsh 302)するのです。「一八〇〇年、イギリス全土に十を数えるに過ぎなかった博物館の数は三七年には三十六館、世紀の後半にはさらに盛んとなり、一八八七年には二百四十をこしている」(藤野 79)。イギリス美術の一九世紀は展示と保管の時代だったといえます。

『ドリアン・グレイの肖像』第一一章は、ドリアンの多彩な趣味への耽溺が長く記録されている章です。世界各地、すでに滅びた国やインド、チュニジアなど列強の支配下にある国々から取り寄せた、香水、楽器、宝石、タペストリーの蒐集と研究が説明されています。エスティはこの箇所に関して次のように説明をします。「オリエンタリズムとメトロポリタン的感性が、快楽、美、消費など、この小説における重要な概念の文化的な基礎なのだ」（Esty 106）。エスティの「メトロポリタン的感性」という用語は、レイモンド・ウィリアムズ（Raymond Williams）の議論を踏まえています。一九世紀の後半から二〇世紀の前半にかけて形成、醸成される都市の文化と感性のことです。「初期の段階では、この発展は帝国主義と密接に関係していた。帝国の首都に富と権力が引き寄せられるように集中し、また様々な従属的文化に、コスモポリタンが同時にアクセスするようになった」（Williams 44）。ヘンリーが怠惰に寝そべっていた場面もそうですが、なによりもドリアンのコレクションはこのようなメトロポリタン的感性を体現しています。

ここで注目したいのは、ドリアンのメトロポリタン的感性と若さの問題です。第一一章のコレクションの詳述は、物語の展開を止めるとともに、年老いることのないドリアンの静止した時間を示します。お気に入りのコレクションに囲まれたドリアンは、世俗的な時間の流れからは隔離されています。かれの耽溺は以下のように説明を加えられます。「彼はなにか一つの信条や説を本格的に受け入れて知的な成長を止めてしまうという間違いは犯さなかった。一夜逗留するだけ、あるいは星も月もまだ出ていない夜の数時間を過ごすだけの宿を、定住すべき家と間違えたりはしなかった」（Wilde, *Dorian Gray* 147 / 253）。このような表現はドリアンの女性との関係の比喩であることは明らかです。特定の女性と安定した関係を続けることのないかれの浮気性がここに仄めかされているのです。彼の移ろいやすい好奇心は、結婚し、子どもを生み、家庭を育むような市民的成熟とは相容れないものであることが示されます。

ドリアンが蒐集する香水や楽器、宝石への知識は、かれの感覚に作用するものに限定されます。歴史、文化的知識とは切り離された対象が、ただドリアンの感覚に刺激を与える道具として列挙されています。「感覚にも魂と同じように、精神の秘密が秘められているのを彼は知っていたのだ」（148 / 254）。確認しておきたいのは、常に新しい刺激を求める感覚は知的な成熟を拒むものということです。それがドリアンの止まった時間として表現されているのです。

❖ドリアンのコレクション

オックスフォード版『ワイルド主要作品（*Oscar Wilde: The Major Works*）』（二〇〇〇）の註でイソベル・マレー（Isobel Murray）は、ドリアンの蒐集の記述が『サウスケンジントン美術館アートハンドブック（*South Kensington Museum Art Handbooks: The Industrial Arts of India*）』に依拠しており、その説明がほぼそのまま使われていることを指摘しています（583）。一八五七年に設立されたサウスケンジントン博物館はインドの植民地政策との深い繋がりで知られています。一八七九年に、東インド会社が所蔵していたインド芸術作品のコレクションを、サウスケンジントン美術館が取得し、また一八八六年には植民地インド展覧会（London Colonial & Indian Exhibition）を開催しました。それはヴィクトリア朝帝国主義の象徴であり（Kriegal 6）、大英帝国のインド支配を正当化するための知と力を誇示する空間でした（Barringer, *Men at Work* 300）。

カール・エンゲル（Carl Engel）は当時の著名な音楽学者でした。かれの『サウスケンジントン博物館所蔵の楽器 カタログ詳細（*A Descriptive Catalogue of the Musical Instruments in the South Kensington Museum*）』（一八七四）は、インドや南米の様々な民族楽器の解説本です。例えば「テューレ」と呼ばれる楽器に関して以下のように解説されます。

> もうひとつのトランペットのようなもの、テューレはアマゾン川の多くのインディアン部族★1に共通しており、主に戦争で使用されている。長くて太い竹でできていて、マウスピースにはリードが入っている。そのためオーボエやクラリネットのような形状をしている。その音色は大きく粗いと評されている。（Engel

73）

エンゲルの記述は博物館学的です。形状と構造を簡潔に説明し、他の楽器との類縁性を示します。そして西洋の楽器と比較し、読者の想像を助けます。

『ドリアン・グレイの肖像』第一一章から以下のような抜粋を見てみましょう。

女性は見てはならないとされ、若者も断食と鞭打ちを経た後でないと目にすることができないという、南米の先住民の不思議な楽器ジュルパリス、甲高い鳥の泣き声のような音を出すペルー人の土器の壺、アルフォンソ・ド・オバエがチリできいたのと同じ人間の骨で作ったフルート、クスコの近くで発見された不思議に甘く豊かな音色を響かせる碧玉などを手に入れていた。振るとザラザラという音が出る小石を詰めたひょうたんに絵を描いたもの。吹くのではなく息を吸い込むことによって鳴らすメキシコの細長いクラリン。アマゾンの部族のテューレは一日中高い木の上にいる見張り番が使う楽器で、九マイル先まで聞こえる音を出すという。木製の二枚の舌を振動させるテポナストリは植物の乳状の液を原料とする弾力のあるゴムを塗った撥《ばち》で叩いて演奏する。葡萄の房状に吊るされているアステカ人のヨトル・ベル。コルテスと共にメキシコの寺院に入ったベルナール・ディアスが目撃し、その物悲しい音をいきいきと記録に残している、大蛇の皮を張った巨大なドラム。（Wilde, *Dorian Gray* 149 / 255-56）

ここでは「テューレ」だけでなく、「ジュルパリス」、「クラリン」、「テポナストリ」、「ヨルト・ベル」などの楽器の名が挙げられていきます。ワイルドは南米の様々な楽器の名前とそれにまつわる風習を羅列します。このような記述は物語の展開には全く貢献せず、淀んだ時間を体現しています。

ワイルドの楽器の記述は、その大半をエンゲルの解説に依拠しています。しかし「テューレ」の記述の比較が明らかにするように、ワイルドは西洋楽器との比較の部分を割愛します。比較や類似の代わりに、南米の楽器の特異性を強調します。そしてそれぞれの記述を圧縮し、矢継ぎ早にエスニックな楽器名が羅列されていきます。楽器それぞれの輪郭が鮮明になることはなく、奇抜な印象だけが残されます。

右の引用のあと、次のような言葉があります。「『芸術』には、『自然』と同じように、おそろしい声と獣のような形をもつモンスターがいるのだと考えては奇妙な喜びにひたった」(149／256)。「芸術」と「自然」というワイルド特有の二項対立はさておき、ここで注目したいのは南米の楽器と音楽を「モンスター」と措定している点です。未開地域の文化を奇怪なものとして、そして馴致すべきものとしています。そしてそれは、輪郭を失った都市の群衆を「モンスター」と表現していたことを思い起こさせます。「モンスター」は『ドリアン・グレイの肖像』のなかで名詞、形容詞として頻用される言葉の一種で、使われる箇所が限定されています。劇場の観衆、都市の群衆、そして一一章のドリアンのコレクションに集中して使われます。恐ろしくも魅惑的なもの、類比や分類が困難なものがモンスターと評されるのです。

❖アヘン窟

エンゲルの博物館学的記述は対象と距離をとることで、対象を分類し、分析し、体系化することを旨とします。博物学的記述が強化するのは帝国主義的な知の体系です。一方、ドリアンの唯美主義と蒐集は帝国主義な美学の象徴です。それは知を体系化し、組織化するのではなく、対象との戯れを、そこへの没入と密接な触れ合いをときには許容します。そのような態度はドリアンの頽廃的な生活と密接な繋がりをもっています。

ドリアンはあらゆる悪事に手を染めていきます。自室の箪笥を開き、隠し棚を開けたドリアンの目の前には、中国製の黒い漆塗りの箱があります。そのなかが空っぽだと知ったドリアンはアヘン窟へと向かいます。アヘンはドリアンの蒐集物のなかに隠されており、それがロンドンの闇へと繋がっているのです。

華やかな市中とは異なり、暗く不気味な雰囲気の通りを、ドリアンを乗せた馬車は急ぎます。悪の道に誘い堕落させたかつての友人や捨てた女にそこで再会し、重要な事件が起こります。まずはドリアンがアヘン窟に足を踏み入れた場面をみてみましょう。


黄土色のおがくずに覆われた床は、踏みにじられてあちこちに泥が見えていて、こぼれた酒で黒い輪ができている。小さな木炭ストーブの脇にうずくまったマレー人たちが、骨でできた駒でゲームをし、白い歯を見せて何かをしゃべっている。ある片隅では、船乗りが両手に頭をうずめて、テーブルにつっぷし、壁に沿って端から端まで続いているけばけばしく塗ったカウンターの近くには、やつれた女が二人、さも嫌そうな顔をしてコートの袖をこすっている老人をからかっていた。（205／349）

老いや衰えなどドリアンの若さとは対極にあるようなものがその空間を満たします。それは「マレー人」や「水夫」などの存在により陰鬱さが増幅されます。この場面で、ドリアンはかつての友人エイドリアン・シングルトンと出会います。「エイドリアン・シングルトンは大儀そうに立ち上がると、ドリアンに続いてバーに行った。ぼろぼろのターバンを巻き、みすぼらしいアルスター外套を着たインド人との混血児が、ぞっとするような顔でにやりと愛想笑いをしながら、ブランデーのボトルとタンブラーを二つ、二人の前にすべらせた」（206／352）。「インド人との混血児」の不気味な笑いがグロテスクな雰囲気を醸しだします。ここで、アヘンがイギリス植民地主義、特にインドと中国の支配を経済的な側面から支えていたことを思い出しておきましょう（Castelow）。このアヘン窟は帝国主義の罪悪が還流する場所なのです。

アヘン窟でドリアンはいきなり拳銃を突きつけられます。相手はシビル・ヴェインの弟ジェイムズです。そこで偶然ドリアンに会い、復讐を遂げようとするのです。ジェイムズはシビルが自殺する直前にオーストラリアに渡り、丁度一時帰国し、このアヘン窟に立ち寄ったところでした。その後はインドに向かうことになっています。一八世紀後半からイギリスによる入植が始まったオーストラリアは、一九〇七年にイギリス連邦に入るまで植民地として支配されていました。その間、多くの囚人の流刑地であったことはよく知られています。ジェイムズがドリアンを追い詰める場面をみてみましょう。

「一分だけ待ってやるからお祈りをしろ――それ以上はだめだ。俺は今夜インド行きの船に乗る。だからその前に片づけなければいけないんだ。一分だ。それだけだ」

ドリアンの腕は両脇にだらりと落ちた。恐怖のあまり呆然とし、どうしていいかわからなくなっていた。突然激しい希望が頭にひらめいた。「待ってくれ」彼は叫んだ。「君のお姉さんが死んだのは何年前のことだ？　早く、教えてくれ！」

男は答えた「十八年前だ。どうしてそんなことをきく？　それがどうしたというんだ？」

「十八年」ドリアン・グレイは勝ち誇ったように笑った。「十八年だって！　僕の顔をランプの下に持っていってよく見るんだな！」（Wilde, *Dorian Gray* 209 / 356-57）

ドリアンの見た目がかれを救います。一八年まえの事件にもかかわらずジェイムズが殺そうとした男は「少年らしく、薔薇色に輝き、若者らしい、汚れを知らぬ純粋さを持っていた」（209 / 357）ようにみえます。人違いと思わせたドリアンはまんまと難局を逃げおおせるのです。

ジェイムズの怒りは肉親を殺された復讐心にあることは間違いありません。しかしそこには階級上位者に無下に扱われた下層階級の憤怒も込められています。またジェイムズがオーストラリアから一時帰国し、インドへと向かう予定になっていること、かれがドリアンに復讐する機会を得るのがロンドンのアヘン窟であることの意味を見失ってはいけません。社会格差と帝国主義の歪みが、ジェイムズの復讐心と一体化しているのです。

薔薇色に輝くドリアンの顔は、周囲のアヘン窟の様子とコントラストを形成します。劣悪な状況に汚染されぬ美の最後の砦としてそれは輝いています。ドリアンの若く美しい顔は過去と歴史の欠如を示します。ドリアンは罪から切り離されただけではなく、階級の怨嗟や帝国主義の汚水から、一時的にせよ逃れることができるのです。

一方、ジェイムズはドリアンの真実を知り、再び復讐を遂げようとします。ところが、ドリアンが狩猟を行う狩場で待ち伏せをしていたところ、獲物に間違われて射殺されてしまいます。ジェイムズの死の叫びは野兎の叫びとダブり（221／378）、その死体は馬小屋に置かれます（228／389）。動物と間違えられるかれの死にざまは帝国の周縁をさまよったものに相応《ふさわ》しいものです。その死には「帝国の汚水」という表現があてはまります。

◉
◉
◉

時の経過を留めないドリアンの生身の姿とは対照的に、肖像画はかれの悪行の歴史を記録しています。ドリアンはそれを鍵のかかった部屋に隠しておきます。展示することができないのは、それがあまりにも生々しく現実を突きつけるからです。肖像画を保管しておくことにも耐えきれず、終盤、ドリアンはそれを破壊しようとします。「過去を殺してしまえ。過去が死ねば彼は自由だ」（245／417）という心の叫びから、肖像画がかれの過去であり、罪の意識を喚起させるものであることがわかります。

肖像画にナイフを突き立てたとき、ドリアンは絶命してしまいます。かれの死体は萎び皺だらけになって発見されます。一方、その死体の脇で、肖像画は若く美しいドリアンを映しだしています。犯した罪に相当する咎《とが》を背負ったモデルが亡くなり、美しい絵画のみが残るという結末。それはこの小説を、行きすぎた唯美主義に警告する道徳譚としての読むことを推奨しているようです。

しかしこのような読解は、アヘン窟の描写やドリアンのコレクションへの耽溺を無視しています。かれの耳目を楽しませるのが、帝国主義の産物であることが重要です。アヘン窟は大英帝国が犯した罪が還流する「帝国の汚水溜め」でした。それはモンスターと呼称されます。またコレクションを収めた部屋は植民地主義の功罪を無視し、美学的な価値に還元した、メトロポリタン的感性を体現した空間でした。アヘンを含めドリアンがそこから得る悦楽は、かれが社会的、道義的責任から隔離されていることを示します。責任を回避するがゆえ、かれは成長せず、その肉体は時の経過を免れます。

ドリアンの存在は、メトロポリタン的感性と汚水溜めのあいだの緊張関係を示しています。ドリアンの若さはかれの爛れた内面を隠すとともに、帝国主義の斜陽と腐敗をも隠蔽する仮面なのです。かれの干からびた亡骸は、帝国の汚水が留《とど》められなくなったことを象徴しています。

『ドリアン・グレイの肖像』はわたしたちに次のように問いかけています。美学的な問題を倫理的な判断と切り離すことができるのか？　帝国主義の歴史を知らずに、その略奪品を享受することは倫理的に正しいのか？帝国の歴史に初心であり続ける、無知であり続けることは許されるのか？　ドリアンの若さはこのような初心と無知の表現でした。老いることのないかれの美しい様相の背後には、過度期を迎えた帝国主義の矛盾が隠されているのです。

★1 「インディアン」は蔑称ですが、原典のニュアンスを保持するため、本書ではこの蔑称を敢えて使用します。

第3章　冒険と中産階級

J・M・バリー「ピーター・パン」

❖複雑な成り立ち

一九世紀末から二〇世紀の初めにかけて、非成長を描いたのは『ドリアン・グレイの肖像』だけではありません。「ピーター・パン」を主人公とする、J・M・バリー（J. M. Barrie）の一連の作品も成長することへの懐疑を投げかけます。一方は退廃を基調にした大人向けの作品。もう一方は純真な子ども向けの作品。両者を同列に扱うことに違和感を覚える人が多いかもしれません。しかしともに大英帝国の衰退期に書かれ、端境期にあるイギリス社会の動揺を映しだしていることを共通点とすることはできます。特に「ピーター・パン」は、過去のものになりつつある帝国主義と、中産階級の家庭の関係への鋭い洞察をみせる作品です。

「ピーター・パン」の作者J・M・バリーを児童文学の作家と位置づけるのは間違いです。かれの作品の大半は大人の読者を想定しています。バリーの作品全体を考えたとき、むしろ「ピーター・パン」は異例なテクストなのです。

「ピーター・パン」はバリーの複数の作品に現われる登場人物です。最初は『小さな白い鳥（*The Little White Bird*）』（一九〇二）という小説に描かれます。全二六章あるこの小説のなかでピーター・パンは一四章から一六章までにだけ登場する脇役に過ぎません。主人公である初老の語り手キャプテンWが、知り合いの若い夫婦の子どもデビッドに語った話のなかに初登場します。このときピーター・パンの年齢は「生後一週間」で、誕生日を迎えたことがないとされます（127-28）。『ケンジントン・ガーデンズのピーター・パン（*Peter Pan in Kensington Gardens*）』（一九〇六）は、『小さな白い鳥』から、ピーター・パンが出てくる場面のみを抜粋編集し、書籍化したものです。

舞台化がきっかけとなり、ピーター・パンは大きく変化します。『ピーター・パン――大人になりたくない少年（*Peter Pan; or, The Boy Who Wouldn't Grow Up*）』というタイトルで、一九〇四年にロンドンで上演されます。年齢は特定されていませんが、乳歯がまだある年齢です（Barrie, *Boy* 123）。ウェンディやティンカー・ベル、キャプテン・フックなどおなじみの登場人物が登場するのはこの作品からです。この戯曲台本が出版されるのは一九二八年でした。

初演台本の出版の遅れたのはバリーが何度も加筆修正をしたためです。そのあいだに、小説版『ピーターとウェンディ（*Peter and Wendy*）』（一九一一）が出版されます。大まかな筋は戯曲版と同じです。成長すること、あるいは老いることをやめてしまったピーターが、キャプテン・フック率いる海賊たちと戦う冒険譚です。

❖『小さな白い鳥』

まずはピーター・パンの表象の変化を作品ごとに確認していきます。

『小さな白い鳥』は、作者バリーとルウェリン・デイビス家の出会いに基《もと》づきます。バリーは一八九八年、パーティでアーサー・ルウェリン・デイビスに出会います。その妻シルビアとも親しくなり、当時まだ小さかった三人の息子たちをかわいがるようになります。アーサーが一九〇七年、シルビアが一九一〇年に亡くなったあと、バリーは子どもたちの親代わりとなります。

他家の子どもたちとわが子のように接する経験が、バリーに『小さな白い鳥』を書かせました。主人公であり語り手であるキャプテンWは、四〇代半ばの退役軍人、現在は作家として生計を立てています。かれと保母のメアリと彼女に恋心を寄せる若い画家（かれの名は明かされません）の三人のユーモラスな交流から物語は始まります。ふたりが結婚し子どもが生まれると、物語の中心はその子どもデビッドとキャプテンWの関係に移っていきます。

バリーの他の作品と同じく、『小さな白い鳥』の物語は階級を重要な背景にしています。明示はされていませんが、キャプテンWはアッパーミドルクラス、メアリとその夫はローワーミドルクラスに所属していることが推測できます。メアリらの生活に関心を抱いたキャプテンWは、ふたりの暮らしぶりをこっそり偵察します。

> そもそも私の書斎も寝室も建物の三階にあるのだが、その建物の裏手にはそれぞれ狭い空き地——世間では「庭」と呼ばれているらしい——を持った小さな家々が立ち並んでいて、その家々の表の方はひっそりと物静かな通りに面している。この「庭」は、どの家のもみなとても小さくて、もし一軒が木でも植えようものなら、隣の家はその陰に入ってしまうといった風だ。
>
> ところで、これから話そうとするその日、私は裏に面した窓からその「庭」を眺めていた。すると、何と例の元保母さんが椅子に掛けているではないか！　私は老眼鏡を額に押し上げてよくよく見たが、紛れもなくそれは彼女だった。*（26-27 / 42-43）

キャプテンW自身の比較的余裕のある住居空間に比べ、メアリと夫の住むアパートは狭隘《きょうあい》で日が当たらない場所にあります。キャプテンWがここで「庭」を発見しているところが重要です。かれはこの庭をとおして、ローワーミドルクラスの夫妻を理解し、共感を育んでいくのです。

メアリと若い画家の恋が実を結び、家庭を作り、家族を増やしていく様子を温かく見守る初老の紳士という構図。しかしこの構図が不安定であることがすぐに明らかになります。キャプテンWが「もうすっかり彼女〔メアリ〕のとりこになってしまったことを、はっきりと意識」（34／51）したと告白し、メアリにたいする思いを自覚するようになるからです。

キャプテンWと夫妻の三角関係は揺れ動きます。メアリの妊娠と出産を知ったキャプテンWは、わがことのように気を揉みます。メアリが無事出産したことを知り、ホッとしたところを、メアリの夫に見つかってしまいますが、かれはキャプテンWにも子どもが生まれたものと勘違いしてしまいます。「貴方のほうはどうなったかと思って。大丈夫でしたか？」と問いかけに、「男の子だ」（43／60）と嘘をついてしまいます。辻褄をあわせるためにキャプテンWは「ティモシー」（49／68）という名の子どもがいると嘘を重ね、それを話題に出しながら、メアリと夫、そしてふたりの子であるデビッドに近づいていくのです。

メアリへの秘めた恋心、そしてデビットにたいする父性にも似た愛情。温かいようで捻じれた感情の起源には、キャプテンWの二四歳の頃の苦く悲しい恋の経験があります。青年将校時代に好きだった相手、短いながらも燃え上がった恋の思い出を切々と語る章があります（81-88／111-18）。長続きはしなかったその恋物語を語り終えたあと、キャプテンWは、メアリに思いを馳せます。そして自分のことを「だれにも受け取ってもらえない恋文の束」にたとえ、「この恋文の束は、お前さんにあてたものじゃないよ。でも中には、お前さんが自分のことだと思うような文句があるかも知れないよ」（90／121）と、目の前にはいないメアリに呟くのです。

キャプテンWは奇妙で複雑な妄想のなかでメアリたちをとらえていきます。メアリが若き日に恋した恋人の代わりであるならば、ティモシーは、その娘と結婚し生まれたかもしれない子どもの化身です。そしてデビッドはその分身といってもいいかもしれません。

少し大きくなったデビッドがキャプテンWの家にひとりで泊まりに来ます。子どもとの楽しい時間に我を忘れたキャプテンWは、「いつしか私はその少年の名を忘れ、『ティモシー』と声に出して叫んで」(209／267)しまいます。キャプテンWはデビッドが他人の子であることを忘れてしまうことがあるのです。そしてそのような気持ちに距離を保ち、冷静に振る舞おうとします。「デビッドは私の子ではないし、きっと私を忘れるだろう。／しかしティモシーが私を忘れることは決して無いだろう」(254／323)。ティモシーの存在は当初、出まかせの嘘でした。しかしキャプテンWがその辻褄をあわせていくうちに、異質な家庭同士が階級の差異を乗り越えて繋がっていきます。嘘から、家族にも似た親愛の情が生まれるのです。

タイトルの『小さな白い鳥』は、メアリがデビッドの成長の日々を綴るために用意した書物の題目です。このことになぜか嫉妬したキャプテンWは、デビットのことを書くのは自分の仕事といって、自分自身で書き上げてしまうのです。書き上げた書物を見せられたメアリは、「まあ、これで私と私の坊やのことをお書きになったおつもりですの？　とんでもないことです。初めっからお終いまで、みんなティモシーのことじゃありませんか」(278／355)と問い返します。真実はどこにあるのでしょうか？　ティモシーが実在するとメアリが勘違いしているのでしょうか？　それともキャプテンWが嘘をつき、ティモシーの存在を隠していたのでしょうか？

しかしここではなにが真実でなにが嘘かを峻別することはできません。むしろ子どもは、特定の家族に所属するものではなく、すべての大人に等しく愛されるべき存在として描かれていると考えるべきです。それ

＊この作品の日本語訳は『小さな白い鳥』(鈴木重敏訳、パロル舎、二〇〇三年)を参照しました。引用部分の前後の文脈や、本書で論じている文脈に沿って、変更した箇所があります。

はピーター・パンの存在に象徴されます。ピーター・パンはキャプテンWとデビッドがふたりで綴る物語のなかに登場する作中人物です。子どもはみな小さな鳥として生まれ、徐々に人間になっていく。それにたいして、ピーター・パンは人間になることをやめてしまった存在です。だからかれは「どっちつかず（a Betwixt-and-Between）」（134/174、191/242、195/249）と何度も言われます。動物と人間のどちらにも属していない曖昧な領域の生き物と評されるかれは、ロンドンのケンジントン・ガーデンズに様々な動物たちと住みます。家族にも階級にも属さない、様々なカテゴリーから逸脱したピーター・パンには、子どもは大人の所有物ではないというバリーのメッセージが託されています。

ピーター・パンはすべての子どもの原イメージです。どのような子どももピーター・パンのようになりえたかもしれないという想像力を喚起することで、血や階級、格差を超えた繋がりを示唆します。それは、キャプテンWがティモシーの存在をでっち上げること、デビッドとわが子のように接することを正当化するのです。そしてなによりも、バリー自身がルウェリン・デイビス家の子どもたちにひとかたならぬ愛着を表明することを正当化するのです。

❖『ピーターとウェンディ』

次に小説『ピーターとウェンディ』に寄り添いながら、議論を進めていきましょう。ダーリング家の長女ウェンディは一二歳です。ある日、家を訪れたピーター・パンに誘われ、弟のジョンとマイケルとともにネバーランドへの冒険に向かいます。海に囲まれたネバーランドに移り住むと、年をとらなくなりそのときの姿のままで過ごすことになります。

ネバーランドには妖精やインディアンたち[★1]（作品中ではレッドスキンズ "redskins" と呼ばれます）が住んでいます。親とはぐれ年をとらなくなった子どもたちは、ロスト・ボーイズと呼ばれ、その大部分がピーター・パンの手下となっています。かれらはインディアンたちを海賊たちから守るために勇敢に戦いますが、植民地主義の意図が露骨に現れていることは見逃してはいけません。ウェンディらの両親たちが暮らす場所が「本土」(*Peter and Wendy* 54 / 100) といわれていることからもそれは明らかです。*

ピーター・パンのインディアンとの関係もそれを例証します。「インディアンはピーターを、〝偉大なる白人の父〟と呼び、ピーターの前にひれ伏しました」(88 / 179)。子どもたちは海賊に捕らえられ、仲間になるように脅迫されます。屈服を拒む子どもたちのまえに、キャプテン・フックは板歩きの刑の準備をします。恐怖に震える子どもたちを鼓舞するウェンディの激励は悪名高いものです。

この時のウェンディは、気丈そのものでした。「これがわたしの最後の言葉よ、愛する子どもたち」ウェンディはきっぱりと言いました。「わたしは、あなたたちの本当のお母さんから言づてを頼まれているような気がするの。それはこうよ。『わたしたちは息子がイギリス紳士らしく死んでくれるよう望みます』」(121 / 247)

息子が大義のために死ぬことを望むウェンディの言葉に、子どもたちだけでなく海賊たちも感動します。ウェンディは生物学的な母親ではなく、その代理として右の台詞を述べます。したがってこの言葉も、切実なものではなく、子どもたちの遊びの延長として考えるべきかもしれません。しかし、遊びだとしても、女児が軍国主義的な精神を内面化しており、その口から死を軽視している言葉が発せられることは、ショッキングです。

---

*この作品の日本語訳は『ピーター・パンとウェンディ』(大久保寛訳、新潮文庫、二〇一五年) を参照しました。引用部分の前後の文脈や、本書で論じている文脈に沿って、変更した箇所があります。

❖キャプテン・フック

ピーター・パンはネバーランドでキャプテン・フックが率いる海賊たちと戦います。キャプテン・フックは「バーベキューが唯一恐れた男」と称されます。「バーベキュー」とは、スティーブンソンの『宝島』のジョン・シルバーの別名です。本作が海洋冒険譚の系譜に属することは明白です。右手に鉤型の義手がついており、残虐な性格が知られるフック船長は、善悪、美醜を超えた魅力をもっています。かれの意外な出自も魅力のひとつです。

フックは、上流階級の子弟が通う有名なパブリック・スクールの生徒だったのです。そして、その学校のしきたりがいまだに衣服のように身についているのですが、実のところ、そのしきたりというのは衣服に大いに関係があります。そういうわけで、フックの服は、この船を奪った時のままなのですが、今でも同じ格好で船に乗っていることは、フックにはうれしくないことでした。フックはまた、歩く時には、今でもあの学校伝統の前かがみの姿勢で歩きました。しかし、何にもまして大切にしているのは、礼儀作法を重んじるというしきたりでした。

礼儀作法！　どんなに堕落しようと、何よりも大事なのは礼儀だ、とフックには今でもわかっていました。(117／238-39)

ここではキャプテン・フックがパブリック・スクール出身であることが明かされます。意外なようにみえますが、海賊らを率いるリーダーシップや優雅な身のこなしの根拠になります。印象的なのはフック船長の「礼儀作法（good form）」へのこだわりです。衣服のように身につけるという説明があるように、「礼儀作法」は社会的な慣習、習慣によって後天的に身につけられるものです。

礼儀作法はキャプテン・フックに煩悶をもたらします。「礼儀作法について考えること自体が礼儀作法に反しているのではないか」（117 / 239）。パブリック・スクールは礼儀作法という規範を植えつける場所ですが、それを一〇〇％内面化できなかったのではないかという劣等感がキャプテン・フックを苦しめます。ピーター・パンとの戦いはキャプテン・フックの内面の懊悩を際立たせていきます。

「パン、きさまは誰なのだ、何者なのだ?」フックはしゃがれ声でききました。

「若さだ、喜びだ」ピーターは思いつきで答えました。「卵から出てきた小さな鳥だ」

もちろん、こんなのは無意味な言葉でした。しかし、不幸なフックには、はっきりとわかりました——ピーターが自分が誰でどんな者なのか少しもわかっていない、ということが。そして、それこそが礼儀作法の極みなのです。（130 / 266-67）

礼儀作法を意識してしまうこと自体が礼儀作法に適っておらず、無意識のうちに自然に行われてしまう行為こそが礼儀作法の本質とされます。純粋で無媒介で自然な行為の発現が、反省的な問いかけ（礼儀とはなにか）と意識的で人為的な礼儀作法の習得を否定します。

ここでピーター・パンは自分を生まれたばかりの雛鳥にたとえます。それは『小さな白い鳥』との繋がりを示すとともに、そこでパブリック・スクールが、子どもたちを連れ去り閉じ込める場所として描かれたことを思い起こさせます（*Little White* 242 / 308）。生まれたままであること、自然の状態なままであることの優位性をピーター・パンは体現します。それにたいしてキャプテン・フックは自分の内面に苦しむ存在です。パブリック・スクールが植えつけようとした礼儀作法を内面化することができなかった自分は何者なのかという問いに苦しめられます。

序章で述べた教養主義小説について思い出しましょう。それは、ジェントルマンになるべく、修養する過程で様々な困難に出会い、揉まれながら成長する少年を描く物語でした。そこでは葛藤と軋轢が主人公の成長を促しました。与えられた環境に順応することに失敗し、内的葛藤を抱えている、『ピーターとウェンディ』のキャプテン・フックは、まさにこのような教養主義小説の主人公に相応しい登場人物です。この作品がユニークなのは、自意識の軋轢が、敵役のキャプテン・フックに受け継がれている点にあります。それにたいしてピーター・パンはそのような葛藤から予め解放されています。

❖一人二役

この問題に関連して舞台版『ピーター・パン』の上演について考えてみましょう。前述したとおり、『ピーター・パン――大人になりたくない少年』は一九〇四年に初演されますが、脚本が出版されたのは一九二八年でした。たちまち人気作品となった『ピーター・パン』は初演以降、毎年クリスマスの時期に再演されることが恒例となります。バリーがそのリハーサルに付きあいながら、台本に手を入れていくことも年末の慣例となり、定本が定まらない状態が長く続きました。ピーター・パンというキャラクターが先行し、ストーリーの細部が二次的なものであることがわかります。

『ピーター・パン――大人になりたくない少年』というタイトルは初演直前に決まったもので、そのまえは「偉大なる白人の父（The Great White Father）」や「ピーター・パン――母を憎んだ少年（Peter Pan, or The Boy Who Hated Mothers）」という仮題があてられていました。これら仮題を少し見ただけでも、ピーター・パンと家族の関係の複雑さがわかります。ピーター・パンは、家庭や家族に取り込まれることを逃れ、息子や父になるという家族内の役割を拒んだ存在です。しかし皮肉なことに、その代わりにかれはネイティブ・アメリカンの「父」となるのです。母を憎み、父になる。しかもそれは生物学的な父ではなく、民族的な優劣を家父長制に置き換えての「父」です。家族から解放されるピーター・パンは、民族的なフレームを拠り所にするのです。

上演の歴史を紐解くと小説とは異なる面白さがみえてきます。初演時にピーター・パンを演じたのはニーナ・ブーシコー（Nina Boucicault）という、当時三七歳の女性でした。キャプテン・フックは、ドロシア・ベアード（Dorothea Baird）という女優が演じることになっていました。ベアードはメアリ・ダーリング（ウェンディの母親）と一人二役を演じる予定でした。「ピーター・パン――母を憎んだ少年」という仮題はこの設定を意識したものです。ピーター・パンのキャプテン・フックとの戦いが、実はメアリとの戦いであることが舞台では示唆されるのです。

しかしジョージ・ダーリング（ウェンディの父親）を演じる予定だったジェラルド・デュ・モーリエ（Gerald du Maurier）の主張で、かれがキャプテン・フックも演じることになります（因みにジェラルド・デュ・モーリエは、バリーが親しく交際していたルウェリン・デイビス夫妻の妻シルビアの兄でした）。これ以降このような配役が踏襲されていきます。

キャプテン・フックは母親の化身とみなすべきでしょうか、それとも父親の化身なのでしょうか？　しかし修正と加筆を重ねるバリーの意図を推し量ることは難しく、生産的な議論を生みださないでしょう。むしろここでは、父と母を含む家庭の存在が、ピーター・パンを包囲していると考えるべきです。ピーター・パンの生まれもった、未加工な美徳と魅力を、家庭という鋳型に入れてしまおうという大人の目論見が浮かび上がってくるのです。

❖ダーリング家

再び小説『ピーターとウェンディ』に戻ります。それはダーリング家とネバーランドの対照によって構成されています。後者が海洋冒険小説の世界を再現しているのにたいして、前者は金融資本を旨とする中産階級の価値観を背景にします。子孫を残す前者にイギリスの未来があることは明らかです。帝国の時代、冒険の時代が終わり、金融と資本の時代が始まったことを悲観するバリーの価値観が透けてみえます。

ネバーランドでピーター・パンと過ごしたウェンディは最終的に父母のいるダーリング家に戻っていきます。無事、家に辿りつき母親と再会した場面が印象的です。

窓からじっと中をのぞいている不思議な少年を除いて、これを見ている者はいませんでした。この少年は他の子どもたちが知らない無数の喜びを知っていましたが、一つだけ、この少年が永遠に味わえない喜びがありました。少年は今、それを窓から見ていたのです。(*Peter and Wendy* 141 / 288)

母娘の再会とは対照的に、窓の外からそれを眺めるピーター・パンの寂し気な姿が際立ちます。これだけをみると幸せな家庭からピーター・パンが締めだされたような印象を読者に与えるかもしれません。『ピーターとウェンディ』の最終章はウェンディが結婚し、家庭を作り、子どもを産むことを語ります。[★2]その娘もまた子どもを産み、家庭を作るという再生産が強調されます。しかしダーリング家の未来は本当に明るいものなのでしょうか。父親ジョージは財テクが趣味で財務に明るいことが小説の冒頭に述べられます。小説の最後でもそれは強調されます。

その子ども部屋は、ウェンディたちが空へと飛びたち、あの素晴らしい冒険を始めた場所で、今はジェーンの子ども部屋になっていました。というのは、ジェーンのお父さんが、もう年で家の階段を昇り降りするのがつらくなったウェンディのお父さんから、その家を金利三パーセントの分割払いで買ったからです。

ウェンディのお母さんはもう死んで、忘れられていました。(147 / 300-301)

ネバーランドと並んで重要な舞台となるダーリング家の子ども部屋。その子孫への継承は家庭の再生産を象徴しています。「ジェーン」はウェンディの娘です。したがって「ジェーンのお父さん」はウェンディの夫を指し、「ウェンディのお父さん」はジョージを指します。ここではそのような男性の系譜よりも、女性の系譜が前景化されます。母が娘を生み、同じようなライフスタイルが世代を越えて引き継がれていくことが暗示されます。それとともに三パーセントの金利で金を借りて家を買ったというダーリング家の財政状況が詳らかにされます。母娘の再生産を担保する金融という図式が浮かび上がります。そのサイクルのなかでウェンディやその母親メアリの存在は忘れ去られてしまいます。このような連鎖にたいして、永遠に年をとらないピーター・パンが対比されるわけです。バリーの表現は多義的な解釈を招くものですが、ここでは家庭の再生産に囚われたダーリング家の方に哀れみが向くように書かれています。

❖『あっぱれクライトン』

水間千恵は「ピーター・パン」作品に描かれる男たちをめぐって素晴らしい考察をしています。フック船長が女性的に描かれていることを踏まえたうえで、かれが同性愛性的指向を隠しもっていることを指摘します。ダーリング氏が国家のイデオロギーを内面化しながらその重圧に悩む男性の姿を表す一方、フック船長は国家のイデオロギーを内面化できなかった男の苦悩を象徴していると、水間は述べます。そしてこれらの作品を、「家庭の大黒柱という役割に悩む父親と、家庭をもつことを拒否したホモセクシュアルの物語」(水間 210) といいます。それにたいして、ピーター・パンが「大人にならないというのは、ヘテロかホモかに分別されることと自体を拒否している」(210-11)。ピーター・パンは「家族に縛られること」、「ジェンダー化され、男の責任を引き受けることへの不安」(213)を体現していると水間は結論づけます。

男になること、父親になることの不安をこの作品から読みとる水間の議論はとても説得力があります。しかしそれは男子成長に偏った解釈のようにみえます。本書ではそれとは少し異なった読み方をしてみましょう。そのためにもバリーの作品でぜひとも参照しておきたいものがあります。『あっぱれクライトン(*The Admirable Crichton*)』(一九〇二)という劇作です。初演では一九世紀を代表する名優ヘンリー・アービング(Henry Irving)が主演をしました。これは風習喜劇というジャンルに属します。貴族が固執する伝統や習慣が時代錯誤であることを面白おかしく描いたもので、同時代ではオスカー・ワイルドの『真面目が肝心(*The Importance of Being Earnest*)』(一八九五)がこのジャンルの代表作と考えられています。

『あっぱれクライトン』は、ローム伯爵に仕える有能な執事クライトンが主人公です。ローム伯爵は貴族であるにもかかわらず、ラディカルな思想にかぶれ、月に一度家族と使用人が対等に接する日を設けます。それは三人の娘たちに不評なだけでなく、クライトンをはじめとした使用人たちにも評判がよくありません。使用人たちも既存の序列に従い、与えられていた役割に準じていた方が楽なのです。

ローム伯爵は娘たちと親戚、そしてクライトンら使用人を連れて船旅に向かいます。これが難破し無人島に漂着したところから第二幕が始まります。無人島生活では貴族らは全く役に立ちません。一方機転が利き、実務能力に長けたクライトンが徐々にリーダーシップを発揮していきます。それを認めつつ、居心地の悪さを感じたローム伯爵と娘のメアリは、イギリス本国での主従関係を思い起こさせようとします。

クライトン: リーダーシップは自然に決まるものです。伯爵。我々が干渉しなくても。

(自然という言葉がみなに不満を与える)

レディー・メアリ: 父上。

ローム伯爵（少し厳しく）：それはずっとまえから決まっていたんだ、クライトン、私が貴族として生まれ、君が使用人として生まれたときから。

クライトン（同意して）：そうです、伯爵、イギリスではとても自然にそうなったのです。そこではわたしたちはリーダーシップに関してなにもすることがありませんでした。ここでもほとんどすることがありません。（"Crichton" 35）

伯爵はイギリスにいた頃のラディカルな信念を覆し、主従関係は出自によって決まると言います。それにたいしてクライトンは「自然（nature）」が決めると言います。同じことを言っているようですが大きな違いがあります。伯爵は、イギリスの階級制度が無人島でも適用されると考えます。一方、リーダーシップは「自然」に決まるとクライトンが言うとき、それは周囲の環境とそこにいる人間たちとの関係において決定されることを意味します。無人島には無人島の自然があるように、イギリス社会にもイギリス社会の自然があると言うのです。したがって、クライトンにとって、イギリスではローム伯爵に仕えるのが自然で、無人島は自分が指揮をとるのが自然なのです。身分や階層関係、アイデンティティは環境によって変わるというかれの考えは構築主義に分類することができます。

島での暮らしはクライトンのリーダーシップのおかげで充実したものとなります。クライトンは伯爵の長女メアリと恋仲になります。それとともに、クライトンはメアリのことをポリーと呼ぶようになります。本国での主従関係は解消されますが、それは家父長制的なものです。柔らかな物腰ながら女性にかしずかれることを厭わないクライトンは人格を変えてしまったようです。島での自分の権勢が確立し固定するにつれ、クライトンの思想は怪しげな方向に向かいます。

クライトン（再び思念に囚われて）：　王！　ポリー、魂は人から人へと移り住み、幾世代も生き続けると考える人もいる。最近、時々思うんだ、かつてわたしは王だったのではないかと。自然にそれが思い浮かんできたんだ、無理やり作りだしたというのではなく、まるで思い出したかのように。（"Crichton" 52）

このような発想は霊的な王権神授説に近いものです。それは、王権は神によって与えられるという考えです。そして王の権力を、法や社会制度を超えたところに置くのです。王はそのような超越的価値の受け皿となるためにある種の霊的能力をもっているとされます。クライトンは、自分の能力とリーダーシップに陶酔し、その力を、個人を超えた絶対的なものに帰属させます。当初かれは、リーダーシップは環境によって決定されるという構築主義的な考えに染まっていました。それが超越的な力と霊的な能力への信仰に変わってしまうのです。

二年間無人島生活を送ったあと、偶然近海を通りかかった船に救助された一行は、イギリスに無事帰還します。イギリスでは以前の階層関係が回復されます。ロームは再び伯爵となり、クライトンは使用人に戻ります。ところで、イギリス帰還後を描く終幕の第四幕は、「もう一方の島（"The Other Island"）」と題されています。無人島への漂着後を描く第二幕は「島（"The Island"）」と題されていたことを思い起こすと、第四幕のタイトルはとても意味深いものです。イギリスはそもそも「本土（The Main Land）」と呼ばれるべきですが、ここでは「もう一方の島」に格下げされているのです。無人島と対比的な関係が形成され、本土と島という階層的な関係が無効になるのです。

無人島に行くまえから婚約関係にあった男とメアリの結婚話がまとまるところで幕は下りようとします。メアリとクライトンだけが舞台に残ります。そこでの会話が互いへの秘めた感情を明かします。

レディー・メアリ：　わたしを軽蔑している？（嘘をつくことのできないクライトンはなにも答えない）　わたしは自分を恥じていますけど、わたしは恥をかくのがあまり苦にならないの（かれは彼女に反論しない）。あなたはわたしたちのなかで一番の男よ。
クライトン：　島ではそうかもしれませんがイングランドでは違います。
レディー・メアリ：　イングランドには問題があるのね。
クライトン：　あなたに、イングランドの悪口を言っていただきたくありません。
レディー・メアリ：　ひとつ教えて。あなた、勇気は無くしてしまった？
クライトン：　いいえ。
（彼女は退場し、かれは明かりを消す）（"Crichton" 71）

クライトンのイングランドへの忠誠は階級社会を認めることでもあります。その態度は構築主義的です。社会や環境が人間の役割を決めるという考えを再び取り戻します。それにたいしてメアリは環境に左右されないかれの魅力について言及します。クライトンに勇気があるかどうか問いただすメアリが、駆け落ちを仄めかしているのは明らかです。それにクライトンは頷きます。イングランドの日常（階級と主従関係）からふたりが脱出することが示唆されて、幕が下ります。

❖転生と再生産

クライトンにはモデルがいます。一六世紀のスコットランドで、多芸多才で知られた学者ジェイムズ・クライトン（James Crichton）です。戯曲の題目『あっぱれクライトン』はこのジェイムズ・クライトンの綽名《あだな》です。ジェイムズ・クライトンの魂が、執事のクライトンに乗り移っているという設定が作品には隠されています。バリー自身がそれを信じていたわけではありません。この作品で転生はクライトンの妄想として、一時の迷いとして、描かれています。しかし、その妄想が、血筋と出自によって決められる階級を覆し、身分の異なるもの同士を結びつける想像力として利用されていることは評価しなければなりません。転生への妄想が、クライトンに新たなアイデンティティを与え、またメアリのクライトンへの思いを増幅させるのです。バリーは、ある種の男性的な魅力は時代を超越し、そしてその魅力に惹きつけられる女性が常にいると考えているようです。『あっぱれクライトン』について紹介したのは、ピーター・パンの存在を考えるときの重要な示唆があるからです。『ピーターとウェンディ』の結末部分を引用します。

ジェーンはもう普通の大人で、マーガレットという娘がいます。毎年春の大掃除の時期には、ピーターが——忘れた時を除いて——マーガレットを迎えに来て、ネバーランドに連れて行きます。ネバーランドでは、マーガレットがピーターの数々の冒険談を話してやり、ピーターは熱心に耳を傾けます。マーガレットが大人になったら、また女の子が生まれることでしょう。そして、その子が今度はピーターのお母さんになります。こうしていつまでも繰り返されていくのです——子どもが陽気で無邪気で情け知らずであるかぎり。(*Peter and Wendy* 152-53 / 311-12)

年老いたウェンディにジェーンが続き、そしてマーガレットが生まれます。先ほど確認したように、母娘の身体を軸に家庭が再生産されていきます。それを影で支えるのが、父親の財テクでした。ピーター・パンはそのような家庭の桎梏《しっこく》の外側にいる存在でした。しかし右記引用は、ピーター・パンがウェンディに続きジェーンに、そしてマーガレットのまえにも現れ、ネバーランドに誘うことが語られます。

幾世代にもわたって繰り返し現れるピーター・パンは、永遠の若さを表すというよりも、少年少女の淡い恋心の普遍性を表すと説明した方が適切です。ダーリング家の娘が生まれる度に、ピーター・パンは転生し、母の記憶を娘に伝える媒介となるのです。それを可能にするのは、世代を越え、少女たちを常に魅了するピーター・パンの普遍的な魅力です。時代が変わろうとも、少女たちはかれに惹きつけられるのです。

このようなピーター・パンの役割は『小さな白い鳥』のピーター・パンと大きく異なります。『小さな白い鳥』のピーター・パンは、人間と動物の狭間に位置する存在でした。公園に生息し、家庭には属しません。それはジェンダー化され、分節化されることを拒む存在でした。そのような性格ゆえに、どのような子どももピーター・パンのようになりえたかもしれないという想像力を喚起し、血や階級、格差を超えた繋がりを示唆することができました。異なる家族と階級を繋げる架橋的役割がピーター・パンに託されていたのです。『ピーターとウェンディ』でもピーター・パンは、息子になること、家族になることを拒み、家庭に包括されることを拒否します。しかしその存在が、特定の家庭（ダーリング家）の再生産に寄与するところが、『小さな白い鳥』とは異なる点です。それは階級を横断する代わりに、ブルジョア家庭の継承をサポートする役割に甘んじます。家庭に包摂されることはないけれど、その維持と再生産を外側から支えるのです。結末のやや悲しげなトーンは、バリーがこのような再生産に否定的であることを示しています。

⦿ ⦿ ⦿

教養主義小説の系統で考えるならば、キャプテン・フックこそが主人公に相応しいことは前記したとおりです。しかしピーター・パンの物語は教養主義小説ではありません。その代わりに、バリーは複数の男性性の可能性を描きます。ピーター・パンはもちろん、しがないサラリーマンのダーリング氏もそのひとりです。そのなかでピーター・パンの役割を考えていったとき、この作品を単なる冒険譚として理解することの限界が浮き彫りになります。

第1部ではここまで、教養主義小説的葛藤が乗り越えられることなく、主人公の自我の分裂として表現されている作品を扱ってきました。キプリングの「ブラッシュウッド・ボーイ」のコターの夢や、ワイルドの『ドリアン・グレイの肖像』のドリアンと肖像画の関係は、かれらの内面的分裂を示します。環境が提供する葛藤に悩み、それを乗り越える代わりに、その軋轢《あつれき》が最初からコターとドリアンの精神に内在化しています。かれら自身が軋轢を意識することは稀ですが、夢や肖像画がその分裂を反映しています。

『ピーターとウェンディ』では、そのような葛藤が複数の男性登場人物によって表されます。男性性は、ピーター・パン、キャプテン・フック、ダーリング氏など、複数の登場人物に分裂するのにたいして、母娘は常に家庭の再生産に従事します。ウェンディは、中産階級の夢を担い、その娘たちはそれを継続していく責を背負い続けます。女子は成長し、母親になり、自分の分身を生み育てなければなりません。彼女たちの運命は予めその系統の延長線上に定められています。

再生産のサイクルにとらえられた女子たちのもとに、ピーター・パンは現われ束の間の夢を与えます。ピーター・パンの冒険は、ブルジョア家庭が再生産されるための滋養となっていくのです。ピーター・パンは永遠に年をとらない少年です。しかしそれは永遠に途切れぬ再生産に従事する母娘たちの悲哀とともにあることを忘れてはなりません。

ダーリング家の再生産とネバーランドの冒険は相補的な関係にあります。前者がブルジョア家庭のリアリズムを体現するならば、後者はそれを補完するファンタジーの世界を表しています。ネバーランドの冒険と海賊との戦いは海洋冒険小説を喚起します。しかしピーター・パンの物語ではそれは、「金利三パーセントの分割払い」で住む家を確保するブルジョア家庭に定期的幻想を与える機能に堕しているのです。

★1　「インディアン」は蔑称ですが、作中のニュアンスを保持するため、本書ではこの蔑称を敢えて使用します。

★2　小説と戯曲の大きな違いは結末部分にあります。ウェンディが結婚し娘を産む場面は切り離され、「ウェンディが大人になったとき（"When Wendy Grew Up"）」として独立します。戯曲版『ピーター・パン』ではウェンディは子どものまま、そしてピーター・パンと仲間たちがはしゃぐネバーランドの場面で幕を閉じます。

Column バリーの戦争

ロバート・スコット

前章ではバリーの「ピーター・パン」のテクスト群について論じました。そこには植民地主義と白人種の支配を正当化するような言葉や表現が多くありました。それとあわせて考えたいのがバリーの愛国心です。当然のことながら、植民地主義と愛国心はひとつのものではありません。しかし両者が緊密に結びついていることも事実です。

イギリスを代表する軍人、冒険家のロバート・スコット（Robert Falcon Scott）は、バリーの友人でした。スコットを有名にしたのは南極探検です。一八九九年、王立地理学協会による南極探検計画を知ったスコットはそれに隊長として参加します。一九〇一年から一九〇四年まで行われた探検では南極点への到達はかないませんでしたが、多くの学術調査を行いました。一九一〇年に再びかれは南極探検に向かいます。それはノルウェーのパーティと人類史上初の南極点到達を競いあう、国力誇示の戦いでした。植民地主義とは政治的な意味合いが異なりますが、冒険が国家の威信にかかわるという端的な例です。バリーはスコットの探検に資金援助をしました。

戯曲『ピーター・パン――大人になりたくない少年』の献辞にはそれへの言及があります。

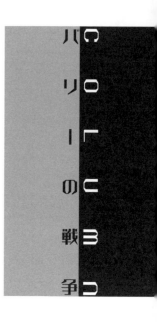

ケンジントン・ガーデンズでの出来事で本に掲載されないことも多くありました。例えば、友人のキャプテン・スコットよりも先に南極に到達し、かれに見つけてもらうために自分たちのイニシャルを記した、わたしたちの南極大陸での偉業があります。しかしそれは、そのあと実際に起こったことを、不思議なことに予告していました。（"The Boy" 82）

この引用には補足説明が必要でしょう。バリーはルウェリン・デイビス家の子どもたちとケンジントン・ガーデンズでよく遊んでいました。特にスコットの二度目の南極探検のときには、四男のマイケル、五男のニコラスと、スコットの冒険を真似て遊びました。公園を南極大陸に見立て、南極点に到達する競争をしていたのです。勇敢な冒険とそれに伴うナショナリズムが、バリーと少年らの遊びに浸透していたことは想像に難くありません。バリーと子どもたちにとって、ケンジントン・ガーデンズが、列強国が国力を争うために鎬《しのぎ》を削る世界の箱庭であったのです。ところで、この引用にある「そのあとで実際に起こったこと」とはなんだったのでしょうか？

ノルウェー隊に先を越された、スコット率いるパーティは、一九一二年の初め遭難し、連絡不通になります。スコットの死亡が確認されたのは一九一三年でした。右記引用には、バリーと子どもたちは、ケンジントン・ガーデンズでの冒険ごっこで、スコットに先立って「南極点」に到達した証として、なにかにイニシャルを残したことが記されています。子どもとのそのような楽しい遊びが、残酷なことに、スコットがノルウェー隊との競争に負けることを予見していたのです。

一九一三年二月、南極のテントからスコットの日誌と遺書が発見され大きな反響を呼びます。友人たちに家族の面倒をみてほしいという願いが託されていました。そこで遺族のための募金が企図されます。しかし当初は芳しい成果を上げることができませんでした。そこでバリーが『タイムズ（*Times*）』紙（一九一三年二月一九日）に文書を発表します。

スコット大尉の友人として、他の多くの友人の心のなかにあることを言わせていただきたい。貴紙の素晴らしい支援にもかかわらず、我々に多大な名誉を与えてくれた人物に名誉を表するために始められた計画の多くが、あまりうまくいっていないようです。テントで発見されたメッセージにより、イギリス人の血が脈々と存続していることを知った大部のイギリス人は近年、そのことをこの上なく誇りに思っています。しかし、そのようなひとたちに、次のような、より実務的なイングランド人がいることを、思い起こさせる時期にきています。つまり、「僕は五ポンド分、かれを気の毒に思うけど、君はどれくらい気の毒に思っているんだい？」と友人に訪ねるイングランド人のことです。この必要性を述べるためにシニカルな説明はありません。なにが必要で、それを使って特になにをすべきなのか、国民の心が混乱していることが原因です。政府がなにをするのかを具体的に提示するまでこの混乱は続くでしょう。（"Barrie's Appeal", 5）

バリーは、冒険は国家的事業であり、またイギリス民族の血（the breed）を刺激するものと言います。冒険家の与えてくれた名誉にたいして、バリーは国民にその栄誉の互酬性を訴えます。そして、冒険に払われた犠牲にたいして金銭で応えるために政府が主導的な役割を担うべきだと提案します。バリーは英雄を好み、国家がそれを支援することを望んでいました。かれにとって冒険は国家事業でした。それは国力を競い、国勢を測るための方策だったのです。

第一次世界大戦

一九一〇年前後ドイツの対外強硬策はヨーロッパ全土に緊張を走らせます。イギリスでは軍備拡充を訴える議論が活発になりました。バリーの周りでもそのような主張はありました。ルウェリン・デイビス家の五兄弟の母親シルビアの兄、ガイ・ド・モーリエ（Guy du Maurier）は職業軍人としてボーア戦争に従軍しています。かれはまた『イングランド人の家（*An Englishman's Home*）』（一九〇九）という戯曲を執筆しています。ドイツが侵略してくるのに備えて、イギリスの軍備強化を訴える内容で、『ピーター・パン――大人になりたくない少年』でジョージ・ダーリングとキャプテン・フックの一人二役を演じた弟のジェラルドが主演します。

政府が主導する対独プロパガンダに、バリー自身も無縁ではありませんでした。第一次世界大戦開戦直後、イギリス外務省は「戦争プロパガンダ局（War Propaganda Bureau）」を設立し、多数の作家を招きアドバイスを求めています。そのなかにはバリーもいました（Milne）。資料が破棄されているため、活動の仔細はわかりませんが、開戦直後、バリーは政府から内々の依頼を受け「その日（"Der Tag"）」（一九一四）という短い戯曲を提供していることはわかっています。この戯曲は戦争プロパガンダと解釈されることが多いですが、作品をよく読むとそのように断定するのは難しく感じます。主人公であるドイツ皇帝の戦争への逡巡を描くその劇作は、戦いが主体的に選びとるものではなく、不可避的に始まってしまうものとして描きます。そこには敵国への憎しみを増長するようなレトリックも、愛国心を奮い立たせるようなロジックもありません。むしろ、人間の意図とは関係もなく起動してしまう戦争の恐ろしさが描かれる作品です。

ところで「ピーター・パン」には戦いで死ぬことを奨励するような台詞があります。「死ぬことって、ものすごい大冒険だぞ」（*Peter and Wendy* 84 / 171）（"The Boy" 125）は、水没まぢかの「置き去りの岩」に取り残されたピーター・パンの台詞です。もともとはバリーとルウェリン・デイビス家の長男ジョージが一八九九年頃にケンジントン・ガーデンズを散歩していたときに、ジョージが放った言葉だといわれています（Birkin 69）。

一九一四年に第一次世界大戦は始まります。ルウェリン・デイビス家の長男ジョージはその年の暮れからフランスの前線に派遣されます。ベルギーにいたジョージは一九一五年三月一五日、銃で撃たれ亡くなりました。ジョージの死がバリーに与えた影響は甚大なものでした。『ピーター・パン』の台本から「置き去りの岩」の場面そのものを削除してしまいます。「死ぬことって、ものすごい大冒険だぞ」という台詞も当然削られます。この削除は、死をも恐れぬ勇気と冒険を高潔なものとするバリーの考えが決定的に変わってしまったことを示しています。

しかし「死ぬことって、ものすごい大冒険だぞ」という台詞は、一九二八年に出版された『ピーター・パン――大人になりたくない少年』の戯曲最終版に残っています。第一次世界大戦を経たあとも残されたこの台詞は、バリーが戦争を翼賛していたことを示しているように思わせます。死ぬことを冒険とみなすロジックはなぜ残されたのでしょうか？

セント・アンドリューズ大学での講演

バリーの戦争にたいする態度は単純ではありません。一九二二年五月にセント・アンドリューズ大学で行なった講演「勇気（〝Courage〟）」では、戦争への断固とした態度が示されています。この講演は本書にとってとても重要なものです。というのも若者に訴えることが主眼だからです。

わたしの講演のテーマは「勇気」です。若者と年長者たちとの戦いで、行使されるべき勇気です。若者とはあなた方のこと、年長者たちとはわたしたちのことです。わたしはあなたたちに立場を選びとってほしいと思っています。若者たちはあまりにも長い期間、国の問題、つまりわたしたちより、若者たちにとってより重要な問題の決定を、わたしたちの手に委ねてきました。例えば次の戦争のこと、まえの戦争がなぜ始まったのかなどの問題です。わたしが「戦い」という言葉を使ったのは、それが挑戦から始まるに違いないと思っているからです。しかしその目的は敵対の逆で協力です。若者がその協力を要求すること、勇気をもって要求するときがきたのだということを、わたしはみなさんに伝えたいと思います。（Barrie "Courage" 7）

この講演はふたつの大戦に挟まれたときに行われています。バリーは国と国の戦いではなく、世代間の戦いについて述べようとしているのです。

みなさんは、〔この国の〕年配者よりも、他の国の若者と多くを共有しています。敵対する国が送りだした子どもたちは、わたしたちの子どもたちととても似ていました。同じような家庭や同じような大学の子どもたちです。あなた方がこの大冒険の原因とほとんど関係がないように、かれらもまたこの大冒険にはほとんど関係がないのです。（16-17）

バリーは戦争の原因と実際の戦いを区別し、原因は大人たちにあるのに、戦場の犠牲の多くが若者であることの不公平を訴えます。そしてその不公平の是正のため、敵味方を超えた若者の連帯を提案するのです。若者が年長者、権力者に遠慮せずに政治的問題に意見を述べるための「勇気」をバリーは説いています。そしてそのためには国家という枠組みを超えて、敵国の若者と共同すべきだと提言するのです。バリーの愛国心は世代論によって乗り越えられていくのです。

バリーはここで戦争を「冒険」と表現しています。それは国家の「冒険」であり、ジョージの冒険とは異なります。しかしピーター・パンが「死ぬことって、ものすごい大冒険だぞ」と言うとき、どこか不穏な印象を与えるのは確かです。

第2部　大戦と戦後

二〇世紀最初の四半世紀はイギリスが帝国主義から撤退を徐々にはかる時代でした。秋田茂の端的な表現が参考になります。「二〇世紀のイギリス帝国史の基調は、公式帝国の再編（コモンウェルスへの転換）・解体（脱植民地化）の進展と、世界的規模でのイギリスの影響力の後退である」（秋田 189）。特に第一次世界大戦において、列強たちは帝国主義が終わりに近づいたこと、新しい版図を描かなければならないことを確認します。イギリスは戦勝国でしたが、国力が下り坂に入ったことを確認する機会になりました。

少年の成長が帝国の領土拡大の比喩として機能した時代は終わります。第1部で確認したとおり、すでに世紀末から帝国主義の限界を指摘する作品は散見されています。成長を止めた少年、年をとらない青年は、それ以上拡張しえぬ帝国の運命を暗示するものでした。第一次世界大戦は成長物語のフォーマットを変える大きな契機になり、若者たちの成長に別のベクトルを与えることになりました。

第一次世界大戦の記憶を伝える文学の代表格は、ドイツ人ジャーナリスト、エーリヒ・マリア・レマルク（Erich Maria Remarque）の『西部戦線異状なし（*Im Westen nichts Neues*）』（一九二九）であることは異論ないでしょう。これは、レマルク自身の体験をもとに書かれた戦場の記録です。砲弾が飛び交う激烈な戦場や仲間のグロテスクな死にざまの描写に交じり、食料や女性関係をめぐる友人とのユーモア溢れる会話が挿入されます。休養のため一時的に帰国した際、癌を患う母親とのやりとりは、いずれまた戦地に向かわなければいけない若者の悲哀を見事に描きだしています。

『西部戦線異状なし』は若者文学として読むことが可能です。戦争体験は、若さの浪費として語られます。

僕らはもう青年でなくなった。世界を席巻しようという意思は無くなっている。僕らは世界から逃避しようとしている。僕らは自分の前から逃避しているのだ。僕らの生活の前からだ。僕らは十八歳であった。この世界と生活とを愛しはじめていた。しかるに僕らはその世界と生活とに向って鉄砲を射たなければならなかった。その第一発として射ち込んだ爆弾は、実は僕らの心臓に当っているのだ。僕らは仕事と努力と進歩というものから、まったく遮断されてしまった。僕らはもうそんなものを信じてはいない。信じられるものは、ただ戦争あるのみだ。（レマルク 127-28）

戦場での体験は、レマルクのそれまでの人生を否定するものでした。銃を撃ち、敵軍兵士を殺す経験は、文学への情熱など、これまで大切にしていた価値観を裏切るものであったのです。若きレマルクにとって「戦争は病気」（33）であり、そこからのなるべく早い治癒が望まれるものなのです。

同じドイツ人でも、戦争に全く異なった反応をする若者もいます。軍国少年であったエルンスト・ユンガー（Ernst Jünger）は、第一次世界大戦勃発時の二〇歳のとき、士官候補生としての四週間の軍事教練を終え、戦いの最前線に向かいます。その壮絶な経験は『鋼鉄のあらし（*In Stahlgewittern*）』（一九二〇）に記録されています。

わたしたちは、講義室、教室、ベンチをあとにした。数週間の訓練によって、ひとつの思想に熱狂し、感化され、ひとつの統一的な集団へと統合されていった……七〇年のドイツの理想を双肩に担うために。わたしたちは物質的な時代に育ったが、一人一人のなかには、これまで知らなかったような偉大な経験への憧れがあった。わたしたちは戦争に陶酔していた。戦争は求めていたものを与えてくれるはずだった。それは偉大で、圧倒的で、神聖な経験だ。わたしたちは戦争を男らしく、花と血に染まった草原での陽気な決闘なようなものと考えていた。「世界にこれ以上の死はない、参加

すればいい、家にさえいなければ*」。（Jünger 5 / 21-22）

この引用には補足説明が必要です。一九世紀後半徐々に工業化をすすめたドイツは、普墺戦争（一八六六）でオーストリアを破り、北ドイツ連邦を結成します。一八七〇年の普仏戦争では、フランス帝国を破ってパリへ侵攻し、翌年にはプロイセン国王ヴィルヘルム一世がドイツ皇帝となり、ドイツ帝国が成立します。ユンガーの言う七〇年代の理想とは、このドイツ帝国の栄光を指します。

ユンガーは一八七〇年代以降のドイツを荒廃と分断の歴史ととらえます。それを回復するために戦争を望むのです。戦場に期待されるのは大きなものとの一体感であり、七〇年代の栄光を再獲得することです。かれは戦争の高揚を酩酊にたとえます。それは陶酔をもたらし他者との一体感を促します。どのような残酷さにもユンガーはひるむことはありません。むしろ戦場の苦しく悲惨な経験を共有することが他の兵士たちのみならず、国民との一体感を醸成すると考えていました。そして戦争がドイツ国家を再興することをかれは願っています。それに参画することが、男子の成長を促すとユンガーは思っていました。戦争にロマンをみいだすユンガーは特異な思想家です。しかし戦場が成長を促す場であるという考えは比較的広く共有されていました。後述するようにイギリスにもそのような思想をもった詩人がいました。

第一次世界大戦は世界史上初の国家総力戦と考えられています。大量の弾薬と燃料の使用により、人員と武器の輸送が戦いの要となり、そのような輸送経路が攻撃の標的になります。また機関銃の攻撃に対処するための塹壕戦が主要な戦術になります。戦争の厳しさは階級を越えた連帯を実現しました。これに関しては若者文化の研究者ジョン・サベージ（Jon Savage）の言葉を引用します。

英国陸軍の階級は、社会と同じように境界線がきっちりと定められていた。これらの仲間意識の絆は、それまでの境界線を決定的に超えていった。一九一六年までは、社会と同じように階層化された志願兵の軍隊であったのだ。戦争中盤以降になってはじめて、将校があらゆる階層から選出されるようになった。（Savage 155）

厳しい戦いは階級を越えた協同作業を必要とします。ユンガーが戦争に期待した一体感もこのようなものだったのでしょう。階級意識の強いイギリスでは、戦場において階級とは異なる仲間意識が生じたことが、より大きな意味をもって受けとられたことは想像に難くありません。

一方、戦後のイギリス社会は、戦場で辛酸を舐めたものたちの尽力に充分な見返りを与えませんでした。一九二〇年代は戦後の好景気に沸いた時代として知られています。しかし実は、第一次世界大戦に深入りしすぎたため、海外投資の多くを失い、また、アメリカへの大きな負債を作りました。帰国した復員兵の努力に報いるだけの余裕はイギリスにはなく、失望し裏切られたという思いを抱える若者が多く出現しました。ジャーナリストのフィリップ・ギブス（Philip Gibbs）は従軍記者としてソンムの戦いなど前線の様子をイギリス国民に伝えます。帰国後、ギブスは改めて戦争の克明な記録をまとめます。『今だから話せる（*Now It Can Be Told*）』（一九二〇）は、戦場で勇敢に戦う兵士たちの姿を描きます。しかしそれは終戦間近に帰国したときの、イギリス社会の冷遇と落差を強調するものです。

＊この引用はミヒャエル・ホフマン（Michael Hofmann）による英訳 *Storm of Steel* をもとに、佐藤雅雄の邦訳『鋼鐵のあらし』（先進社、一九三〇年）を参照しながら著者が訳しました。

命をかけ、戦争の傷を体に負った男たちを気にかけたものはいただろうか？　盲目の兵士に支給された年金は、かれらが生活するには充分でなかった。消耗したもの、ガスを浴びたもの、半身不随のものは、公共の目から遠ざけられ、施設のなかで忘れ去られた。戦争が終わるまでの六ヵ月のあいだ、「わたしたちの英雄」、「塹壕の勇敢な少年たち」は、生存闘争ではなんの優先権もなかった。(549)

兵士たちが戦場で覚えた一体感は、戦後イギリスで味わった冷遇により、急激に萎んでいきます。ギブスはその声を代弁しています。

ギブスは、このような事実を『若きアナーキー（*Young Anarchy*）』（一九二六）という小説でも表現しています。初老の語り手は、第一次世界大戦で英雄的な活躍を見せ、国を救った若者たちが、夜間の避難所で無料の食事と一夜の宿を求めて列をなす様子を目撃し、怒りを覚えます。「かれらはすべてを約束されていたはずだった……ああでもわたしたちはさっさと忘れてしまったのだ」(24)。この小説は、このような若者たちの苦闘とそれにたいする大人たちの様々な反応を詳述しています。このような復員兵の様子は、戦争によって生じた非日常が収まるべき日常を失ってしまったさまを表しています。一九二〇年代の好景気が、このような分断を背景にしていることは確認しておく必要があります。戦後景気に沸く社会と、それに幻滅を深くする元兵士の不協和音によってもうひとつの一九二〇年代が浮かび上がります。

歴史学者のロバート・ウォール（Robert Wohl）はこの時代を対象にした有名な歴史書で、若さが年齢や世代を示す指標ではなくなったと言います。

一九二〇年までには、「若者」という言葉は実年齢との関連性は希薄になってしまった。「若い」ということは、新しいものへの受容力と、危機の試練に立ち向かい、それを乗り越えるために必要な活力をもっていることだけを意味するようになった。（229）

「若さ」は実際の年齢を表す言葉というよりは、心性や価値観を表す指標になっていきます。その背景として戦争があったことをウォールは指摘しています。第一次世界大戦が年齢や階級的階層をシャッフルした混乱のなか、「若さ」や「老い」は再定義される必要があったのです。

第4章　第一次世界大戦の詩人と戦場のジェンダー
ルパート・ブルック、ロバート・グレーヴズ、ウィルフレッド・オウエン

❖エリートの若者の戦争詩

イギリスで戦争詩といえば、多くのイギリス人は、第一次世界大戦の詩人たちの詩を思い起こすでしょう。ウェストミンスター寺院には第一次世界大戦の詩人を顕彰する石碑はありますが、第二次世界大戦のものはありません。第一次世界大戦の与えた影響がそれだけ大きく、またそこで詩人たちが果たした役割も大きく評価されたことがわかります。詩人のロバート・グレーヴズ（Robert Graves）は、イギリスにおいて戦争詩とは、第一次世界大戦の詩のことだと言います（Graves, "The Poets" 307）。

大戦中発表された戦争の詩には、市民の詩が多く含まれており、前線で戦う兵士の詩はどちらかといえば少数でした。現在、戦争詩人の代表とみなされる男性詩人たちの詩は、当時はそれほど流通していなかったのです。戦争詩が「兵士の詩」として理解されていったのは戦後のことです（Kendall xxvi）。

そのように後世に名を遺した戦争詩人の多くは、パブリック・スクールやオックスフォード、ケンブリッジ

出身の志願兵でした（Das 5-6）。戦争詩はエリートたちの選びとった戦いの記録だったのです。だからこそ戦争体験に詩的な言語が与えられえ、また兵士たちの戦いを正当化することが成長の言説を生んでいったのです。戦争詩人たちは戦場を成長の場と考えました。戦争詩を、若きエリートたちの成長物語として読んでいこうというのが本章の目的です。

❖ルパート・ブルック

イギリスを代表する戦争詩人は、ルパート・ブルック（Rupert Brooke）といっても過言ではありません。『一九一四と他の詩（*1914 and Other Poems*）』（一九一五）の巻頭に収められた「平和（"Peace"）」にかれの戦争詩の特徴が表れています。

今、神が感謝されますように、かれの時間にわたしたちをあわせてくれた
わたしたちの若さをつかまえ、眠りから目覚めさせてくれる
確信をもった手、澄んだ目、研ぎ澄まされた力で、
清流に飛び込む泳ぎ手のごとく
喜び勇んで、古く冷たく疲弊した世界に背を向け
もはや名誉に動かされぬ病んだ心、
半人前の男たちとかれらの汚くみじめな歌、
そして虚しい色恋をあとにしたまう。（Brooke 144）

平時の生活を眠りと評し、従軍を神の導きによる目覚めにたとえます。戦争により、疲弊し病んだ旧社会から

抜けだせたことを喜んでいるのです。疲弊した日常とは対比的に、戦場が若さと活力に満ちた場所として期待されています。ユンガーと同じように、ブルックも戦いに崇高さをみいだします。

ブルックの代表作は「兵士（"The Soldier"）」（一九一四）です。この詩を書いた翌年、地中海遠征中にブルックは亡くなってしまいます。夭折もまたその若さを永遠のものとすることに益します。ブルックは一八八七年生まれですから、この詩を書いたときには二七歳でした。そのような実年齢の若さに相応しく、詩からも迸るような若さが感じられます。

もし僕が死んだなら、このことだけを思ってください。
異国の地の片隅に、
永遠のイングランドがあることを。豊かな大地に、
より豊かな土くれが隠されていることを。
その土くれは、イングランドが生み、かたちづくり、気づきを与えたもの、
かつては国の花々を愛でて、道を歩き回っていました。
それはイングランドの身体、イングランドの空気で呼吸をし、
川で身を洗い、故郷の太陽の恵みを得ていました。

そして思ってください、この心臓が、すべての悪から浄められ、
その永久の心の鼓動が、それでも聞こえたならば、
イングランドから与えられたこの思いを、どこかに帰してください。
その景色や音色、日々の幸せな夢。

笑い声、友人たちから学んだこと、優しさ、
心のなかの平和、イングランドの空の下。（Brooke 148）

「呼吸（breathing）」、「鼓動（a pulse）」に象徴される身体の健全さ。笑顔と平和を求める屈託のなさ。これらが詩人の若さと純粋さを表していることは、異論がないでしょう。一方、死ぬことを恐れぬ大胆さは詩人／兵士の勇ましい男性性を示します。想起される故郷イングランドは母なる自然と大地として強調されます。迸る若さと死を恐れぬ豪胆さは、母胎回帰の夢に支えられているといってもいいでしょう。

同じブルックの詩ですが、「平和」と「兵士」のあいだの奇妙な違いを見落としてはいけません。「平和」では日常は退屈なものとされます。そこから戦争へと誘ったのは神の導きだといいます。「兵士」は緑豊かなイングランドの自然を想起し、語り手はそれと一体化しようとします。その自然は、どこにでもある平凡なイングランドの象徴です。それを日常と呼ぶことができるならば、「平和」における疲弊した日常とは正反対といってもいいでしょう。わたしたちは、そこに矛盾を感じるよりも、ブルックが、死を意識した際の祖国への思いの変化を読みとるべきでしょう。

ブルックの戦争詩は、戦場を描くより、遠く離れた故郷への思いを前景化します。それは戦いの目的と根拠を手探りで確かめ、過酷な戦いに決意を固める儀式として解することができます。だれのために戦うのか、なんのために戦場に行くのか、自ら問いかける詩人の言葉としてそれらの詩を読む必要があります。そしてブルックはその答えをイングランドの自然と日常に求めています。ブルックの詩を初心なものとする批判もあります。そこで描かれる故郷の自然は固有名と具体性を欠いており、抽象的な印象を与えます。それは戦いを賛美し、その大義を疑わぬ純真さを前景化します。一九一五年に亡くなってしまうブルックは戦争の過酷さ、残酷さを知るまえに亡くなってしまったといえるかもしれません。イギリスの戦いが混迷を極めるにしたがっ

て、複雑な心性を表す戦争詩が増えてきます。

❖兵士と市民

先に名を挙げたロバート・グレーヴズは前線の戦いの現実を、美辞麗句で誤魔化すことなく描いた詩で有名です。ここではかれの詩ではなく、半生を振り返った自伝『さらば古きものよ（*Good-Bye to All That*）』（一九二九）を参照してみたいと思います。戦場と故郷、兵士と市民の距離について考えさせられる、重い文章があるからです。

ところで、グレーヴズは一八九五年生まれですから、これを出版したときにはわずか三四歳でした。一九二〇年代後半は、まだ中年にも差しかかっていない、若手作家たちの自伝出版が流行しました。それに関しては次のコラムで詳述します。『さらば古きものよ』は、グレーヴズのパブリック・スクールでの生活から、第一次世界大戦従軍の経験、そして帰国後のオックスフォード大学での生活などを克明に、私情を交えつつ伝えます。兵士たちの陽気な騒ぎや、詩人ジークフリード・サスーン（Siegfried Sassoon）との出会い、のちに喧嘩別れをしますが友情を育むことを描きます。戦い以前に生きていくことが過酷で惨めなものである戦場の現実を伝える文章が続きます。

グレーヴズは一九一四年に入隊し、すぐにフランスに出征します。イギリス軍の戦いが困難になるにしたがって兵士たちの戦いの動機は、愛国心では維持できなくなってきます。そのような困惑をグレーヴズは臆することなく書いていきます。次の引用は、一九一六年七月、フランスのソンムに駐留していた頃の回想です。

　塹壕のなかでは、愛国心はいかにも場違いな感情に思いなされ、民間人や捕虜が問題にすることだとして、話題にのぼるなり斥けられた。戦地に到着したばかりの兵士が口にすれば、たちまちやめろと言われた。兵士の間で使われたブライティという呼称は地理的概念にすぎず、外国の惨めな戦線から帰って行く安らぎの祖国はやはり大英帝国だった。しかし、戻ってみればそこには塹壕兵や負傷して本国送還になった者ばかりでなく、幕僚、輜重隊《しちょうたい》、通信隊、基地部隊、国内守備隊、唾棄すべきジャーナリスト階級、物資不足に乗じて暴利をむさぼる徒輩、胸に星印をつけた兵役免除の特待工員、良心的兵役拒否者、閑僚、等々にいたるあらゆる階層の民間人がいた。*（167／下21）

まず留意したいのは、国を表す様々なカテゴリーです。「ブライティ（Blighty）」とは外国駐留兵士の祖国を指すヒンディー語で、地理学的な概念です。グレーヴズはそれよりも「大英帝国」が戦地で戦う兵士たちにより親密な響きを与えると言います。しかし「ネイション」として意識されると塹壕兵だけでなく、様々な階層の兵士と市民を包含するカテゴリーになると付記します。グレーヴズが、通信隊や国内守備隊、市民たちと同列に扱われることを嫌がっていることは明らかです。戦争はそんな甘いものじゃないという、最前線で戦う塹壕兵としてのプライドと自負が、愛国心という大きな括りを遠ざけているのです。

❖女たちの愛国

グレーヴズの違和感は一九一六年夏、負傷で帰国したときにより強くなります。「イギリスは私たちのような帰還兵の目には奇妙に映った。いたるところに蔓延する、疑似軍国感情の捌け口を求める戦争への狂気は理解できなかった。民間人は外国語をしゃべっていた。つまり新聞の言語であった」（201／下85）。グレーヴズは、戦争への熱狂に浮かれるジャーナリズムと市民を批判します。「帰還兵の目には」という、かれの立ち位置の表明に注目しましょう。グレーヴズは、前線で戦う兵士の自負を前面に出しています。そこには、戦争に興奮する市民たちにたいして、戦場を甘くみないでほしい、安易に愛国心という言葉を用いないでほしいという思いが隠れています。

市民的愛国心の例として、グレーヴズは、新聞に投稿された手紙を引用します。それは戦場で息子を失った母親が書いたものです。その一部をここで引用します。

戦場から吹き寄せる風は、生身のわが子らの雄叫びを運んでくるような気がします。わたしたち女性は、不足を満たすべく「独り息子」という人間爆弾を戦場に送っています。だから、「一般兵士」のみなさんが塹壕を飛び出して突撃するとき振り返ってみれば、あなたたちを信じて黙々とつづく、頼りがいのあるイギリス民族の女性の姿が見えるはずです。（203／下88）

戦地で亡くなった息子と同様に母親たちも戦っていると訴える手紙には、「人間爆弾（the human ammunition）」という恐ろしい言葉があります。子どもたちを爆弾と見立て、戦地に送ることを厭わぬ胆力を誇らしげに語る母親の考えは確かに衝撃的です。グレーヴズはこの引用のあと余計な説明は加えません。文面に溢れる盲目的な愛国主義と狂気は一目瞭然であり、詳述するまでもなかろうというかれの考えが透けてみえます。

グレーヴズは反戦主義者ではありません。中立国であったベルギーへ侵入したドイツ軍に怒り、大学進学まえに自ら志願して入隊したのです（59／上121）。かれの戦いを支えるのは愛国心ではなく、不正を憎む信義でした。愛国を煽る言説から距離を置こうとするグレーヴズの態度には、市民が安易に戦争について語ることへの違和が感じられます。グレーヴズが引用した手紙は、息子を戦場で失った母親の、戦いを鼓舞する言葉を綴っ

＊この作品の日本語訳は『さらば古きものよ 上下』（工藤政司訳、岩波書店、一九九九年）を参照しました。引用部分の前後の文脈や、本書で論じている文脈に沿って、変更した箇所があります。

たものでした。それ自体おぞましい言葉でしたが、それを嫌忌するグレーヴズに、戦いを声高に叫ぶ女性の声にたいする偏見があったことは否定しがたいと思います。

これはグレーヴズだけの問題ではありません。戦争詩、特に反戦詩にはときに女性嫌悪の言説が滲み込むことがあります。サスーンの「女たちの栄光（"Glory of Women"）」（一九一八）などはその典型といえます。「あなたはわたしたちに砲弾を作る（You make us shells）。あなたは喜んで耳を傾ける／泥と危険の話に興奮して」（Sassoon 32）。工場で砲弾（shells）を作る女性たちに、兵士が語りかける詩句です。しかしそれは同時に兵士たちに勇ましく戦うことをただ求める女性たちが、結果として兵士たちをシェルショック（shellshock: 戦場でのストレスが原因の神経症）に追い込んでしまうことを暗示しています。戦場の過酷さは女性たちの想像を超えていること、それを経験したものだけが語る資格があるという考えがこの詩のメッセージです。

ところで「女たちの栄光」の最後の三行で少し不可解な展開があります。唐突に、暖炉でうつらうつらと微睡むドイツの母親の姿が挿入されるのです。

ドイツ人の母親は暖炉のそばで夢をみている
息子に送る靴下を編みながら
かれの顔は泥のなかで深く踏まれている。（Sassoon 32）

戦地の息子に靴下を編むドイツの母親と砲弾を作るイギリス人女性のイメージと重なります。そしてそれは戦地で頭を踏みつけられる兵士のイメージと対比されます。敵味方の区別よりも、男女の区別が前景化し、それが戦地と非戦地の対立にオーバーラップします。戦争は兵士（男性）のものであり、女性的な言語と存在とは相容れないことが示されます。サスーンのそのような考えは盟友グレーヴズと共通するものでした。

❖ウィルフレッド・オウエン

戦後に名を成した戦争詩人の筆頭がウィルフレッド・オウエン（Wilfred Owen）であることは異論ないでしょう。戦場の現実を赤裸々に、率直に伝えることを使命とした詩人の言葉は、戦争の悲惨を訴え、反戦詩として共感を呼びました。

国のために戦うことを夢見ていたオウエンは一九一七年一月、西部戦線に向かいます。激しい戦いの最中に負傷し、砲弾ショックとなったオウエンは、一時帰国しエジンバラの病院に入院します。そこでかれはサスーンとの、短くも運命的な出会いをし、詩作について洞察を深める機会にします。一九一八年夏には、フランスの戦線に戻りますが、同年一一月に戦死してしまいます。休戦協定が結ばれる直前の死でした。

戦争についての、オウエンの考えがよくわかる一節をかれの母親に宛てた書簡（一九一七年八月八日付）からみてみたいと思います。テニソン（Alfred Tennyson）の伝記を読んだ感想を伝えるなかで、かれは「テニソンはいつだって大きな子どものようだ」と書いたあと、次のように続けます。

一九一七年一月以前で僕が書いた詩句で、成熟の証をもつものは次のものだけだ——

しかし昔の幸せは戻ってこない。
少年たちには若者の憧れのような悲痛な憂慮はない、
少年たちにはわたしたちの希望よりも悲しい悲しみはない（Owens, *Collected Letters* 482）

テニソンを子どもだとオウエンが断定するのは、かれが本当の戦いを知らないことにあります。大詩人を子どもと同定する大胆さは、オウエン自身が本当の戦いを経験している大人であるという自負によって支えられています。手紙にある「一九一七年一月」はかれが出陣した時期です。オウエンは少年と大人の分水嶺を戦争体験に求めています。

引用後半は、同時期に推敲していた詩「幸福（"Happiness"）」の一節になります。このような詩句を以前は書けなかったという感慨から、オウエンが成長を自覚していることがわかります。子どもの頃に親しんだ遊びと喜びが遠いものになったことを述懐した第一連のあとに、問題の箇所が続きます。

しかし天国は懐かしの人形の家よりも小さく見える、
ブルーベルの花に雛鳥の場所は残されてない、
そして木々の腕は、その広がりを失ってしまった。
かつての幸せは戻ってこない
少年たちには若者の憧れのような悲痛な憂慮はない、
少年たちにはわたしたちの希望よりも悲しい悲しみはない。（Owens, *Complete Poems* 88）

大人になるにしたがって悲しみが深くなり、望みが複雑さを増したことを静かに述べる詩句は、成長することの悲哀と苦しみを淡々と告げています。そのような滔々とした調子が、過酷で残酷な戦場の経験によって練られたものであることは留意する必要があります。

テニソンを子どもとみなし、自分がもう大人になったことを告げる手紙が、母親に宛てられていることの意味を看過してはいけません。それは、自分がもはや母の庇護のもとにはいないというオウエンの決意を伝えています。そして今は戦場こそが自分の成長のステージであることを示唆しているのです。

❖「死にゆく若者たちへの頌歌」

オウエンの有名な詩「死にゆく若者たちへの頌歌（"Anthem for Doomed Youth"）」（一九一七）は、前述した母への手紙の直後に書かれています。イギリスの戦争詩を代表するこの詩は戦場で無残に亡くなった若者への頌歌という設定で書かれています。

家畜のように亡くなったものへはどんな弔鐘がある？
――猛り狂った銃声と
吃音のライフルのガタガタという断続的な
早口の祈りがあるだけ。
嘲りの声は聞こえない。祈りも鐘の音も、
嘆きの声もない、聞こえるのはあの合唱だけ――
戦慄く砲弾の鋭く、狂った合唱と、
悲しみの国から聞こえる角笛だけ。

かれらを見送るためにはどんな蝋燭を掲げたらよいのか？
少年たちが手のなかではなく、かれらの目のなかに
別れの言葉が微かに見える。
少女たちの青ざめた額こそかれらの棺
彼女らの花こそ忍耐強い心の優しさ

それぞれにゆっくりと降りる夕闇、日除けが降ろされる。（*Complete Poems* 96）

第一連では、戦場で亡くなった若者にはキリスト教通例の弔いの儀式は相応しくない、戦場を揺るがす銃声と砲弾の爆音だけがかれらの悲劇に適った挽歌だとオウエンの詩は伝えます。第二連では、大げさな葬礼の儀式の代わりに、少年少女たちの微かな仕草のなかに戦死者への弔いをみいだしていきます。一行目にある「蝋燭（candle）」に続き、「微かに瞬く（glimmers）」、「青ざめた（pallor）」、「夕闇（dusk）」など微かで弱い光の明滅の表現が続きます。追悼は、このような少年少女の微妙な表情や陰影が表現しているというのです。

「死にゆく若者たちへの頌歌」は、悲惨な戦場の現実をそのまま伝えようという第一連と、子どもたちの言葉にならぬ微かな戸惑いを戦死者に相応しい追悼表現とみなす第二連の対照を示します。戦場の美学は子どもたちの無垢な感性とのみ釣りあいます。戦場という「悲しみの国（sad shires）」の現状を伝える資格を有するのは子どもたちだけなのです。そのような悲しみの表明は、大人たちによる儀礼的な葬礼の対極にあります。戦場の兵士は日常とは異なる時間を生きている。オウエンは、戦死者たちの世界と子どもたちの世界との連携を強調することで、大人たちの世界をそこから締めだそうとするのです。

❖「奇妙な出会い」

戦場を特別な場所とする考えは、オウエンのもうひとつの代表作である詩「奇妙な出会い（"Strange Meeting"）」（一九一八）からも確認することができます。塹壕を想起させる場所で遭遇した瀕死の兵士と語り手との会話が中心になっています。瀕死の兵士は、語り手であるイギリス兵が殺したドイツ兵であることが示唆されます。そのような状況が現実にあったと考えるよりは、語り手の想像力の産物と考えたほうが合理的でしょう。戦闘の悲惨さは、敵味方の境界を曖昧にし、国家や民族を超えた共感を生んでいきます。

君の希望がどんなものであったとしても、
それは僕の生命でもあったのだ。僕はやみくもに漁った
世界の最も野蛮な美を、
それは瞳や編み髪のなかにおとなしく存在しているのではなく、
時の安定した流れを嘲笑《あざわら》い、
嘆き悲しむとすれば、ここでの嘆き以上に深いものであった。(*Complete Poems* 148)

想像を超えた美の世界を追い求めるという青年らしき夢を、語り手と敵兵は共有をします。「瞳(eyes)」や「編み髪(braided hair)」はオウエンが親しみ、影響を受けたイギリスのロマン派詩人の影響とみなし、語り手はここでそれへの決別を表明しているという解釈もあります(Cyr 122)。その解釈に従えば、戦場の現実は、一九世紀の詩のレトリックでは伝えられないという語り手の意図を読みとることは可能でしょう。しかしこれはもう少し直截的に、女性的なものへの決別、ロマンチックな異性への憧れとの別れと読みとるべきでしょう。青年たちの求めた美は、「時の安定した流れを嘲笑」うと言います。ならば、戦争という日常の時間の断絶こそが、青年たちの求めていた美であったと考えることができないでしょうか。

続いてこの詩では「戦争の慈悲」という表現が出てきます。これはオウエンの戦争詩の原理の中心にある言葉としてしばしば引用されるものです。

語られることのない真実のこと、
戦争の慈悲、戦争が醸しだす慈悲のことだ。

奴らはわたしたちが語り損なったもので満足するようになるだろう、
でなければ、不満になり、やけになり、血が流されるだろう。
奴らのすばしっこさは雌虎のすばしっこさであろう。（148）

「戦争の慈悲」は「語られることのない真実」と言い換えられます。戦争の真実は超越的なものであり、言語化を拒むものだと暗に示しています。そのあとに、「わたしたち（we）」と「奴ら（men / they）」が対比されます。前者は、語り手と敵兵を包含し、後者が市民を指すことは明白です。詩人／兵士が語り損なったもので「奴ら」は満足するというのは、後者の戦争への見識の生ぬるさを嘲笑う表現です。「奇妙な出会い」は、兵士と市民のあいだに横たわる大きな溝を問題にしていることが判明します。

この詩が基調にするのは、戦場の友敵を越えた、兵士同士の共感です。そしてもうひとつ見逃してはならないのが、兵士同士の絆が、女性的なものを遠ざけ、市民的価値観を廃したところで結ばれている点です。「語られることのない真実（the truth untold）」を共有する兵士たちにたいして、「奴ら」は「すばしっこい」と評されます。「すばしっこい」は原文では“swift”です。これは「（女性が）尻軽な」という意味もあります。直後に「雌虎のすばしっこさ（swiftness of the tigress）」とあるので、移り気な女性を修飾する語と解してもいいでしょう。

❖ 兵士の成長とジェンダー

「奇妙な出会い」は戦場で戦う兵士たちの、敵味方の区別を超えた共感を描く詩です。しかしその連帯が排他的なジェンダー観を隠しもっていることを看過することはできません。戦争の語りえぬ真実は、戦場の現実を経験した兵士だけが体感することができるとオウエンは考えています。戦地の不条理な現実こそが、自分たちの成長の糧であるという考えが透けてみえます。

乗り越えがたい現実に直面したとき、不条理な真実が開示されたとき、成長が促されることは真実かもしれません。しかし、戦争詩において、そのような成長の言説に男性中心的な心性が紛れ込んでいることには注意が必要です。戦場の現実を語りえぬものと措定し、兵士間の特権的な経験として安易な開示を拒んだとき、これは男たちの戦いだ、お前らには語らせないというオウエンの、市民と女性への、微かな侮蔑が感じとられます。

オウエンには同性愛の噂がありました。しかしそのような性的指向性からこの詩を読みとることは本章の目的ではありません。戦場が成長の場というオウエンの考えは、敵味方を超えた兵士同士の感情の交流を唄う詩として結晶します。そこで女性的なものが排除されていることを指摘するのがここでの目的です。それにもかかわらず、「奇妙な出会い」の結末近くの一節は同性愛的な解釈を誘うものであることは否定できません。

僕は惜しみなく魂を注ぎ込んだことだろう
だが傷口にではなく、戦争の汚水にでもない。
男たちの額には傷のない所に血が流れた跡があった。(149)

戦争の激化を強調するための血や傷などの表現を用いることはオウエンの特徴です。ここで「汚水」と訳したのは“cess”という単語です。「税」という意味もありますが、ここでは塹壕での出会いという設定を意識して、そこに溜まる「汚水」を意味するように訳語をあてています。

この詩句は、『聖書』の「イザヤ書」(四四章三節)を踏まえています。「わたしは乾いている地に水を注ぎ/乾いた土地に流れを与える。/あなたの子孫にわたしの霊を注ぎ/あなたの末にわたしの祝福を与える」(Bible/旧 1132)。これはイザヤがヤコブに言った言葉です。バビロン捕囚から解放されたユダヤの民のため、子孫を作り残すことで建国の重要性を訴えている文章です。

オウエンの「イザヤ書」の援用は、子孫繁栄と建国とは全く逆の文脈を示します。というのも「奇妙な出会い」は戦場を舞台に、殺しあいをしたもの同士の挽歌だからです。「イザヤ書」は「乾いた地」に水を注ぐことが、未開の地に建国し、子孫繁栄を寿ぐことを意味しました。「奇妙な出会い」では「魂を注ぐ」とありますが、それがどこに注がれるのか判然としません。ただ「傷のない所に血が流れた跡」が、魂を注ぐという行為と呼応していることは確かです。

一方で「惜しみなく魂を注ぎ込」むという箇所は、聖油のイメージをも呼び起こします。それは油を注ぐことによって、注がれたものを聖別する儀式です。戦場での殺戮が聖油を塗る宗教儀式を連想させるのです。注がれる魂と流れる血。そこには重層的なイメージが重ねられています。なによりもそれが流動的なイメージを現出させ、兵士たちの敵味方の区別を超えた交流を導いていることを見逃してはいけません。そしてより大胆な解釈をすることが許されるならば、注入される魂は射精を、傷のないところに流れる血は性行為を仄めかしているようにも読めます。自らが殺した相手をまえに、語り手は、その殺戮行為を性行為にたとえているように解することができます。戦場で育まれた新たな絆は、友敵の境界を超えるだけでなく、ジェンダー的規範をも越えた性愛関係を結ぶのです。

⦿ ⦿ ⦿

第一次世界大戦は新しい若者成長の言説を生みだします。多くの兵士が祖国を離れ、異国の地で戦いに挑むなか、詩人／兵士は、その戦いに意味と意義を与える存在でした。ルパート・ブルックは、戦いの意味を確かめるために、遠くにある故郷を喚起する詩を作りました。戦争を神の導きとし、疲弊した現実を塗りかえる機会と考えたブルック。死の直前、美化された故郷を想起した詩人は、確かに新しいイングランドをみいだしたのかもしれません。

戦いが過酷化するにしたがい、戦場の厳しい現実を伝える詩的言語が模索され、洗練されていきます。そのような詩において、兵士と市民を区別し、戦争を語る言葉を戦場の言語に特定化していく傾向がみられるようになります。戦場を知悉している、あるいは知悉していると自覚する詩人／兵士たちが、自分たちの特異な経験を伝える言葉を模索しているうちに、市民や女性たちをそこから締めだすような傾向を帯びていきます。グレーヴズやサスーンの言葉にそれは露わでした。戦争を特権的な体験とし、それこそが男子の真の成長を促す滋養であるという考えが詩人／兵士たちのコンセンサスになっていきます。

オウエンの詩はその延長線上にあります。テニソンとの比較でかれは、戦争の現実こそが男子の成長を促進するという考えを打ち明けます。「死にゆく若者たちへの頌歌」は戦場の美学と少年少女の戸惑いを前景化します。戦場の死を伝える資格をもつのは純粋な子どもたちの陰影ある表情だけというそのメッセージは、大人たちをその世界から排除します。「奇妙な出会い」は、戦場という非日常における、特異な感情と友愛を描いた戦争詩の傑作です。しかし戦場の鮮烈さを強調する詩と、女性排他的な戦争の言説が表裏一体であることには注意が必要です。戦場の現実を伝える言葉が圧倒的で排他的な言説となったことは見逃してはいけません。戦争に成長を求めることは男性中心的になりがちです。戦いの過酷さを崇高さに読みかえ、戦場で生まれた連帯を日常生活の関係と比べ、特権的なものと考えるとき、グレーヴズやサスーンの、市民や女性を軽んじるような表現と繋がってしまうのです。

COLUMN

戦争を知らない若者たち

若き作家たちの自伝

第一次世界大戦はヨーロッパにとって未曾有の出来事でした。予想を超えた長期にわたる戦いになり、多くの死者が出ました。これだけ広範な西洋諸国の国土が戦場になったことは当時はまだありません。なによりもそれは世界史上初の総力戦でした。軍だけでなく、市民をも巻き込んだ戦争だったのです。したがって終戦は大きな安堵と解放感をもたらしました。

アメリカの一九二〇年代は「狂乱の二〇年代（Roaring Twenties）」と称され、戦後好景気にテクノロジーの発展が伴います。ラジオや車の開発が進み、商品化されていきました。好景気と新しいテクノロジーは、新規な生活を作ります。フィッツジェラルド（F. Scott Fitzgerald）の『偉大なるギャツビー（*The Great Gatsby*）』（一九二五）はこの時代を描いた傑作です。金銭を湯水のように浪費するパーティ三昧の富豪を主人公にしたこの小説は、豊かさに踊らされ我を忘れてしまう人々を描いています。

一九二〇年代の騒乱に終止符を打ったのは一九二九年の大恐慌です。ニューヨークのウォール街に端を発した金融恐慌はイギリスにも影響を与えます。一九三一年、ウェストミンスター憲章の発表とともに、大英帝国（British Empire）はイギリス連邦（British Commonwealth of Nations）と名称を変えます。そして一九三二年には連邦諸国と経済会議を開きブロック経済を作り上げていきます。

一九二〇年代のイギリス文学において明記すべきは、比較的若い作家たちが伝記を執筆したことです。前章で取り上げたロバート・グレーヴズの『さらば古きものよ』はその一例です。その他にもエドモンド・ブランデン（Edmund Blunden）の『戦争余韻（*Undertones of War*）』（一九二八）やジークフリード・サスーンの『歩兵隊将校の回顧録（*Memoirs of an Infantry Officer*）』（一九三〇）などが発表されます。またスティーブン・スペンダー（Stephen Spender）は一九二九年に自伝を執筆しますが、それは一九八八年になってようやく『寺院（*The Temple*）』という題目で出版されます。まだ中年にもなっていない作家の自伝が読まれたのは、史上初の総力戦を前線で戦ったものの経験が貴重であったからです。

戦場で戦った兵士とそれ以外のもののあいだで感覚の違いが生まれたのも事実です。戦場で大きな犠牲を払ったものに、一九二〇年代の戦後社会は充分報いたわけではありませんでした。祖国のために戦ったという自負をもつ若者が、平和ボケの祖国に絶望する例も多くありました。

内面化された戦争

一方で、戦場に行かなかったため、そのことに引け目を感じている詩人もいました。クリストファー・イシャーウッド（Christopher Isherwood）の『ライオンと影（*Lions and Shadows*）』（一九三八）は、一九〇四年生まれの作者が、三〇代半ばになって、一九二一年頃の高校生時代から語り起こす自伝です。次の引用は、一九二〇年代初め頃、戦場に行けなかった負い目が創作に繋がったことを説明している箇所です。

> この時期、わたしは時々、のらりくらりと「小説」を書いていた。わたしがそれを「小説」と呼ぶのは、芸術作品というよりも、特定の国に住み、特定の教育制度を受けている特定の階級のメンバーの、発育段

階を示す兆候のようなものだからだ。実際この『ライオンと影』は、イギリスだけではなくヨーロッパやアメリカ全土の、わたしのような若者が、様々なかたちで思い描く「ゆりかごから成人になるまで」の物語の典型だった。それはもちろん、わたし自身の青春の白昼夢「緑の楽園」に基づいていた。しかし、偉大な仲間たちと同じように、絶望的で残酷といえるような疎外感をわたしは感じていた。このような小説は一九一四年以前にも同様に大量に書かれていたが、違いがある。それは二〇代半ばの若い作家たちはみな、多かれ少なかれ無意識のうちに、ヨーロッパ戦争に参加しうる年齢に達していなかったことへの恥の感覚に苦しんでいたということだ。(Isherwood 74 -75)

イシャーウッドは、『ライオンと影』を「小説」と呼ぶ理由を、同世代の若者に共有され、時代によって刻印された普遍的な感情が描かれているからと説明します。自伝はあくまでも個人の経験の記録であるのにたいして、小説はより普遍的な感情を描くものという前提をかれは有しています。

イシャーウッドは冷静に一九二〇年代から三〇年代の自伝ブームを分析しています。その特徴のひとつとして疎外感を挙げます。そしてその疎外感の淵源を戦争に求めます。戦争に参加できなかったこと、国の未来に関わり歴史を変えるような出来事に直接関与できなかったことへの悔恨が、戦後に書かれた若者の自伝の基調だというのです。『ライオンと影』ももちろんそのような自伝のひとつです。そこでイシャーウッドは自らの疎外感を詳述していきます。

同世代の多くの人と同じように、わたしは「戦争」に関わる恐怖と憧れの錯綜する概念にとりつかれていた。「戦争」は純粋に神経症的な意味で「試練」を意味していた。勇気や成熟度、性的能力の試練だ。「君は本当に男なのか?」というような試練だ。わたしは無意識のうちにこの試練で試されたいと思っていたが、失敗することを恐れてもいた。失敗することを尋常じゃなく恐れるあまり、失敗することを確信していたので、試練への憧れを意識的に否定していた。「戦争」という概念への、自分自身の熱狂的で病的な関心を否定したのだ。わたしは無関心のふりをした。戦争は猥雑で、スリリングではなく、迷惑で退屈だと言った。（75-76）

イシャーウッドにとって戦争は単純に恐ろしいものでも、また一体感を得るものでもありません。それはある種の試練であり、成長と男性性を計る試金石でした。イシャーウッドが恐れる「失敗」は敗戦ではありません。大人であること、男性であることを示せないことです。イシャーウッドにとって戦争は敵国との戦いというよりは、内面化された恐れ、心の葛藤になっていきます。それは雄々しい歴史的事件ではなく、むしろ退屈で迷惑なもの、できれば見て見ぬふりで済ませたい、日常生活に潜む違和感のようなものとなっていきます。

第5章　陽気な若者たちと狂乱の一九二〇年代
イーヴリン・ウォー『卑しい肉体』

❖「陽気な若者たち」

本章ではイーヴリン・ウォー（Evelyn Waugh）の『卑しい肉体（*Vile Bodies*）』（一九三〇）を論じていきます。本作品を論じるまえに、その時代背景を確認しておきましょう。一九一八年に第一次世界大戦は終わり、一九二〇年代は戦後好景気に沸きます。しかしそのような好況は二〇年代とともに終わりを告げます。その終わりを確定するように『卑しい肉体』は発表されます。狂乱の二〇年代の興奮を少し冷静に、ときに皮肉にみるような視点が出てきた時代を象徴する作品は、熱狂と冷静を同居させるユニークな筆致が特徴です。ウォーには『回想のブライズヘッド（*Brideshead Revisited*）』（一九四五）という大傑作長編小説があります。それに比べて『卑しい肉体』はあまり目立たず、また本人の評価もあまり高くありません。しかし第一次世界大戦後の若者たちの表象としてとても独創的な視点を提供しています。

『卑しい肉体』の冒頭、騒々しい若者たちの集団が登場します。小説はこれらの若者たちの群像劇といってもよいでしょう。「陽気な若者たち（Bright Young People）」（Waugh 11／13）と呼ばれるものたちをめぐる騒動は一九二〇年代ロンドンを席捲した社会現象でした。貴族や上流中産階級の子弟たちが、戦後好景気を背景に、派手なパーティを開催し、ときに乱痴気騒ぎになりました。自由を謳歌する若者たちに「陽気な若者たち」という呼称を与えるのはメディアです。それによって、かれら彼女らの痴態は、面白おかしく書き立てられ、拡散されていきます。次のような記事がその典型です。「ロンドン真夜中のチェイス／五〇台の自動車／陽気な若者たち（Midnight Chase in London / 50 Motor Cars / The Bright Young People）」というリード文に続き、以下の文章があります。

この頃になると、遅い車は高出力の車に、頭の回転の遅いものは頭の回転の速いものに道を譲っていた。五〇台強の車がスタートした場所は、すし詰め状態だったが、各車が先を争ううちにほどけていった。それでもみな順調に走行していた。

素敵な髪型や、巧みにアレンジされた美しいドレスはもはやかたちをなしていなかった。ロングヘアは風に乱されてしまうことが多かったので、ショートヘアが流行だった。ドレスメーカーは陽気な若者たちの誕生を喜ぶべきであろう。前日の朝、セブン・ダイヤルズに着ていったドレスは、舞踏室の輝きに浴することはなかったことであろう。清潔とはいえない場所に四つん這いで、舗道にチョークで書かれたとらえどころのない手がかりを求めて……ドレスのほとんどは修復不可能なほど汚れてしまった。（"Midnight Chase"）

この記事には「陽気な若者たち」の特徴がすべて揃っています。まずは自動車とスピードへの熱狂。興味深いのはスピードが頭の回転に結びつけられているところです。また運転には適さないような華美なファッションについても指摘されています。女性たちは整えられたスタイルを台無しにすることを厭わず四つん這いで、仲間が街中に残した記号を辿る宝探しに興じています。その様子がユーモアと嘲笑を交えて紹介されています。「陽気な若者たち」は様々なコスプレパーティを楽しみました。それはＴＰＯに応じた服装とスタイルの厳格なプロトコルが残るイギリス階級社会を攪乱する効果がありました。また記事のように、宝探しを企画することはよくあったようです（Jacobs, "Bright Young Things" 200）。今も残る写真では、海賊の変装をしている陽気な若者たちを写しているものがあります（Bett）。くだらないおふざけを映しだすこの写真は、しかし一方で、この時代の閉塞感を反映しています。宝探しは海洋冒険小説の設定のひとつでした。しかし「帝国の時代」が終わり、海外進出が過去のものとなった時代、そのような設定は説得力を失います。陽気な若者たちの宝探しのコスプレは、冒険小説の構図を反転させています。海外に領土を拡張することは望めない時代、冒険の行く先は内側に向かい、その目的は戯画化されます。もはや掘り起こすべき財宝などないという諦めが若者たちの心に浸透していることがわかります。

派手で華やかにみえる「陽気な若者たち」の活動。それは、イギリス社会の分裂を前提とする現象であったことは明記しておくべきでしょう。広大な領地を誇った大英帝国の権勢が徐々に陰りをみせた時代。それは新しい文化と古い文化、新しい価値観と古い価値観が衝突した時代でした。先に引用した新聞記事は、若者たちの騒ぎを誇張して伝えています。それを面白く読む読者とともに、嘲笑する読者、あるいは苛立ちを覚える読者がいたでしょう。「陽気な若者たち」の行状は感情を刺激する部分があります。

一九二〇年代の最後の年、イーヴリン・ウォーは「戦争とより若いものたちの世代（"The War and the Younger Generation"）」（一九二九）というエッセイを発表しています。

しかし戦争による社会的沈下において、ヨーロッパの生活にふたつの裂け目が現れ、三つの全く異なる階層に分けてしまった。それらのあいだには極めて皮相な同情しか存在しえない。（a）戦前に成長して考えを固め、兵役に就くには年をとりすぎて悲嘆に暮れた世代。（b）戦場で戦い挫折し傷ついた世代。そして（c）それよりも若い世代である。（Waugh, "The War" 10）

第一次世界大戦が世代間の意識の分断を作り上げたことをウォーは指摘します。その指摘自体は珍しいものではありません。重要なのは、ウォーの描く「陽気な若者たち」の物語がこのような分断を背景にしている点です。本章で取り上げる『卑しい肉体』では従軍するには若すぎた世代（c）と戦うには年をとりすぎた世代（a）の分断が問題となっています。従軍したもの、戦地を経験したものは、ほとんど登場しません。命を懸けて戦ってきたのに、報いのない社会と国家への不平の声は聞こえてきません。しかし、戦争の影は至るところに発見されます。このような戦争の描き方と、「陽気な若者たち」の表象はどのように関係するのでしょうか。

❖『午後の人々』

一九三〇年前後には「陽気な若者たち」の風俗を描いた小説がいくつか発表されます。例えばアントニー・ポウエル（Anthony Powell）の『午後の人々（*Afternoon Men*）』（一九三一）はそのひとつで『卑しい肉体』とよく比較されます。両者とも若者たちの浮かれ騒ぎの背後にある虚無性を描きだしています。『卑しい肉体』を論じるまえに、まずは『午後の人々』がどのような作品なのか確かめてみたいと思います。

『午後の人々』の登場人物たちはアメリカへの憧れを吐露します。新しい国への憧憬は、劣等感の裏返しであり、もはやイギリスは発展を描く未来がないという諦念とともにあります。登場人物たちは閉じられた関係のなかで会話をし、喧嘩をし、恋に落ち、裏切ったりします。このような閉鎖的関係のなかで生まれる諸々の感情はとてもニヒルにみえます。新しい価値観が導入されないという諦めを伴っているからです。

主人公アトウォーターは無気力な学芸員です。パーティで知りあったローラという女性を、特別好きでもないのに抱こうとします。

ゆっくりと、だが着実に、男女の誘惑の構造があらわになってきた。それは途方もなく巨大であまりに精巧な、ヒース・ロビンソン的仕掛けであり、二人によって制御されながら陳腐さの街路を陰気に重々しく進んでゆくのだった。おたがいに変形された二人の感情は一種の鈍重な敏感さで同調し、避けがたい意気沮喪が始まるまでそれが続いた。ふたりはフラットからわりあい近いレストランで食事をした。*（83／114）

ここには性愛につきものの熱狂はありません。重苦しさを伴いながら、行為がなされていきます。「ヒース・ロビンソン（Heath Robinson）」は二〇世紀前半に活躍をしたイラストレーターです。不必要にもみえるくらいに複雑な機械を描くことを得意としたロビンソンのイラストは、テクノロジーを過信する近代へのアイロニーでもありました。右記引用の「男女の誘惑の構造」はアトウォーターとローラの性交を指します。それがヒース・ロビンソンの機械に比されます。性的な欲望すらも複雑な仕組みの一部であり、セックスの快楽すらシステムの一部として回収されてしまうのです（次頁【図2】）。

しかしそれでも『午後の人々』では性的な情欲は否定されません。友人間で浮気があり、恋人を寝取られたプリングルが入水自殺をする場面があります（180／235）。自殺は結局は未遂に終わりますが、小説全体におい

*この作品の引用は『午後の人々』（小山太一訳、水声社、一九九九年）を参照しました。引用部分の前後の文脈や、本書で論じている文脈に沿って、変更した箇所があります。

【図2】ヒース・ロビンソンが執筆した児童書『ルービンおじさんの冒険（*The Adventures of Uncle Lubin*）』（1902）に挿入されたロビンソン自身のイラスト。

てほぼ唯一情念が露になるのがこの場面であり、作品のクライマックスでもあります。性愛こそが、怠惰な若者が唯一本気になれるものとして措定されています。

❖『卑しい肉体』

一方『卑しい肉体』では性交すらも否定的に描かれます。主人公のアダムとその恋人ニーナのはじめてのセックスは、「ちっとも素敵《ディヴァイン》じゃないわ」（68／115）というニーナの言葉で締め括られます。

『卑しい肉体』は若者の奔放な生態をスキャンダラスに描出するだけで満足しません。かれら彼女らの行動を面白がるだけでもなく、また冷笑するだけでもありません。『卑しい肉体』は、なにものにも熱狂できないペシミズムを生みだすような歴史的文脈も浮かび上がらせることを目的にするのです。

『卑しい肉体』というタイトルは『新約聖書』の「フィリピ信徒への手紙」（第三章二一節）からとられています。この世の楽しみだけを追及するものたちに苦言を呈し、人間の本国は天国にあると言ったあと次のように続けます。「キリストは、万物を支配下に置くことさえできる力によって、わたしたちの卑しい体を、ご自分の栄光ある体と同じ形に変えてくださるのです」（Bible／新 364）。「卑しい肉体」とは神の似姿として聖化される以前、肉欲にまみれた人間の体のことです。

『卑しい肉体』は神なき世界に生きる人間たちの物語といえます。ここで神は文字どおり理解するのではなく、善悪を区別する絶対の価値観と考えるべきです。伝統や家族から切り離されてしまった若者たちの狂乱は、絶対的な価値観の不在がもたらした結果かもしれません。価値の喪失は享楽的で退廃的な生活として表出するだけではありません。電話のコミュニケーションや新聞紙面の言葉を、登場人物の生の会話と並置する小説の構成にもそれをみることができます。言説の階層性が失われ、あらゆる種類の言葉が並置される混沌は、まさに神なき世界と称することが可能でしょう。

❖宝探しと父親探し

小説はアダムという若者に照準をあわせます。かれには個性も存在感もありません。物事を先導するというよりは、巻き込まれていくタイプです。いやいやながらパーティやイベントに参加させられ、仲間たちの派手な騒ぎを、少し呆れながら眺める態度は、『午後の人々』の主人公アトウォーターとも共通するものです。

アダムとニーナの婚約とその解消が『卑しい肉体』のメインプロットです。金銭的問題から結婚延期となったアダムは、結婚資金を求めて奔走します。しかしその目的を忘れてパーティ三昧の日々を送り、かれは資金よりも結婚する理由そのものを探すようになります。いつしかパーティ通いそのものが目的となっていくのです。

アダムは実績のない作家です。執筆を終えパリからドーバー海峡を渡ってイギリスに帰ってくるところから小説は始まります。船には様々な人々が同乗しており、乱痴気騒ぎをする若者たちの他に、イエズス会のロスチャイルド神父、女性福音伝道師エイブ、前首相アウトレイジらの存在が確認されます。多彩な人の群れは、統一した価値をみいだせない混沌を示唆しています。エイブは若い女性たちによって構成される天使のコスプレをした集団を引き連れています。それぞれ「信仰（Faith）」、「博愛（Charity）」、「堅忍（Fortitude）」、「純潔（Chastity）」などの名が与えられた彼女たちはエイブの親衛隊です。キリスト教の美徳よりも性的な魅力が前景化していることは明らかです。

アダムが書き上げたのは自伝です。かれはそれを出版社に売って結婚資金にあてようと考えていましたが、その計画が頓挫してしまうのです。若く実績のない作家がいきなり自伝を書くとは意外な感じがしますが、一九二〇年代は、若い作家が自分の生い立ちを赤裸々に語るようになる時代だったことを思い起こせば納得はいきます。アダムは税関でその自伝原稿を取り上げられてしまいます（21／30）。自伝の没収は、過去とアイデンティティの喪失とともに生活の資を失ったことをも意味します。

ペンギン版で序文を提供しているリチャード・ジェイコブス（Richard Jacobs）は『卑しい肉体』のテーマを「宝探し」と「父親探し」（xiv）と指摘しています。確かにそのとおりなのですが、若干の修正が必要です。アダムの「宝探し」は「父親探し」と明確な区別をすることができません。両者はコインの裏表のような関係です。まずかれはロンドンで滞在するホテルで知りあった見知らぬ男と賭けに興じ、大金を獲得します。それを競馬で増やしてやるという「酔っ払い少佐」の甘言に騙され、金を預けることになりますが、その後「酔っ払い少佐」はどこかへ消えてしまいます。アダムは「酔っ払い少佐」を追い求めます。それは不確かな富の約束であるとともに、係累をもたず、アイデンティティを失ったかれの父親探しの様相を呈していくのです。

❖ 新聞と自動車

アダムは、生活のために新聞社に勤め社交欄でゴシップを提供する「おしゃべり箱（Mr Chatterbox）」の紙面を担当することになります。ここでアダムは「障がいをもつ名士たち」や「エキセントリックな貴族たち*」（93-94／162-63）など特集を組み、架空の人物の行状を面白おかしく伝え人気を得ていきます。当然今では許されないことですが、メディアの狂乱ぶりがここからわかります。イブニングドレスに黒のスエード靴を併せるのが流行っているとデマを報じますが、その噂を真に受けた大衆によって本当に流行になってしまいます（97-98／169）。それは、デマに左右される貴族と上流中産階級の浅はかさを示すに留まらず、言葉と現実の歪んだ関係を示唆します。虚が実を産み、現実を混乱させるプロパガンダによって世論が作られるマスコミの時代を予見させます。

マスコミや出版の作りだす言葉は価値の混乱を招きます。雨漏りする駅のホームで電車を待つアダムは新聞を買います。イギリスの首相官邸でその娘が行なったパーティの醜聞が広まり、その結果政権が倒れたという記事を読んだあと、アダムが滞在するホテルで、痛ましい事故により死者が出たことを紙面で知ります（63-64／106-107）。新聞紙面はパーティと政治と悲劇的な死を同時に伝えるのです。

拡散するマスコミの言説とともに揶揄されるのが自動車レースです。アダムは友人たちとレース観戦に出かけます。その様子もまた面白おかしく描出されるのですが、ここで注目したいのは、そこに挿入される自動車をめぐる哲学的な語りです。

（実を言えば、自動車こそ、「存在《あるこ と》」と「生成《なるこ と》」という形而上学的区分の非常に見事な実例なのだ。自動車の中には、移動以外に何の目的も持たない単なる乗り物、機械でできた使用人にすぎないものもある。例えばレディ・メトロランドのイスパノ＝スイザ、ミセス・マウスのロールス＝ロイス、レディ・サーカムフェランスの一九一二年型ダイムラー、あるいは「一般読者の」オースチン7、これらの車は、乗り手同様、明確な「存在」である。こうした車は、きっちり完成して番号を振られ、塗装された状態で購入される。そして中古になって売り買いされ、所有者のレベルがどんどん下がっていく過程において、ときに車体をあざやかに塗りなおされ、細かな部品をつけ加えて新品に近づけられたりするけど、廃車になるま

＊この作品の引用は『卑しい肉体』（大久保譲訳、新人物往来社、二〇一二年）を参照しました。引用部分の前後の文脈や、本書で論じている文脈に沿って、変更した箇所があります。

でそのアイデンティティは不変のままだ。
ほんものの車は、そうではない。むしろ人間を支配する主人になるのだ。真の自動車は、金属でできた活力みなぎる創造物として、おのれの衝動のおもむくままに空間を疾駆する。こうした車にとって、こわごわハンドルにしがみついているだけの運転手など、株式仲買人にとっての速記係ほどの重要性しかない。真の車は、永遠の流動性の中に——たえず組み立てられ分解される渦巻き《ヴォーテクス》の中にある。多くの道路が合流する地点での交通の流れのように、無数の機械の流れが一点に収斂し、組み立てられ、再びばらばらになっていく。」(136 / 237-38)

車が所有者を変え、装備や塗装を変えたとしてもその本質は変わらない。つまり変化に左右されない「実在」があるというのです。しかしそこから議論は展開し、「ほんものの車」は人間を支配するといいます。ただ単に所有/被所有の関係が逆転するだけではありません。解体と組成を繰り返す運動のなかに人間を巻き込んでいきます。

『卑しい肉体』では自動車は移動の手段ではありません。登場人物たちの関係を表す象徴でもあり、またかれら彼女らの生きる社会のからくりを示す記号でもあります。実際に、レースを観戦するアダムらは知らず知らずのうちにレースのなかに巻き込まれ、友人のミス・ランシブルは、負傷したドライバーの代わりにレーシングカーに乗り込みます。しかし制御不能となったマシンのために事故を起こし、重傷を負ってしまいます(147-53 / 258-69)。自動車とレース自体があらゆるものを巻き込む巨大で複雑な社会の仕組みを反映しています。社会全体が大きな車にたとえられているのです。社会を先導するのはマシンであり、あらゆる人間は主体的な行動の契機を失ってしまいます。陽気な若者たちもまたそのような運動に巻き込まれているに過ぎないのです。

新聞と自動車は近代文明の利器でした。前者は情報の広範でスピーディな伝達のメディアとして、後者は移動と移送の快適な手段として構想されました。それは人間の目的と欲望に奉仕するはずでした。しかし『卑しい肉体』では新聞も自動車もそのような機能を失い、逆に混乱を巻き起こすだけなのです。

❖戦争

機械賛美というと、イタリアの未来派を思い起こします。実際に『卑しい肉体』にはマリネッティ（Filippo Tommaso Marinetti）の『未来派宣言（*Manifesto del futurismo*）』（一九〇九）への言及があります（44／71）。未来派は二〇世紀初頭の前衛芸術運動です。その機械文明賛美はファシズムへの親和性と戦争への熱狂をもたらしました。それにたいして『卑しい肉体』の自動車やメディアの記述は諧謔交じりであり、未来派とは区別する必要があります。

とはいえ『卑しい肉体』には戦争への言及があり、それを無視することはできません。例えば、休戦記念日に、赤いケシの花を売られている場面をアダムに目撃させます（55／108）。ケシの花は、フランスの塹壕に咲いていた花をイギリス兵が押し花にして持ち帰ったことがきっかけで、傷痍《しょうい》軍人基金のシンボルとなりました。この場面は、第一次世界大戦の傷が癒えていないことをさりげなく示唆します。

若者たちのパーティの狂乱を描いたあとに、別の場所で行われる貴族たちのパーティの記述が続きます。ここでも異なる位相のものが並置される混沌が演出されています。レディ・サーカムフェランスの目をとおして描かれるその場面でも、戦争への言及があります。

彼女は見た、諸外国において祖国を代表し、祖国のために自分たちの子供を戦地に送り、死に至らしめた人々、道に外れぬ穏やかな暮らしを営む人々、教養なく、てらいもなく、恥じることなく、とりつくろう

> ことなく、野心もない人々、人に左右されず物事を判断する、きわだってエキセントリックな人々、動物や分をわきまえた貧民には愛情を注ぐ心優しい人々、勇敢でいささか無謀な人々、こうした人々が、つかのま方陣を組んで近づいてくるのを。あたかも、ある日、最後の審判のラッパを聞きつけ、とうとう造物主に会えると期待している人々のようだ。(106 / 185-86)

パーティに集まる貴族や高位の身分の人々が皮肉交じりに描かれていますが、そのなかでも辛辣なのが子どもたちを戦場に送り、戦死させたものたちの責を問うものです。貧しいものや弱いものには表面的には優しく、神への信心も篤い人々。どこにでもいる卑俗だが無害な人々。このような大人たちが戦争の原因を作り、多くの若者を戦場に送ったことが指摘されます。しかし、ここではそれが淡々と述べられるだけで、その責を声高に告発することはありません。

先述したウォーの世代論に従えば、アダムとその仲間は(c)の世代、つまり戦争を知らない世代、戦争を体験しないことによって大人になる機会を失ってしまった子どもたちといえます。アダムの父親探しはこのような喪失を穴埋めするためと解釈することができます。

ところでアダムが追い求めるのが「酔っ払い少佐」であるのは皮肉です。それは名前ではなく軍隊の一階級での呼称です。少佐と呼ばれながらもかれがどこで従軍したのか、どの戦場にいたのかは明らかにされません。他方、ニーナの父親は「ブラント大佐」と呼ばれています。一八世紀のイギリス国教会の司祭であり、メソジスト運動を指導したジョン・ウェスレー(John Wesley)の宗教改革を映画にしようとしている山師です。ブラント大佐は、ウェスリーと、同じく一八世紀のイギリス国教会の司祭、ジョージ・ホウィットフィールド(George Whitefield)が決闘する場面を描こうとします。しかしそれは史実に基づいておらず、ほぼフィクションであることが明かされます。そればかりか資金を募るための法螺話でもあるようです(122-23 / 212-24)。『卑しい肉体』

に、戦争や戦いの話はたくさんありますが、どれもまやかしで、本当の戦争はどこにも見当たらないのです。レディ・サーカムフェランスの先の随想に続き、アウトレイジ前首相、メトロランド卿、ロスチャイルド神父という、いわゆる戦前世代の既得権益者たちが、子ども世代のことを語りあう場面があります。「子どもがいないから俺にはわからない」というアウトレイジの嘆息をうけて、ロスチャイルドは理解が及ばない若者たちの行状を「歴史の流れ」(111／195)という説明で大括りにしてしまおうとします。アウトレイジはそこに食いつきます。


「ところで、さっき言っていた『歴史の流れ』ってのは?」

「そうだな、近づきつつある次の戦争とかね……」

「戦争だって?」首相は語気鋭く言った。「戦争のことなんて、誰からも聞いてない。誰か教えてくれなきゃ。おれに相談もなしに開戦しやがったら」と、挑戦的な口調で、「ただじゃおかないぞ。相互の信頼あっての内閣じゃないか? ところで、あいつらはいったいどうして戦争なんかしたがってるんだ?」

「そこが重要な点だ。誰一人それについて語らない、誰もそれを望んでいない。望んでいないからこそ、語らない。戦争についておくびにも出すまいとビクビクしている」

「へえ、そうかい、誰も望んでいないなら、誰が戦争をおっぱじめるんだ?」

「現代では、戦争は人々が望むから起こるんじゃない。われわれは平和を願っている。新聞は軍縮や調停の会議について書きたてる。だが、われわれの世界秩序は根源的に不安定なんだ。平和を唱えながら、われわれは再び破局の顎《あぎと》に踏みこんでいくだろう」

「ふうん。あんたは万事ご承知というわけか」とミスタ・アウトレイジ。「どうせならもっと早く教えてもらいたかった。そうなったら、あのほら吹きジジイのブラウンと連立することになるだろうな」

「それにしても」メトロランド卿は言った。「今の話は、義理の息子が魚みたいに飲んだくれ、黒人娘を連れてあちこちに顔を出すのと、どう関係があるのかわからんな」
「つながってるんだよ」とロスチャイルド神父。「だが説明するのは難しいな」(112 / 195-96)

戦争に関する極めて皮肉な考えが開陳されます。誰もが平和を期待し戦争を望んでいない、なのに戦争は起こってしまうという皮肉です。誰も欲していないのに戦いは不可避的に起こってしまう。それを「根源的な不安定」あるいは「歴史の流れ」と言っているわけです。

歴史という観点で面白いのは、誰も欲していないのに起こってしまう戦争と若者たちの乱れた風俗が「つながっている」というロスチャイルドの台詞です。それらはどのような関係にあるかはわからない。ただ同時に生起しているのであれば、なにか関係があるのではないか。そのような曖昧な憶測を包含する言葉として「歴史の流れ」という表現が使われているのです。それは、因果関係がわからないことの告白であり、当惑の証左なのです。若者だけが知らないわけではなく、老人たちもなにもわからないのです。

❖出産

戦争責任についてのレディ・サーカムフェランスの随想と、アウトレイジ前首相、メトロランド卿、ロスチャイルド神父らの会話は、並置はされますが、全く交じりあっていません。『卑しい肉体』は、異なる意見をもつもの同士が互いに意見を交わす機会がないのです。様々な種類の言説が氾濫し、メディアがそれを拡散します。しかしそこには、真の対話、会話、議論と呼ばれるものは存在しません。異世代の没交渉によって政治的な議論が欠如したままなのです。

結末近く、戦争勃発のニュースがもたらされますが、それがどことの戦争なのか明らかにされません。ニーナと結婚できなくなったアダムに召集令状が届き、唐突に戦場に送られます。戦地にいるアダムに、他の男と結婚し、妊娠したことを告げるニーナからの手紙が届きます。ニーナの友人が『剣は抜かれた 戦争詩人叢書』という詩集を発行し成功したことを報告したあと次のように記します。「赤ん坊のせいでずっと吐き気がする、だけどみんなは戦争中に妊娠するなんて愛国者の鑑だなんて言うのよ、どうして?」(186 / 329)。妊娠は祝福されます。しかしそれは、家庭の幸せとしてではなく国力増員としてです。出産と誕生は新たな物語の創出ではありません。それは戦いに費やされる燃料でしかないのです。

そのあと戦場でのアダムの描写が続きます。かれは「酔っ払い少佐」と再会します。少佐は「将軍」と名乗り、チャスティティという、女性福音伝道師エイブのもとにいた女の子と一緒にいます。戦火を逃れるように、三人は壊れたダイムラーのなかに逃げ込みます。

> アダムの存在は二人の邪魔にはならなかった。ワインとふかふかのクッションと、二日間の戦闘で蓄積された疲労のせいで、アダムの意識は二人から遠ざかり、すぐ横で幸福な感情が脈動しているのにも気づかず、深い眠りに沈んだ。
>
> 立ち往生した自動車の窓に光が反射して、荒れ果てた戦場の一角を照らした。それから将軍はブラインドを下ろし、痛ましい窓外の光景を閉め出した。
>
> 「これでいいだろ、な?」将軍はいった。
>
> チャスティティは、将軍の制服を飾る数々の勲章を愛くるしい仕草でまさぐりながら、ひとつひとつの由来を話して、とせがんだ。
>
> そしてまもなく、旋回する台風のように、戦の響きがもどってきた。(189 / 334-35)

「壊れたダイムラー」は先述した自動車の「実在」と「生成」を思い起こさせます。自動車は社会を支配する機構の象徴でした。戦場に取り残されたダイムラーは生成の過程にあるのか、もはや車としての実在をやめているのかはわかりません。一方、旋回する台風と比喩される戦争が、より複雑で巨大な機構として、あるいは災害として、アダムたちを呑み込もうとしています。人間の意志や欲望を超越した「歴史の流れ」がこの時空を支配しようとしています。戦場の「悲しい光景」を遮るようにして少佐／将軍は車のブラインドを降ろし、チャスティティと戯れはじめます。少佐／将軍を追い求めることはアダムの父親探しの戯画でしたが、戦場での遭遇がもたらしたのは、チャスティティ（純潔）と性交しようとする中年男に過ぎません。アダムは、少佐／将軍とチャスティティの「幸せな感情の脈動」から隔離されます。また、ふたりの睦まじい性愛の行為も結局は戦争という巨大な機構に呑み込まれてしまいます。『卑しい肉体』はここで幕を閉じます。

⊙　⊙　⊙

『卑しい肉体』は「歴史の流れ」のただなかにいる人々を描きます。奔流は既存の価値観を攪乱します。様々な事件、価値観、人物がいっしょくたに流されていきます。しかしそれらが軋轢を起こし、新しい社会への模索がなされることはありません。社会改革の議論もされません。そのような中途半端な過度期に翻弄された人々が描出されるのです。

自動車の存在と生成に巻き込まれるように、人間たちは社会という機構の歯車になってしまいます。自動車や新聞メディアは、豊かな社会の象徴ではありません。しかし『卑しい肉体』はそのようなテクノロジーを批判するわけではありません。人間性がそこに失われてしまうことを嘆くわけでもありません。人間とはそもそも機械や組織の一部としてしか存在しえぬというニヒリズムが徐々に浮かび上がってきます。「陽気な若者たち」の乱痴気騒ぎも、若さの発露というよりは、機械のガス抜きにみえます。『卑しい肉体』のユニークさは戦争への態度、距離感にあります。戦争を語る様々な言説が氾濫するにもかかわらず、戦争そのものは漠としてしか存在しません。家族がおらず、自伝を失ったままのアダムは結局戦場に向かうしかありません。それは悲劇のようにも見えます。しかしかれが送られた戦場はどこか現実味がありません。「史上最大の戦場の一角」（186／328）という過度な形容には具体的な地名、時代の刻印がありません。そもそも戦場に残されたダイムラーの存在自体が非現実的であり、その車中で行われる少佐／将軍とチャスティティの性行為も夢のなかのイメージのようです。

戦争により世代が分割されたことをウォーは指摘しました。『卑しい肉体』は戦争そのものが非現実化されます。実態もない、非現実的なものにもかかわらず、人はそこに巻き込まれ、騒動が起こります。原因は不確かなのに結果として起こる騒乱は現実なのです。それこそがウォーが描こうとした社会の仕組みなのです。世代を敵対させた戦争。多くの価値観がシャッフルされる社会において数少ない評価軸のひとつとしての戦争。『卑しい肉体』はその戦争さえも実体のないものとして描かれるのです。

『ダンスのあとで』

一九二〇年代に社会現象になった「陽気な若者たち」の騒動は、一九三〇年代に入ると陰りをみせるようになります。それに呼応するように、三〇年代から四〇年代にかけて、失われた若さを描く文学作品が発表されるようになります。

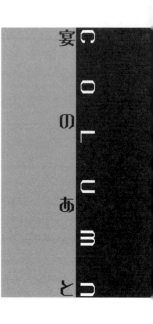

ここではまずテレンス・ラティガン（Terence Rattigan）の『ダンスのあとで（*After the Dance*）』（一九三九）という劇作を紹介します。この戯曲は「陽気な若者たち」に属する若者の成長が問題になっています。デビッドとジョアンの夫婦は広いアパートメントに、二〇年代からの友人ジョンを居候させて暮らしています。二〇年代と三〇年代を遊んで過ごし、その延長をまだ楽しんでいます。デビッドのモットーは真剣にならないことです。正業をもたず、遊び暮らすデビッド。それを可能にする財産がデビッドにあります。明示はされませんが、かれが親から受け継いだ遺産で暮らしていることは明らかです。

デビッドにはピーターという年の離れたいとこがいます。オックスフォード大学を優秀な成績で卒業したばかりですが、不況のため定職を得ることができません。自伝執筆をするデビッドの口述筆記によって給与というか小遣いをもらっています。一九二〇年代に若者だったものと三〇年代の終わりに若者であるもの。両世代のあいだにある残酷な違いが浮かび上がります。

ピーターにはヘレンという恋人がいます。そのヘレンがデビッドに恋をしてしまうことから物語は動きはじめます。パーティ三昧、酒浸りの生活を改めさせるために、デビッドをジョアンと別れさせ、自分と結婚させようとします。

中年に差しかかった「陽気な若者たち」と新世代の女性の恋愛の背景にあるのはもちろん時代の流れです。それはジョアンと居候のジョンが、ピーターを評す言葉からうかがえます。

ジョアン：かれの世代にはなんの問題もないわ。かれらは真面目なのよ、それだけ。とてもよいことだと思うわ。

ジョン：あなたはなにも考えていないんですね。若い頃のわたしたちは、いろんなことを言われましたけど、退屈だとは決して言われませんでした。(Rattigan 8)

ふたりの会話は、今の若者は真面目だけど退屈であるのにたいして、「陽気な若者たち」は不真面目だけど面白かったという対照的な評価を示します。退屈であることが忌避される一九二〇年代から、真面目さが報われぬ一九三〇年代終わりへと時代は変化したのです。生まれた時代がよかったがために享楽的な青春時代を送ることができた世代と、生まれた時代が悪かったために努力をしても報われぬ世代。異なる思想や考え方が両者を分かつわけではありません。両時代の若者の違いは運があるかないかです。

『ダンスのあとで』は『卑しい肉体』とはジャンルが違い、トーンも異なります。しかし個々人の無力さと諦念が底辺にあることは共通しています。一九二〇年代に青春を享受したかつての「陽気な若者たち」もまた生まれた時代に規定された存在なのです。

戦争に間に合わなかった若者

デビッドの狂騒生活には複雑な原因があります。かれと第一次世界大戦の関わりです。

デビッド：（頭を抱えて）ああ、主よ、戦争！　塹壕の恐怖。血、泥、親友が腕のなかで死んでいく。そんな記憶に今でもわたしは悩まされている。ヘレン、君の三文小説的な心に刻み込んでくれ。わたしは戦争にも参加していなかった。ひと月差で戦争に行かなかったんだ。

ヘレン　：気にしないで。戦争があったからこそ、あなたはこんなに素敵な人生を送れたのよ。

デビッド：わたしは自分の人生がそんなに素敵とは思わない。戦争となんの関係があるんだ？

ヘレン　：あなたが一八歳のとき、助けになるような、例えば、二二歳、二五歳、三〇歳、三五歳の人たちはいなかった。みんな〔戦争で〕いなかったから。それから、四〇歳以上の人の言うことは耳を傾ける必要がなかった。スポットライトはあなたたち、あなたたちだけにあてられていた。あなたは若者とさえいえなかった。単なる子どもだった。（27-28）

ここでは戦争が引き起こした世代の断絶が話題になります。デビッドは若すぎて従軍しませんでした。ウォーの分類でいえば、（c）に入ります。ヘレンはそれを幸運と考えます。戦場で傷つくことがなかっただけでなく、先輩世代が従軍し、咎めるものがいなかったがため、羽目を外し、自由を謳歌することができたからです。ところが、デビッドは異なった見方をしています。かれは戦争に参加し損なったこと、歴史の偉大な局面を目撃できなかったことを後悔しているのです。かれにとって戦場と塹壕はイメージでしかありません。実際にその目で目撃しなかった、友人が残酷に殺されるイメージに苦しめられているのです。

このようなコンプレックスを考慮すると、一九二〇年代から続くデビッドの狂宴生活は、戦争に参加できなかった悔恨の反動と考えることができます。そのパーティ三昧の日々は負い目を払拭するための虚無的な試みと解釈することができます。デビッドが書こうとしているのが自伝であるのは象徴的です。歴史の大きな局面に参加することができなかったデビッドは、自伝を書くことで自分の歴史を取り戻そうとしているのです。

ヘレンは酒浸りの日々から、デビッドを救いだそうとします。一方、ジョアンはデビッドの負い目にとことん付きあおうとします。女性ふたりのデビッドへの愛はそれぞれ理にかなったものです。健康の問題に特化してデビッドの生活を立て直そうとするヘレンにたいして、真面目に考えることを回避して、「陽気な若者たち」の延長戦をするデビッドに付きあうジョアンはかれの弱さを理解しています。読者と観客にはジョアンの愛情の方が深いことが感知されるようになっています。

終盤、ある悲劇がデビッドを襲います。居場所を失ったと感じたジョアンが自殺してしまうのです。そこでかれははじめて今までの生活を改めようと試み、ヘレンとの恋愛を諦め、ピーターが彼女とよりを戻すことができるように根回しをします（84-85）。『ダンスのあとで』はここで『卑しい肉体』や『午後の人々』の世界と決定的に決別します。デビッドは若者であることをやめ、若者の保護者へと、父へと成長しようとするのです。

開戦間近

第二次世界大戦は、開戦直前になっても戦いの意図が国民に共有されず、「まやかしの戦争（The Phoney War）」と呼ばれました。一九三九年、ネヴィル・チェンバレン（Neville Chamberlain）は自ら率いる戦時内閣に、労働党のリーダーたちも参加するように要請しましたが、断られてしまいます（Calder 32）。戦争を指揮する保守党への不信感が強かったことが主原因でしょうが、開戦へと踏み切る大義が広く共有されていなかったことも一因でしょう。

開戦時の戸惑いは文学にも現れています。第一次世界大戦が多くの戦争詩を生んだのにたいして、第二次世界大戦開戦時、詩人たちはほぼ沈黙します。詩人のスティーブン・スペンダー（Stephen Spender）はこのことを嘆きます。

> わたしたちは現在、ルパート・ブルックが命を犠牲にし、待望していた、明るくよりよい未来を生きている。しかしわたしたちの世界は、かれの熱意に報いてはいない。一九一八年から一九三九年のあいだ、戦後を経験したわたしたちは、一九一四年のブルックとは違い、平和時の疲弊と利己心と幻滅の輝かしい解決策として、戦争を考えることはできないのである。（Spender 539）

ブルックの愛国的な詩が描いたイギリスと、現在のイギリスのあいだに横たわる大きな断絶をスペンダーは憂いているのです。詩人たちの沈黙は、戦争の大義を共有できないことだけでなく、戦間期がイギリス社会を大きく変えてしまったことに起因します。第一次世界大戦終戦から第二次世界大戦開戦のあいだに断絶が生じたのです。

『ダンスのあとで』のデビッドは自伝を書こうとしています。『卑しい肉体』のアダムもそうでした。かれらの自伝執筆は歴史のなかに自分を位置づけようとする試みとして解することができます。個人と歴史が乖離している感覚がその前提としてあります。歴史の一部になっていないという感覚はスペンダーにも共有されています。そのような戸惑いが第二次世界大戦開戦時の詩の沈黙の原因になったことが考えられます。

『回想のブライズヘッド』

ウォーの代表作『回想のブライズヘッド』は、「陽気な若者たち」の後日譚といってもいいでしょう。一九四〇年代初め第二次世界大戦に従軍するライダーが、青春を費やした一九二〇年代を振り返る構成になっています。ライダーの追憶の大部は大学時代の友人であり、貴族出身の美青年セバスチャンをめぐるものです。大学生にもなってぬいぐるみのテディベアをかたときも手放さないセバスチャンに、歪んだ成長をみいだすことは可能ですが、この小説の眼目は別のところにあります。タイトルにある「ブライズヘッド」はセバスチャンの実家の邸宅のあった地所を指します。広大な土地に優美な住居の建つブライズヘッドは、いまは軍隊に接収されています。それはかれらの青春が過ぎ去ってしまったことを象徴しています。『回想のブライズヘッド』は取り戻せない過去への思いを主題にしているのです。

ライダーは青春時代を次のように回想します。「青春の倦怠――これほど類のない、純粋なものがあろうか！しかもそれはたちまちのうちに失われて、二度と帰っては来ない！」(*Brideshead Revisited* 90 / 上 149)。やや華美な詠嘆調は、若さや青春への思いが誇張されているような印象を与えます。失われた過去は過大に評価されています。取り戻せない過去は美しくみえるものです。

ライダーが指揮する連隊にフーパーという男がいます。「軍隊に何の幻想も抱いていなかった」(8 / 上 23)と評されるフーパーは、現代風の若者の象徴として語れます。それは戦争に大きな幻想を抱いていた第一次世界大戦の詩人たちとは対照的です。

彼〔フーパー〕はめったに文句を言わなかった。どんなに簡単な仕事でも安心して任せるわけにはいかない男だったのに、本人は能率ということをひどく重んじていて、商売上のささやかな経験から、軍隊での給与、供給物資、「工数」の使い方などについて、たまには、「これが商売だったら、とてもやっていけや

> しない」などと言うことがあった。*（8-9／上24）

「工数」と訳したのは"man-hour"という単語です。これは産業用語で作業量を表す単位として用いられます。もともとはアメリカの起業家でフォード・モーターの創設者であるヘンリー・フォード（Henry Ford）が作った概念だといわれています。それは大量生産を可能にするためのメソッドでした。アメリカ的な、生産効率を高めるような指標で、戦争をみています。

フーパーは、イギリスの時代が終わり、その覇権がアメリカにとって代わられたことを示す兆候です。しかしそのフーパーを、ライダーはそれほど有能ではないと看破しています。ライダーはこのフーパーを使ってふざけます。

> 何週間かつきあっているうちに、フーパーはわたしにとって、今の英国の青年の象徴になった。そこで、青年が未来に要求するものとか、世界が青年に期待するものといった文章に出会ったときには、〈青年〉といった一般的な表現をかならず「フーパー」という名前に置き換えて、それでも意味が通じるかどうか試してみた。起床ラッパが鳴る前の暗闇のなかで、わたしはよく、「フーパー大会」とか、「フーパー・ホステル」、「フーパーの国際的協力」、「フーパーの宗教」といった問題を考えた。（9／上24）

「若者の集い（Youth Rallies）」、「ユース・ホステル（Youth Hostel）」などの言葉から、若者（youth）をとり、「フーパー」に置き換えます。言葉遊びをするライダーは、フーパーを馬鹿にし、当世風の若さを嘲笑します。それはもちろん自分たちの過ごした青春がすでに過去のものとなったことを示します。しかしそれと同時に自分たちの青春の価値を高める効果があります。

現代の若者の象徴フーパーを馬鹿にするライダーの態度は、かれ自身の青春に込められた哀惜と対照的です。ライダーが抱く青春の思い出が過度に美化されていたことを忘れてはいけません。かれが回顧する青春時代は割り引いて考えなければなりません。『回想のブライズヘッド』が強調するのは、青春や若さがもはやどこにもないというある種の諦めなのです。

小説の最後、フーパーはライダーに「こんな大きな屋敷にひと家族だなんて。何の必要があるんですかね？」と尋ねます。フーパーの言葉には、現在は旅団司令部として活用されているブライズヘッドを建てた一族への皮肉が感じられます。ライダーはそれにたいして、美しい邸宅が軍に接収されたことを非難するわけではありません。むしろ、建物が当初想定しなかった用途で使われていることを次のように評価します。

おそらく、そこが建物を建てる楽しみのひとつなんだろう、息子をつくって成長を楽しむみたいなもので。わたしにはわからないがね。わたしは家を建てたこともないし、息子の成長を見守る権利もなくした人間だから。わたしは家もなければ子供もない、愛するものもいない中年男なんだよ、フーパー。（416／下385）

ライダーは、創造者、設計者の意に反したような展開をし、想定外の使用法をみつける建造物を、子どもの成長にたとえます。伝統と文化を守るべきと訴えるのではなく、その変容を、積極的に促進はしないまでも、冷めた視線で眺めながら容認していくのです。

*この作品からの引用は『回想のブライズヘッド　上下』（小野寺健訳、岩波書店、二〇〇九年）を参照しました。引用部分の前後の文脈や、本書で論じている文脈に沿って、変更した箇所があります。

しかし、この言葉以上に大切なのが、この会話が交わされる状況です。子どもも家族もいない中年男と自嘲するライダー。そこに諧謔があることを、フーパーは感じとります。そして、このようなユーモアの交換に、ライダーは年の離れた士官にたいして今までになかったような親密さを感じます。アメリカかぶれで、ユーモアを解さない若者にライダーはここではじめて心を開くのです。自分とは全く異なる青春を生きるフーパーにたいしてかれが抱く情感は、父性に似ています。自らの青春を美化することをやめ、自分とは異なる時間を生きる若者を温かく見守っていこうとするのです。

第3部　福祉国家

ウィリアム・ゴールディング（William Golding）の『蠅の王（*Lord of the Flies*）』（一九五四）は一九五〇年代を象徴する作品です。飛行機の墜落事後で、少年たちのグループが無人島に漂着したところから小説は始まります。当初少年たちは、大人の監視の目のない自由を楽しみますが、徐々にふたつのグループに分かれて反目するようになります。一方のグループは狩猟に熱狂します。豚を狩りその肉を食べたことからかれらのなかの野生が目覚め、その集団的暴力は敵対グループの少年たちに向かい、殺戮が始まります。

詳述するまでもなく、この作品はバランタインの『珊瑚島』のパロディです。現に物語の最後には『珊瑚島』への言及があります（Golding 223 / 354）。『珊瑚島』は少年たちが無人島で楽園を築くさまを描きました。汚い大人たちとは対照的な、無垢で純粋な少年の心が、南洋の島々の人たちとの友好な関係を築くのに貢献しました。南洋の美しい自然は、少年たちに遊び場を提供しました。同じような状況で始まる『蠅の王』は、子どもたちの楽園が殺しあいの場となる変化を描きます。人間は本質的に野蛮で残酷なもの。子どもたちであろうと、放っておくと殺しあいを始めてしまう。そのような人間の本性は、文明によって馴致することは不可能であることを、『蠅の王』は教えてくれます。

『蠅の王』は、子どもを純粋無垢な存在として理想化する考えを退けただけではありません。大英帝国の海外植民がもはや過去の出来事であることをはっきりと示します。戦間期から、大英帝国は徐々に解体されていきます。一九三一年のカナダ独立を皮切りに、一九四七年にインド、一九四九年にはアイルランドが独立を果たします。海の向こうにもはや楽園を望むことはできないのです。

拡張主義路線を諦めたイギリスは、国内の制度整備に向かいます。戦争終結直後の選挙で労働党政権が誕生し、福祉国家体制が準備されました。社会保障制度が設計、実施され、医療費の無料化、雇用保険の拡充、救貧制度の整備、公営住宅の建設が進みます。また高等教育の間口が広がり、奨学金が充実しました。その結果、かつてならば進学を許されなかったような若者たちが大学に入学してくるようになったのです。

福祉国家は二〇世紀後半にイギリスが生き抜くための手段でした。第一次世界大戦以降膨らみすぎた海外植民地の負債を清算し、拡張主義から国内制度の整備に注力するようになります。しかし、その具現化としての福祉国家政策は、諸手を挙げて歓迎されたわけではありません。戦後イギリスを代表する映画監督、批評家であったリンゼイ・アンダーソン（Lindsay Anderson）は一九五七年に発表した論考で次のように述べています。

わたしたちは社会的な革命を遂行した。立派な社会保障制度があり、技術的成果は誇れるべきものである。しかし、このシニシズムの蔓延、理想主義の困惑、感情的な疲労をどう説明すればいいのだろうか。なぜ若者から聞こえる多くの声は、強気で肯定的ではなく、苛立ち打ちひしがれているのだろうか？（Anderson 48）

充実した社会保障制度が確立した戦後。それは、戦前の階級に根差した社会構造を変え、新しいイギリスの未来を約束するものでした。ところでアンダーソンは、そのような社会の、特に若者たちの不満を拾い上げようとします。かれはその不満に共感することはできますが、その淵源を言葉にして説明することはできません。

本書第3部の目的は、一九五〇年代の若者たちを描く文学が、若者たちの不満をどのように描いたか、を分析することです。そのためにまずは福祉政策の詳細について検討する必要があります。「国民保健サービス（National Health Service）」（一九四八）の礎となったのは「ビバレッジ・レポート（Beveridge

Report)」（一九四二）でした。それは国民の戦争協力への見返りです。第一次世界大戦に続き総力戦となった第二次世界大戦に大きな犠牲を払った国民との約束として、社会保障制度のビジョンが示されたのです。各種年金や保険制度を整備し、すべての国民がその対象となることを提案したものでした。「窮乏」、「疾病」、「無知」、「不潔」、「怠惰」を「五大悪」と名指し、その解消を目指しました（Beveridge 6）。「ビバレッジ・レポート」は一八三四年に施行された「新救貧法」に代わる法案でした。ディケンズの『オリヴァー・ツイスト』に触れたところで説明したとおり、「新救貧法」は少しでも働けるものは産業労働者とみなす法律でした。その根拠となるのは、貧困や病弱を個人の怠惰、浪費、悪習に起因させる考えでした。「ビバレッジ・レポート」は、それまでは個人と家庭の責任とされていた健康衛生を国家の関心領域とします。国家そのものがひとつの家としてイメージされたといってもいいかもしれません。「太陽の沈まぬ国」というスローガンが象徴的に示す、広大な領地を誇る大英帝国から、「ゆりかごから墓場まで」という言葉が示唆する、安心と保証の福祉国家へと、イギリスの国としてのビジョンはシフトしていきます。

ところで「ビバレッジ・レポート」に次のような文言があることは意外に知られていません。「今後三〇年間、主婦は母親として、世界におけるイギリスの人種とイギリスの理想を適切に継続することを確実にするために、重要な仕事を担うことになる」（Beveridge 53）。女性に出産を促すだけでなく、イギリス人の純粋な血を保つことが奨励されます。女性たちに優生学的な貢献が期待されるのです。

戦時中、戦場にいた男たちに代わり、工場などで働いていた女たちは、戦後、復員してきた男たちに押し戻されるようにして、家庭に戻っていきます。そこで女性たちは新たな任務を与えられます。子を産み、育てることが彼女たちの大きな仕事になるのです。それは家庭の在り方と消費の形態の変化を伴います。一九五九年、著名な社会学者のマーク・エイブラムズ（Mark Abrams）は、五〇年代の消費が家電と家庭消費物に集中したことを受けて、次のように発言します。

> ついに、労働者階級にとって家庭は工場よりも魅力あるものになった。加えて、労働者が、職人技を発揮したり、楽しんだりするための最大の機会を得られるのは、家庭になったのだ。だから、快適と創造性の嗜好が一体となり、かれの関心の所在が変化したのだ。(Abrams, "Home-centred" 915)

職場から家庭へと生活の中心が移ったことは、イギリス社会に類をみなかったようなジェンダー観の変化をもたらします。そのひとつが「新しい男性」の登場です。社会に対峙するのではなく、仕事に満足し、家事にも積極的に参加するような男性が、特に労働者階級に現れます(Brooke 784)。それは当然、家庭観、家族観の変化をもたらします。夫／父親を稼ぎ手とし、妻／母を家事担当とすることを当然とみなすような伝統的な夫婦、家族関係に代わり、「チームワーク」(Finch and Summerfield 7) を旨とする夫婦のイメージが広がっていきます。

福祉国家はどのようなビジョン、どのような未来を描いていたのでしょうか。歴史家のデビッド・キナストン (David Kynaston) の分析を参照してみましょう。

> 国家の道徳的、社会的健全性を家族の道徳的、社会的健全性と同一視する規範的な仮説は、当時のほぼ公式、半ばオフィシャルな言説であった——その言説は、戦時と戦後直後の大きな混乱が、家族生活の結束力に大きなダメージを与えたという、多分に誇張された認識に基づいていた。かつて例をみないほど、ほぼカルト的といってもいいくらい、子どもたちは未来とみなされた。新しい福祉国家が捧げられたのは、社会の誰よりも、子どもたちだった。(Kynaston 558)

福祉政策と社会保障制度の多くは子育てと教育をサポートするものです。家庭の育児は国家の設計と直接リンクさせられるのです。それ自体は否定すべきことではなく、むしろ評価すべきことでしょう。しかし子どもに未来を託す言説は、同時代の若者を軽視することに繋がっていきはしないでしょうか。また、家庭がそのまま国家の成員を生み育てる場所になるのであれば、国家の家庭への干渉も懸念されます。理想的な家族像が強制され、国家の役に立つような子育てが知らず知らずに内面化されてしまうからです。

一九五〇年代からイギリスでは若者を主人公にした文学作品が多く出版されます。キングスリー・エイミス（Kingsley Amis）の『ラッキー・ジム（*Lucky Jim*）』（一九五四）、ジョン・オズボーン（John Osborne）の『怒りを込めて振り返れ（*Look Back in Anger*）』（一九五六）、ジョン・ブレイン（John Braine）の『最上階の部屋（*Room at the Top*）』（一九五七）、アラン・シリトー（Alan Sillitoe）の『土曜の夜と日曜の朝（*Saturday Night and Sunday Morning*）』（一九五八）、シーラ・ディラニー（Shelagh Delaney）の『蜜の味（*A Taste of Honey*）』（一九五八）などが代表例です。このなかのいくつかは本書でも扱います。これらの作家たちは「怒れる若者たち（Angry Young Men）」と総称されました。これらの作品は、共通する主張を掲げているわけではありませんが、若者の怒りと苛立ちが描かれていること、その背景として戦後の福祉政策があることは共通点として挙げられます。そして、理想とされる家族と家庭にたいする忌避感も共有されています。このような文学作品を熟読しながら、若者の苛立ちの原因を福祉国家に求めることが第3部の目的です。家庭と家族の円満を求める施策が、怒りと苛立ちを誘発する理由を探っていきたいと思います。

第6章　豊かな時代の怒れる若者たち
ジョン・オズボーン『怒りを込めて振り返れ』

❖ 戦後の演劇

「怒れる若者たち」はジョン・オズボーンの『怒りを込めて振り返れ』の初演時に作りだされたコピーでした。一九五〇年代から六〇年代にかけて活躍する若手作家たちを示す包括的なレッテルとして流通したその言葉は、演劇界に端を発したものでした。一九五〇年代、若者の怒りを表象するジャンルとして、演劇が注目を集めたのです。オズボーンに続くように多くの若手劇作家が注目作を発表します。若者の反抗的エネルギーは、小説や詩ではなく、なぜまず演劇に向かったのでしょうか。その理由を知るためには、戦前からのイギリスの演劇の歴史を紐解く必要があります。

一九三六年に設立された興行会社H・M・テナント（H. M. Tennent Ltd.）は、グローブ座（現在のギルグッド劇場）を拠点にウエスト・エンドの中心となっていきます。この時代、舞台制作や劇場経営に関する助成制度はなく、興行はチケット販売による収益に依存していました。そのためH・M・テナントの制作した作品は当然、多くの人に受け入れられるようなエンターテインメントに偏りがちでした。一九三九年の開戦により多くの劇場は閉鎖されていきますが、H・M・テナントの敏腕プロデューサー、ビンキー・ボーモンド（Binkie Beaumont）の手腕により、グローブ座は閉館を免れ、戦時中も娯楽を供し続けます。

一方、戦中から戦後にかけて、新しい演劇興行の方法が模索されます。一九四〇年に設立された「音楽芸術奨励協議会（Committee for Encouragement of Music and the Arts、通称CEMA）」は、従軍兵への慰問に尽力した組織でした。戦いに臨む兵士たちのナーバスな心を癒し、戦意を維持するために歌手やコメディアンを派遣したのです。CEMAは一九四六年、「アーツ・カウンシル（Arts Council）」に改名し、非商業的な音楽や演劇の助成を行う組織になります。娯楽を提供するだけのエンターテインメントとは異なる舞台芸術が模索されるようになります。これは一九六〇年代の国立劇場の設立へと繋がっていきます。

CEMAの発足当初から委員長を務めていたのは経済学者として有名なケインズ（John Maynard Keynes）です。芸術活動の公共性を認めるケインズは、金は出すけど口は出さないというアーツ・カウンシルの方針を打ち立てます。一九四五年に行なったスピーチでかれは次のように明言しています。「わたしたちは、劇場やコンサートホール、ギャラリーがすべての人の養育において活気を与える要素となり、劇場やコンサートに定期的に通うことが組織的な教育の一部となる日を待ち望んでいます」（Keynes 22-23）。このような言葉は、ケインズが舞台芸術を教育の一部と考えていたことを証言します。かれにとって、観劇は市民性を涵養するための重要な教養として位置していました。

戦後、芸術分野への助成金制度が整います。ジョン・オズボーンやシーラ・ディラニーはこのような恩恵を受け劇作家としてデビューしました。そして、無名な作家たちの作品が即座に制作上演される演劇界に多くの注目が集まるようになります。そこで、新しい価値観を打ち立てようとする演劇が、戦前から続く商業主義的な演劇と、鮮明な対立関係を築くようになります。新たな劇作家たちは、メロドラマや客間劇を得意とする、テレンス・ラティガンやノエル・カワード（Noël Coward）を仮想敵と見立て、それに対立するものとして位置づけられます（Innes 54）。そしてそのような対立に、既得権益に切り込む若者という構図が重ねられたのです。

ところで、このような若者の怒りが助成金によって養われていたことを見過ごしてはいけません。若い劇作家たちが怒りをぶちまけたのは、国家の援助で整えられた舞台の上だったのです。そのことに居心地の悪さを表明する作家もいます。怒りや苛立ち、焦慮など、若者たちの様々な感情表現を、既得権益者へのプロテストと単純化してしまうことは避けなければいけません。複雑な感情の表面に隠された複雑な心理を分析する必要があるのです。

❖ 上昇婚

今度は作品の内容に踏み込んでみましょう。「怒れる若者たち」を特徴づけるのは怒りと苛立ちです。しかしそのような激しい感情描写とともに、もうひとつの特徴を挙げることができます。作家であり批評家であるアントニー・バージェス（Anthony Burgess）が、「怒れる若者たち」の作家たちの特徴として述べた文章を参照してみましょう。

〔キングスリー・エイミスの〕『ラッキー・ジム』の重要なテーマのひとつは、一九五〇年代の多くのイギリスの小説や演劇（例えば、ジョン・オズボーンの『怒りを込めて振り返れ』など）にもみられるテーマである。つまり人類学者が「上昇婚」と呼ぶものだ。これは文字どおり「自分より階級が上のものと結婚する」という意味であった。戦後の反抗者の大きな目的のひとつはかれらより高い社会的階層に属する女性を征服することであった。これは、イギリスの小説に永年とりついている階級のモチーフの一側面である。

（Burgess, *Novel* 141）

この文章のキーワードは「上昇婚（hypergamy）」です。もともとは人類学の用語で、女性が格下の男性と結婚することを避けるための慣習を指す言葉でした。バージェスはこれを福祉政策下のイギリス社会のジェンダーと階級意識の変化を表す言葉として転用しています。「怒れる若者たち」の文学のもうひとつの特徴は、格上の女性と結婚する、労働者階級あるいは下層中産階級の男性を多く描くことです。

このような男たちの上昇婚の表象は、父から子への職業、家業の継承が少なくなってきた社会現実を踏まえています。戦前まで、特に労働者階級では、息子は父を、娘は母を見習うことで大人になっていくことが一般的でした。しかし福祉政策が高等教育の門戸を大きく開いたとき、若者には多様な選択肢が提供されます。それはもちろん豊かさの実現でもありますが、古きよき社会の崩壊と受けとったものもいます。息子が父を、娘が母を見習うような家系譜的連続が当たり前ではなくなったからです。「怒れる若者たち」は、若者たちが大人になるためのモデルを見つけることの困難を描き、階級的連帯を失った孤独を強調します。これらの多くの作品では父母の不在、あるいはその存在感の希薄が問題になります。そこにも親子関係の不連続が示唆されているのです。

❖『怒りを込めて振り返れ』

ジョン・オズボーンの『怒りを込めて振り返れ』は上昇婚と親子関係の希薄化を描いた筆頭の劇作といえるかもしれません。主人公はジミーという青年です。かれは二〇世紀に作られた新設大学の出身とされています(Osborne, "Look Back" 40)。戦後の福祉政策と教育制度の拡充の恩恵を受けた男といっていいでしょう。ジミーは、植民地インドで大佐を務めた元軍人を父にもつアリソンと結婚しています。大英帝国の最後を看取った人物の娘です。上昇婚により階級上昇をしたジミーですが、始終怒り続けています。しかし観客や読者はかれの怒りに同調するのが難しく感じるでしょう。その怒りの原因がどこにあるのかよくわからないからです。

ジミーとアリソンの他には、ジミーの仕事仲間のクリフ、そしてアリソンの女友達のヘレナが登場します。アイロンを黙々とかけるアリソンと、新聞を散乱させ、怠惰に紙面に読みふけるジミーとクリフの対比で幕が上がります。黙々と家事をこなすアリソンにたいして、主人公ジミーは興奮気味に、熱狂的に振舞います。

ああ、なんてこった、平凡な人間的な熱意を求めているだけなのに。単なる熱意、それだけでいいのに。ハレルヤ！と叫ぶ、人間的な、スリリングな声が聞きたいんだ（かれはわざとらしく胸を叩く）。ハレルヤ！（胸を叩く） 俺は生きている！ そうだ。ちょっとしたゲームをしないか？ 人間のふりをしてみよう、生きていることにしよう。ちょっとだけでいいから。どうだい？ 人間のふりをしてみよう。（"Look Back" 二）

ジミーは人間性と共感の価値を、熱意と熱狂の重要性を訴えます。しかし、その言葉は空回りします。人間のふりをしようというジミーの言葉は自虐的です。人間的に生きることはもはやできないという諦めが反語的に伝わってくるからです。このようなかれのアイロニーは、他の登場人物の容易な理解を拒みます。このような温度差が、かれの孤立と孤独を際立たせていきます。

❖ 社会主義

ジミーの皮肉と怒りを理解するためには、当時の時代状況を参照する必要があります。この作品が初演された一九五六年はイギリスの現代史にとってとても重要な年でした。まずそれはイギリス社会主義の転換期として記憶されています。そもそも社会主義は一九世紀に発展した思想です。フリードリッヒ・エンゲルス（Friedrich

Engels）はその起源を次のように解説します。

近代社会主義は、その内容からいえば、なによりもまず、一方では今日の社会にある有産者と無産者、資本家と賃金労働者の階級対立を、他方では生産における無政府状態をみたうえでうまれたものである。（エンゲルス 31）

市場経済の論理を優先させることによって自由競争が激化し、資産をもつものと労働力しかもたぬものの格差が大きくなった一九世紀、それを是正するために生まれたのが社会主義という思想です。イギリスでは、産業革命以降、市場主義経済が支配的になります。市場主義経済が格差を助長することが顕著になる一九世紀半ば以降、社会主義が徐々に広がっていきます。ウィリアム・モリス、ヘンリー・ハインドマン（Henry Hyndman）を中心に、一八八一年に「社会民主連盟（Social Democratic Federation）」が結成されます。

本書の「はじめに」で触れたとおり、ウィリアム・モリスは『ユートピアだより』で社会主義の豊かさを若さの比喩で表しました。この本で社会主義は、「自由と平等へのあこがれ」によって始まり、「恋する者がいだく常軌を逸した情熱にも似た渇望」であり、「当時の裕福な教育のある人びとの無目的で孤独なくらしを嫌悪の念をもって拒否する、胸のうずき」（Morris 150 / 198）と説明されます。「自由」、「情熱」、「渇望」、「胸のうずき」など若さや青春と親和性の高い言葉で解説されます。より理論的な説明もあるのですが、社会主義は若さをエネルギーにした正義への希求を淵源にもつとモリスは考えていることは明らかです。

社会主義はそれ以降、格差や階級問題を憂う知識人や労働者の拠り所であり続けました。そのような社会主義の失墜が明確になるのが一九五六年でした。同年二月にフルシチョフ（Nikita Sergeyevich Khrushchev）のスターリン（Iosif Vissarionovich Stalin）批判があり、六月はポーランドでポズナン暴動、一〇月にはハンガリー動乱が起こります。これらの事件により、社会主義の約束する未来が裏切られ、左翼的言説が拠り所を失ってしまいます。社会主義とは関係ないかもしれませんが、スエズ危機もこの年の一〇月に勃発します。それはイギリスの国際的な影響力の低下を示す事件でした。

社会主義の失墜と国力の低下という状況がジミーに無力感を与え、苛立ちを募らせるのです。ジミーはこのような状況に度々言及します。例えば、新聞に掲載されたカンタベリー主教の言葉を引用してそれに憤慨します。「階級の差を否定するなんて言ってやがる。『それは労働者階級が固執し、いたずらに助長した考えなのです』だってよ」(Osborne, "Look Back" 9)。階級問題は解消されたという主教の発言。それは福祉国家の成果を言外に認め、労働者階級の被害者意識をあげつらうものです。そのような言説と風潮に苛立つジミーは、階級問題は未解決で、労働者階級の連帯がまだ必要であると考えています。

ジミーは新聞を読みながらプリーストリー(J. B. Priestley)の名を口にします。「奴〔プリーストリー〕の言うことったら。〔アリソンの〕ダディみたいだな——権利を奪われた荒野でくつろいじまって、エドワード朝の黄昏を未練たっぷりと眺めてる」("Look Back" 12)。プリーストリーは一九三〇年代から五〇年代に非常に人気のあった作家です。かれは穏健な社会主義者として知られています。

かれの代表作である劇作『夜の来訪者 (*An Inspector Calls*)』(一九四五)にもその考えは浸透しています。第一次世界大戦直前の一九一二年、ミッドランド地方北部の工業都市ブラムリーにある邸宅が舞台です。グールという名の警部が、裕福な資産家であるバーリング一家を訪れ、労働者階級の若い女性の自殺を告げます。グールとの会話から、バーリング家のそれぞれがその女性に関係があったにもかかわらず、彼女から職を奪い、あるいはその窮状に手を差し伸べなかった過去が明らかになります。グールは、一家の糾弾を次のような言葉で締め括ります。「わたしたちは、一人で生きているのではありません。わたしたちは、共同体の一員なのです。わたしたちは、おたがいに対して責任があるのです。そして、みなさんに申しあげますが、もしも、人間がその教訓を学ぼうとしないなら、かれらは、火に焼かれ、血を流し、苦しみもだえながら、それを学ぶときがくるでしょう」＊ (Priestley 207 / 125-26) この言葉は、『新約聖書』「コリント書」（一二章二七節）の次の一節を踏まえています。「あなたがたはキリストの体であり、また一人一人はその部分です」（新 316）。キリスト教の一体感になぞらえられて社会の一体感が主張されます。この台詞を述べたグールのことを、バーリングが「社会主義者かそういったたぐいの変人だろう」(Priestley 211 / 135) と言います。グールの糾弾は社会主義者プリーストリー自身の怒りと考えてもよいでしょう。

ジミーの社会主義への態度は両義的です。プリーストリーが主張するような社会の一体性を希求しつつ、しかし、それがもはや不可能であることを熟知しています。それがかれのアイロニカルな態度と言動を生んでいくのです。

❖ 大義と女性的価値

ジミーの苛立ちは、前記のように、イギリスの社会問題と国際情勢とリンクしています。しかし、その怒りの根源はより身近なところにあります。スペイン内戦で傷ついた父親の報われぬ死がそれです。一〇歳のジミーは、その父親の死をひとりで看取ったのです。リベラル派にとってスペイン内戦（一九三六–三九）は大きな意味をもつ戦いでした。それは、国家と国家の領土権争いではなく、ファシズムにたいする共和国政府の戦いであり、リベラルと理念のための戦いでした。アーネスト・ヘミングウェイ (Ernest Hemingway) やジョージ・オーウェル、ルイ・マクニース (Louis MacNeice) などの文学者がそれを伝えるためにスペインに入りました。

ジョージ・オーウェルはスペイン内戦を振り返った文章で、友人でハンガリー人の作家であったアーサー・ケストラー (Arthur Koestler) に「歴史は一九三六年で止まった」と発言したことを思い出しています。「私たちは二人とも全体主義全般のことを考えていたが、より具体的にはスペイン内戦を頭に浮かべていた」＊＊ (“Spanish

War," 222 / 122)。オーウェルはここで、ファシズムが勝利したことを嘆くだけではありません。共和派の援助のために各国が一致しなかったこと、報道が正確な事実を伝え損なったことなどにオーウェルは絶望します。そのような絶望と諦めが、父の死を語るジミーの言葉に滲み出てきます。父の死を看取った記憶を、ジミーは次のように語ります。「父は何時間も俺に語り続けた、人生に残されたすべてを注ぎ込んでいた、孤独で当惑した少年には、父の言ったことの半分も理解できなかった」(Osborne, "Look Back," 56)。父の語りは、残念ながら充分に息子に伝わりませんでした。これは、大きなコンテクストでは、自由を賭けた戦いの理念が喪失したことを意味します。

ジミーの苛立ちはこのような理念の喪失に起因するとともに、父の孤独な死にも原因があります。ジミーが度々吐露する「大義」の喪失はこれに関係します。それは重要なことはすべて終わってしまったという漠然とした喪失感の表明です。

どうして、どうして、どうして、どうして、女たちは、おれたちに死ぬほど血を流させようとするんだ?「血を惜しみなく捧げてください」と書かれた手紙を受けとったことがあるか? 郵便局長が世界中の女性に代わって郵送しているんだ。おれたちがまだ子どもだった三〇年代、四〇年代の頃、すべて終わってしまったんだ。勇壮な大義名分はもう残っていない。もしビックバンが来て、おれたちが皆殺しにされても、それは壮大な構想のためじゃないんだ。素晴らしく新しい無のためでしかない。バスの

*この作品の引用は『夜の来訪者』(安藤貞雄訳、岩波書店、二〇〇七年)を参照しました。
**この作品の日本語訳は「スペイン内戦回顧」(『あなたと原爆 オーウェル評論集』秋元孝文訳、光文社、二〇一九年)を参照しました。

まえに飛びだすくらい無意味で不名誉なことだ。もうなにも残っていない、おれたちは、女たちに屠殺されるのを待つしかないんだ。(83)

「大義」は、一九三〇年代から四〇年代に喪失してしまったとジミーは訴えます。それは先述した父の死、スペイン内戦、社会主義、第二次世界大戦、階級闘争などを喚起するものと考えられます。そのような大義がすべて、五〇年代の福祉政策によって、忘れ去られてしまったというのです。

同時に留意しておくべきは、ジミーが五〇年代を女性の時代と規定していることです。右記引用中の「郵便局長」は、女性たちの声を国家が救い上げていることを示す比喩です。国家を味方につけた女性によって抑圧される男たちの窮状を訴えています。男性性が女性たちに駆逐される時代に生きるジミーは、過去を理想化し、ノスタルジックに回想します。それは社会主義の理想の回復であるとともに、階級に基盤をもつ男性性への希求でもあります。

さて『怒りを込めて振り返れ』と同時期にオズボーンが発表した論考をいくつかみてみたいと思います。その劇作の初演と同じ年に発表された「女のどこがおかしいのか("What's Gone Wrong with Women")」(一九五六)というエッセイがあります。そこにオズボーンの女性観をうかがい知ることのできる興味深い一節があります。「おれたちは女性的価値観に支配されつつある。おれたちは女性的価値観に支配されつつある」(Osborne, "What's Gone" 256)。女性特有の、身の回りの個人的な苦しみ以外には無関心な態度に支配されつつあるというオズボーンの考えは明らかに男女差別的です。しかしここではそのことを非難することは控えましょう。それよりもまず、ここではオズボーンのこのような思考が『怒りを込めて振り返れ』にも浸透していることを確認したいのです。

オズボーンは一九五〇年代を振り返るエッセイ「五〇年代("The Fifties")」(一九五九)で、次のように書いています。

この一〇年は「快適さ」という幻想を生み、わたしたちは人生の困難という感覚を失ってしまった。政治、芸術、コミュニケーションにおける抑圧の技術は完璧なものとなり、わたしたちの個人的、国民的な幸福を妨げるような問題もなくなった。(Osborne, "The Fifties" 191)

オズボーンは「快適さ」が生活の困難を解決したことを認めます。その代わりに、困難や苦しみを共有することによって育まれた連帯の意識が消失してしまったと嘆いています。このような「快適さ」を実現したのが福祉国家であることは間違いありません。個人や家庭の問題を国家の問題としたのが福祉政策であるならば、公共の領域もまた国家に吸い上げられてしまったと感じているのでしょう。

オズボーンが表明するのは、福祉政策下において左翼言説が空洞化してしまう点です。「社会主義は人間を信じる唯一の政治システムだ。社会主義は人々がともに生きるためのものだ。労働党の指導者たちは砂糖とセメントについての議論をなるべく早く停止し、事実に目を向けたほうがいいのだ」(Osborne, "Fighting Talk" 190)。「砂糖とセメント」は食料供給と住宅整備を象徴し、生活の即物的(資本主義的)豊かさを表していると考えられます。労働党と社会主義は、そのような物質的豊かさではなく、人間同士の絆の再構築に向かうべきとオズボーンは苦言しているのです。

オズボーンは、豊かな生活では埋められないものがあると指摘しています。福祉政策による物質的な豊かさにより、労働党と社会主義が存在意義を失ってしまったという危機感をかれはもっています。『怒りを込めて振り返れ』ではこの問題を女性と男性の問題として言い換えています。ジミーが求める大義は男たちの連帯でした。戦争や階級闘争はそのための手段であったのです。そのような男性的連帯が女性的(家庭的)な価値観に駆逐されているという認識をジミーは前景化します。

❖ 一九五〇年代のジャズ

ジミーを語るうえでもうひとつ欠かすことができないのは、かれのジャズへの入れ込み具合です。「ジャズが好きじゃない奴はどいつも、音楽にも人間にも感性がないんだ」(46) と叫ぶジミーにとってジャズは単なる音楽の一ジャンルではありません。それは生き方や感受性を問うバロメータです。

ジミーのジャズへの熱狂は歴史的な文脈で考える必要があります。ジャズが単なるエンターテインメントであるだけでなく、思想や主張を伴って語られるようになるのは、一九五〇年代です。またそれと同時に文学作品のモチーフにもなっていきます。アメリカではジェイムズ・ボールドウィン (James Baldwin) の「サニーのブルース (“Sonny’s Blues”)」(一九五七)、イギリスではジーン・リース (Jean Rhys) の「あいつらにはジャズって呼ばせておけ (“Let Them Call It Jazz”)」(一九六二) が著名な例です。一九五九年に公開されたアメリカ映画『ジャズの叫び (*The Cry of Jazz*)』は抵抗の文化としてのジャズの評価を決定的にします。エドワード・ブランド (Edward Bland) によって制作されたそのドキュメンタリーは、ジャズの歴史をアフリカ系アメリカ人のアイデンティティと結びつけ、奴隷制の歪みが生みだした抵抗の音楽と定義します。

ボールドウィンの「サニーのブルース」は黒人兄弟の物語です。真面目な教師である兄にとって、薬物使用で逮捕歴があり、職にも就かずジャズ演奏に入れ込む弟サニーは悩みの種です。兄は弟を理解する言葉をもたず、弟は自分の抱える憂慮を積極的に言語化しようとしません。兄は、ある晩、サニーが属するカルテットの演奏をジャズ・クラブで聴きます。そこで弟への評価が一変します。

　自由が、ぼくたちの周りに息づき、ぼくはとうとう理解する、ぼくたちは、聞くことによって、自由になるのを、あいつ〔サニー〕に助けてもらうのだ。ぼくたちが自由にならなければ、あいつもならないのだ。それでも、あいつの顔には、もう闘いの影はない。あいつがこれまで耐えてきたもの、これからも、死んで土に安らぐまで、耐えつづけていくものをぼくは聞く。あいつはそれを自分のものにした、つまりぼくたちの長い家系だ、そのうちぼくたちは、パパとママしか知らないが、あいつはそれを、こちらへ帰そうとしているのだ、すべてのものは、帰されねばならないのだ、死を通り越して、永遠に生きるために。*（140／296）

ジャズの即興演奏を記述する言語の特徴がここに現れています。演奏は、主体と客体の壁を越え、間主観的な境地を創出します。兄と弟は、言葉を越えた音楽の世界ではじめて理解しあいます。それまで弟のことを理解できなかった兄ですが、自分が解放されてはじめて弟も自由になると悟ります。アメリカ社会に順応してしまった自分とジャズに入れ込む弟が対の関係にあると知るのです。ここでは兄弟の言葉を越えたコミュニケーションが実現されるだけではありません。「死んで土に安らぐ（to rest in earth）」、「永遠に生きる（to live forever）」などの詩的表現は、奴隷制などの黒人の具体的な苦難の歴史だけではなく、より抽象的で超越的な世界を想起させます。特定の人種のプロテストを超え、より普遍的な訴求力を獲得するジャズの秘密がここに説明されています。

歴史家のエリック・ホブズボームは、一九五〇年代から六〇年代にかけてフランシス・ニュートン（Francis Newton）の別名でジャズ批評をしていました。そこでかれはジャズを商業主義の大衆音楽とは区別します。様々な国籍、民族、肌の色の人間を同時に熱狂させる音楽は他にないとホブズボームは言います。

---

*この作品の引用は「サニーのブルース」、『アメリカ短編ベスト10』（平石貴樹訳、松柏社、二〇一六年）を参照しました。

ジャズはプロテストの音楽だ。それはもともと抑圧された人々と抑圧された階級の音楽だったからだ。このふたつを厳密に分けることはできないが、前者より後者の方がより明白だろう。この音楽が中流階級や上流階級の愛好家にとても強くアピールをしているのは、このような社会的起源があるからだ。(Hobsbawm, Jazz 234)

プロテストの音楽としてのジャズには、人種の違いだけではなく、階級の違いを飛び越え、より大きな連帯を構築することが期待されます。それは抑圧されたものに訴えるだけではありません。労働者階級や抑圧されてきた民族に共感を寄せる中産階級の若者にも強く訴えたのです。ジャズは普遍的な訴求力をもっていました。ホブズボームは、黒人の文化があらゆる不公平と戦うための理念的メッセージとなったというのです。

ところで『怒りを込めて振り返れ』の評価に最も貢献したのは劇評家ケネス・タイナン(Kenneth Tynan)でした。各種の日刊紙で劇評を書いたタイナンもまた左翼系の劇評家で、オズボーンの劇作をエネルギー迸るものとして激賞しました。特にその主人公ジミーの人物造形を称揚します。一九五六年の劇評を参照してみましょう。

キプロスの少年たちを鞭打つ権利を譲ることができないという演説を、ジミー・ポーターが真顔で聞いているのは想像できない。かれのような人間を、リンチする暴徒として動員することはできまい。かれはジャズのために生きている。それは黒人が発明した芸術である。もしかれにカミソリを与えても髭を剃る以外のことはしないだろう。ポーターに代表される現代の若者たち。かれらは、上品な趣味が君臨することを軽蔑し、「感情的」という評価を罵倒として受けとることを拒否する。オズボーン氏は、このようなものたちのロンドンの最初のスポークスマンなのだ。(Tynan 113)

この劇評は補足説明がないと理解が難しいでしょう。第一次世界大戦後、イギリスに一方的に併合されたキプロスでは、第二次世界大戦後、独立を求める運動が盛んになります。「キプロスの少年たち」への言及は、イギリスの統治政策に、『怒りを込めて振り返れ』のジミーだったら抗議するであろうというタイナンの想定のもとになされています。一方、ジャズへの熱狂は、ジミーが有色人種に偏見を有していないことの証左とされます。「上品な趣味」はイングランド的品位を指しています。タイナンはその一例として感情の抑制を挙げていることが推測できます。しかし、ジミーはその言葉を否定的なものとは受けとらず、自己を抑制できないものへの侮蔑の意味が込められています。「感情的」という言葉には、敢えて感情的に振る舞うことで、イングランド的な美徳を嘲笑っていると言います。タイナンは、イギリスの国際的な問題と国内の階級問題を取り上げて、その解決を若者に託しています。タイナンにとって、ジミーは、未来の期待の若者の理想像なのです。人種を問わず、ジャズは若者の文化となりました。ホブズボームやタイナンなど社会主義を標榜する論者は、そのような若者たちのライフスタイルから変革の希望をみいだしました。そして『怒りを込めて振り返れ』のジミーがそのような若者像の祖型を提供したのです。

しかしタイナンの劇評は興奮気味で客観的な評価とは言い難いことは事実です。ジミーは劇中、キプロスの問題にも人種問題にも言及しません。ジミーがジャズに熱中していることは事実ですが、そこから人種問題に議論を展開することはありません。ジミーと作者のオズボーンを混合し、作中の台詞をそのまま劇作家のメッセージとして解釈するタイナンは、作品と現実の区別を見失っています。その結果、ジミーの言葉と人物造形を拡大解釈し、リベラルな若者像を作りだしているのです。「ポーターに代表される現代の若者たち（The Porters of our time）」という表現は、ジミーのような若者がたくさんいたらいいというタイナンの希望を反映しています。ジミーは、タイナンのような社会主義者が願望を投影したくなる登場人物だったのです。

❖ ジミーのトランペット

実際にジミーがトランペットを吹く場面はどのように描出されているのでしょうか。アリソンの友人である女優のヘレナが巡業のため、数日泊まりに来ます。ジミーとアリソンの夫婦の住まいにクリフとヘレナが同居するいびつな四角関係は、アリソンの妊娠発覚と家出（里帰り）によって終止符を打ちます。しかしアリソンの不在のあいだに、ヘレナがジミーの代理妻のようにふるまいはじめます。そのような家庭内不倫は、アリソンにも半ば承認されている、奇妙な関係です。そこにアリソンが帰って来てヘレナと話をします。ジミーは別の部屋にこもり出てきません。

アリソン：　ヘレナ、（彼女に近づく）かれから離れてはだめ。かれにはあなたが必要なの。
ヘレナ　：　そう思う？
アリソン：　あなたはかれには向いていないかもしれない――わたしたちはどちらも向いていない――
ヘレナ　：　（舞台後方に行って）ああ、かれ、あの騒音止めてくれないかしら！
アリソン：　かれはわたしたちとは全く違うものを求めている。正確になんといえばいいのかわからないけど。母親的なものとギリシャの宮廷女、あるいは忠実な召使、クレオパトラとボスウェルを混ぜたようなものよ。でももう少し待ってあげて――
ヘレナ　：　（ドアを開けて）お願い！　やめて！　考えることができない！
（少し間があってからトランペットがまた鳴り響く。彼女は両手で頭を抱えて）
　　　　ジミーお願いだから
（演奏は止まる）

ジミー、話があるの。(Osborne, "Look Back" 90)

アリソンとヘレナはジミーについて話をします。扱いにくく、その存在を持て余してしまうジミーのことを、ふたりとも相手に押しつけあっているようです。アリソンとヘレナはジミーへの情欲よりも女同士の友情を選択します。ジミーのトランペットは、アリソンとヘレンの会話を妨害するように演奏されます。女たちの会話にかぶさるように響く音色は、ジミーから女たちへの抗議のようにも聞こえます。それは不平不満を言葉にできぬ幼児の心を代弁しているようです。ジャズへの感性が人間性を図る指標だというジミーの言葉とは裏腹に、かれのトランペットは女性にたいする及び腰を示しています。

⦿ ⦿ ⦿

ジミーは結局アリソンと縒《よ》りを戻します。クマさんリスさんごっこという、疑似幼児言語で愛を確認しあう場面で幕は下ります(94)。ジミーとアリソンは幼児語でしか愛を確かめることができないのです。大人として関係を築くことができる、成熟した言葉をもっていないのです。

ジミーの怒りは明確な対象をもっていません。それは家庭の安心と健全が優先事項となり、女性的価値観が支配的になる時代の、行き場のない男性性の苛立ちを熱源にしています。上昇婚を果たしたジミーは、福祉国家が要請するような家事を分担する「新しい男」になるわけではありません。ジミーはかつて男たちを結びつけていた絆に思いを馳せますが、かといってそのような階級的絆を再構築しようというわけではありません。福祉国家が実現した相対的な豊かさに甘えながら、昔はよかったといっているに過ぎないのです。

ジミーが、父の言葉を聞きとれなかったということが象徴的です。男性性の系譜が途絶えてしまったこと、大義が失われてしまったことがそこに示されます。見習うべき父親をはやくに亡くしたことが、かれの成熟を阻んでいるのです。それは例えば、政治的な話題には饒舌にもかかわらず、女性にたいしては明確な言葉で反論できないかれの態度に表れています。女性的とかれが呼ぶ価値観が支配的な福祉国家の時代に、ジミーは行き場のない男性性を持て余しているのです。

トランペットはかれの偏った言語を補う道具に過ぎません。ジミーはジャズへの熱い思いを高らかに訴えます。それはもしかしたら、階級と人種を横断する市民同士の連帯を示唆するものであったかもしれません。しかし劇中では、それは女性たちが幅を利かす空間にたいする、男の居心地の悪さを表現する道具でしかありません。一九五〇年代、一部の社会主義者によって革新の期待を受けた若者たち。ジミーはそのような若者のシンボルとなりました。しかし、実際に劇中では、このような期待を背負いきれぬ頼りなさが体現されているのです。

『怒りを込めて振り返れ』がアーツ・カウンシルの国家助成金を受けたはじめての舞台作品であったことを思い出しましょう。演劇を教育の一部とし、日常生活に取り込むことを目指す政策によって『怒りを込めて振り返れ』の上演は可能になりました。それは福祉国家の成果といってもいいのですが、作品内容を考慮に入れると、とても皮肉なことです。というのもこの劇作の主人公ジミーの怒りは、福祉国家がもたらした豊かな時代に照準しているからです。

第7章　不良少年の誠実と忠誠
アラン・シリトー「長距離走者の孤独」

❖不良少年

本章ではアラン・シリトーの短編小説「長距離走者の孤独（"The Loneliness of the Long Distance Runner"）」（一九五九）を取り上げ、不良少年という観点から分析を加えていきます。イギリスの戦後では不良少年が文学のテーマになります。「長距離走者の孤独」はその代表作です。

戦後の不良少年の文学はイギリス特有の現象ではありません。アメリカではJ・D・サリンジャー（J. D. Salinger）の『ライ麦畑でつかまえて（*The Catcher in the Rye*）』（一九五一）が有名です。日本でも石原慎太郎の『太陽の季節』（一九五六）が出版され、同年映画化されます。また映画ではニコラス・レイ（Nicholas Ray）の『理由なき反抗（*Rebel Without a Cause*）』（一九五五）、フランソワ・トリュフォー（François Truffaut）の『大人は判ってくれない（*Les Quatre Cents Coups*）』（一九五九）がありました。

イギリスにおける不良少年の表象には法律が関係しています。一九四四年に、「バトラー法（Butler Act）」と通称される「教育法（Education Act）」が施行されました。これにより、義務教育の年限が一四歳から一五歳に引き上げられます。また、労働組合と労働党の要求である「すべてのものに中等教育（一二歳から一八歳）を」を実現するために、勤労青年のための公立の定時制教育機関の設置を義務づけました。加えて、初等・中等学校の生徒に給食を提供することも義務づけられます。これに伴い「教育省」が設置されます。これは一九六四年には「教育科学省」となり、中央教育行政機関の権限が拡大していきます。

教育法とともに考えなければならないのが児童法です。一九五八年に「イングルビー・レポート（The Ingleby Report）」が提出されます。それは一九六九年、「児童若年法（Children and Young Persons Act）」の改正として結実します。刑事責任が生じる年齢が八歳から一二歳に引き上げられ、実質的に未成年を刑事処罰の対象から除外することになります。しかし一方でそれは、未成年を保護の対照とし懲罰により矯正することを招きます。中等教育制度の拡充と保護、懲罰の強化、そして若者の非行の非刑罰化は、むしろ大人と、その庇護を受けたくないという子どもたちの対立を明確にします。不良少年、少女が社会問題となるのはこのような文脈です。

シリトーはノッティンガム出身の労働者階級の作家です。地理的に、イングランドのほぼ中心に位置するノッティンガムは美しい田園の街として知られています。一九世紀以降、織物業が盛んになり急激に人口が増えました。田園地帯であったところに労働者たちの住居が作られ、その発展が急激でありすぎたため、一部はスラム化してしまいます。その問題は戦間期まで解消されなかったようです。

シリトーの「長距離走者の孤独」は、教育制度が手厚くなっていく時代を背景にしています。語り手は一〇代後半と想定されます。舞台は「ボースタル」という感化院です。それは犯罪行為をした二一歳以下の若者を収容する施設です。この施設の設置を定めた「犯罪予防法」の前文には次のようにあります。「犯罪の予防のための規定をより充実させ、そのために若年犯罪者の更生と常習犯の長期勾留、その他付随する提案を規定する法律」（“Prevention of Crime Act 1908”）。懲罰を与えるよりも、教育と更生に重きを置いているところが特徴です。このような施設を描く作品が戦後増えてきます。そしてそのような不良少年たちを描く映画が五〇年代に多く制作されています（Buckingham）。戦後社会の復興にたいして、ボースタルは不良少年たちの裏歴史の舞台と考えることができます。

「長距離走者の孤独」の語り手は、反抗的で孤独好き、粗野な言葉を使いながら哲学的な心情を吐露する若者です。かれの怒りは、前章でみたような若者の怒りとは異なります。『怒りを込めて振り返れ』のジミーは、スペイン内戦で傷ついた父の最期を一〇歳で看取ったとありました。この芝居の初演時の一九五六年には二〇代後半だったと推測されます。大学出のジミーは抽象的な言葉を駆使するインテリでしたが、女たちに面と向かって反論できない弱さが落差として強調されました。一方、「長距離走者の孤独」の語り手の怒りは、激しいものではなく、切々と表現されます。糾弾するというよりは、諦め口調で語られる怒りは、単純に大人の無理解に向けられるわけではありません。少年たちの味方を装う大人への欺瞞に向けられるのです。不良少年の言葉は拙く、洗練もされていません。しかしその生硬《せいこう》で感覚的な表現が文学性を獲得する例として本作を評価することができるのです。

「長距離走者の孤独」に並ぶシリトーの代表作は『土曜の夜と日曜の朝』です。ともに一九五〇年代後半のノッティンガムを舞台に、豊かになりつつある工場街に住む若者たちを主人公にしています。『土曜の夜と日曜の朝』の主人公アーサーは自転車工場で働きます。「長距離走者の孤独」の無名の語り手は感化院で半ば強制的に始めさせられた長距離のトレーニングを喜々として続けます。かれらに共通するのは勤勉さです。だからといってかれらが組織にたいして従順であるわけではありません。面と向かって暴言を吐き、立ち向かっていくのとは別のかたちでの抵抗をかれらは模索しています。かれらは、大人の世界に真正面から立ち向かうわけでもなく、若者同士で群れるわけでもありません。シリトーの主人公たちは新しい戦いを展開しているように見ます。

❖ カルチュラル・スタディーズと若者文化

「長距離走者の孤独」を論じるまえに、大人たちが不良少年たちに向けた視点を考察してみましょう。一九五〇年代、イギリスが少しずつ豊かになっていったことは前章で確認しました。それは少年少女の生活スタイルに変化を与えます。一九六〇年代にカルチュラル・スタディーズの基礎を築くことになるリチャード・ホガート（Richard Hoggart）には『読み書き能力の効用（*The Uses of Literacy: Aspects of Working Class Life*）』（一九五七）という画期的な書物があります。タイトルにあるとおり、労働者階級を取り巻く各種文学、テクスト、メディアを整理して、かれら彼女らの幅広い知識の獲得のプロセスとその効果が論じられています。大衆文化研究の嚆矢となるこの研究ですが、なぜか若者の文化には厳しい言葉が続きます。ホガートは主に一五歳から二〇歳くらいの男性が集うミルクバーを槍玉に上げるのです。ミルクバーはもともと牛乳とスナックなどを販売する店でしたが、戦後は雑貨や新聞なども購入できる場所になりました。ホガートはそれをパブとは違い中身のない気晴らしの場所に過ぎず、そこに集う若者のファッションはアメリカの物真似だと断じます。

> おそらく、かれらのほとんどは知能が平均よりかなり低く、それゆえ、今日の大衆の頽廃的風潮に誰よりも晒されている。かれらには目的も、野心も、守るものも、信念もない。かれらは、サミュエル・バトラーの描いた、一九世紀半ばの田舎少年の現代版に相当し、それと同じように不幸な立場にある。（Hoggart 221）

ホガートは流行に左右され主体性を失った若者たちの無気力な様態を、ちょっと言いすぎではないかというくらい、酷評します。引用文中の「田舎少年」の原語は"plough-boys"で、畑で犂《すき》をひく動物を先導する少年たちのことです。そのような若者の様子が、サミュエル・バトラー（Samuel Butler）の半自伝小説『万人の道（*The Way of All Flesh*）』（一九〇三）の若者描写に類されます。バトラーは、無気力で受動的な小作人少年たちの様態を厳しい目で描きます。[★1] ホガートは同じような視線でミルクバーの少年たちを見ているのです。しかしパブはよくてミルクバーはだめというのはフェアな見方とはいえません。ホガートの若者文化への厳しい見方の背後には、昔はよかったという懐古趣味が潜んでいます。

若者文化を評価するものもいます。スチュアート・ホール（Stuart Hall）は一九三二年ジャマイカに生まれました。一九四八年にエンパイア・ウィンドラッシュ号（Empire Windrush）で渡英し、一九六〇年には『ニューレフト・レヴュー（*New Left Review*）』を創刊します。六〇年代にはホガートとともに、バーミンガム大学に現代文化研究センター（Centre for Contemporary Cultural Studies）を設立し、カルチュラル・スタディーズの礎を築くホールは、戦後の新しい社会主義思想の構築を先導した思想家です。一九一八年生まれのホガートが『読み書き能力の効用』を出版したのは三九歳。それにたいして、ホールが一九五九年、二七歳のときに発表した論考は、より柔軟な視線で若者たちを見つめています。

> ティーンエイジャーの「余暇」の世界は、学校や家庭とは比較にならないほど重要なものであり、大人の世界から独立し、成熟や従順の束縛から自由であることが、それ自体で大きな魅力となっている。学校がその一部として参画する文化的搾取にたいして、多くのティーンエイジャーは文化的な障壁を自ら建てる。そうすることで、かれら彼女らの余暇の世界は、思春期の感情的な活力やファンタジー、想像力の映しだすものをすべて吸収し、消費し、完全に閉ざされた世界になる。（Hall, "Absolute Beginnings" 20）

若者たちの、家からも学校からも独立した空間での営み。そのような若者たちの文化は、大人たちの世界からの独立と自由を意味するとホールは言います。一〇代の「余暇」の世界は、消費文化への耽溺と否定されるべきものではありません。そこに潜む活力と想像力に着目するホールは、若者たちを新たな文化の担い手として評価します。しかしそのような若者の文化は、大人の安易な理解を撥ねつけるような繭で覆われています。それを壊さぬように、繭のなかで行われている若者たちの営みを語ることの必要性をホールは示唆しているのです。

カルチュラル・スタディーズはこのような若者たちの文化を肯定的に評価するようになります。一九七五年に発表された論文で、コリガンとフリース（Paul Corrigan & Simon Frith）は、労働者階級のティーンエイジャーたちを語る際に、その親世代との「ジェネレーション・ギャップ」を強調することは不適切だと主張します。それは中産階級の概念であり、労働者階級の若者を語るには相応しくないと言うのです（Corrigan & Frith 236）。階級的特性に依拠した研究として始まったカルチュラル・スタディーズにとって、若者たちの文化をどう評価するかという問題は、学問の存在理由に関わるものでした。

学校教育に馴染めずに反学校を掲げる不良たちの聞きとりをもとにしたポール・ウィリス（Paul Willis）の『働くことへの順応（*Learning to Labour*）』（一九七七）は、結局若者たちの大人への反抗が、階級意識の再生産に繋がり、社会変革をもたらさなかったことを明かしています。若者たちが学校外でプライベートの領域を共有したとしても、それは脱階級的な集いにはならないこと（Willis 72）、また職業選択は中産階級的な概念で、反学校的な文化を作る労働者階級の若者たちには馴染まないと指摘します（99-100）。学校や家庭以外に居場所を求めても、結局は階級に戻っていくパターンが強く残ることをウィリスは証明しているのです。

❖ 父の死と消費

シリトーの「長距離走者の孤独」における若さを理解するためには、教育と階級の問題を視野に入れなければなりません。拡充された教育制度からも逃れてしまうような不良少年にとって、階級は受け皿になるのでしょうか。

「長距離走者の孤独」は一〇代の若者の一人称の語り手によって語られます。父親の死、母親への嫌悪、窃盗、逮捕、そして感化院での生活。そこで語り手は長距離クロスカントリーの才能をみいだされ、他校との競技大会に出場することになります。他の生徒に課せられる義務的作業を免除された語り手はただ独り、院長に言い渡されたトレーニングを行うことになります。

工場で働いていた父に関して充分な情報は与えられません。しかし戦前の典型的な労働者であったことはわかります。父親の死は悲劇としては描かれません。それにより保険と給付金が支払われ、一家に一時的なバブルが到来するからです。「おふくろは二十一インチのテレビと、古い絨毯はおやじが死んだときの血が落ちないもんで、新しい絨毯を買い、いっぱい買いこんだ食い物の袋と新しい毛皮のコートをかかえてタクシーで家へ帰った」*（20 / 29-30）。母親がまず購入するのはテレビとカーペットです。後者は父の吐血によって汚れてしまった古いカーペットの代わりになります。父の死がすぐに忘れ去られてしまうことの象徴です。そしてテレビは新たな娯楽装置として購入されます。父の死は悲しみや貧しさをもたらす代わりに、一家に快適さと娯楽をもたらします。

注目すべきはその続きの部分です。テレビがもたらす新たな欲望が、語り手のその後の運命を決定するからです。

*この作品からの引用は「長距離走者の孤独」河野一郎訳、『長距離走者の孤独』所収（新潮社、一九七三年）を参照しました。引用部分の前後の文脈や、本書で論じている文脈に沿って変更、また現代的な言い回しに修正した箇所があります。

です。

まずテレビの広告はおれたちに、世の中にはおれたちが夢に見たよりどんなに多くの買いたい品が、店の飾り窓をのぞくときもどうせ買う金がないもんでよくは見なかったけれど、そんなものがあるということを教えてくれた。それにテレビはそんな品を、おれたちが考えていたよりも二十倍もよく見せてくれた。映画館で見る広告ですらつまらん退屈なものに見えた。そんなものは親しくわが家でお目にかかっていたからだ。以前は店に並んだ動かない品を見てふんと鼻先であしらったものだが、急にそれらの真価がわかりだしてきた。〔中略〕半分蓋のあいた箱や罐などがそこいらを自由に飛びまわり、さあ早いとこさらってくれと言わんばかりじゃないか。ちょうど店の窓越しに鍵のかかっていない金庫が見え、店のおやじが何も警戒せず茶を飲みに行っちまったみたいな感じだ。(21-22 / 30-31)

テレビは商品の魅惑を増幅させ、消費欲を刺激します。画面に映しだされる商品が盗みを誘っているようだという語り手は、その暗示に従うように、このあと友人のマイクとパン屋に窃盗に入ります。語り手の窃盗は決して貧困が原因ではありません。テレビという娯楽によって消費欲が刺激され、ゲーム感覚で行われたものなのです。

❖「奴ら」と「おれたち」

貧困が原因でないのならば、語り手の不良と反逆精神の源はなんなのでしょうか。窃盗がばれ、捕まった語り手が入れられるのがボースタルです。そこで語り手は二項対立を用いて自分の立ち位置を説明します。典型的なのは「奴ら」と「おれたち」という構図です。

もし《奴ら》が《おれたち》と同じ考えを持ってりゃ、たちまち仲よくやってゆけるだろう。だけど奴らはおれたちと意見があわない、おれたちも奴らとは意見があわない。だから今みたいなぐあいだし、これからだってこうに違いない。たしかなのは、おれたちはどいつもこいつもずるいということ、だからわれわれのあいだには、これっぱかしの愛情もありゃしない。(7-8/9)

これは物語の冒頭、語り手が長距離クロスカントリーのトレーニングのため、独り森を走る場面での語りです。「奴ら」はボースタルの院長や教師たち、「おれたち」はそこで暮らす少年たちのことです。同じ考えをもっていたらうまくやっていけたかもしれないと思いつきのように言いますが、即座にありえないと否定します。

似たような表現として「有法者(In-law)」と「無法者(Outlaw)」という二項対立も展開されます。「きみらや奴らみたいな有法者が、おれやおれたちみたいな無法者を見張」っている(10/13)。法の内側にいるものにたいして法の外側にいるものとしてのアイデンティティ。有法者は無法者を見張り、誤った行動を正そうとする存在です。しかしそんなのは時間の無駄と語り手は挑発します。

この対立をここでよく確認しておく必要があります。語り手は、「奴ら」と「おれたち」、「有法者」と「無法者」を分ける境界線の有効性を問うことはありません。その境界が歴史的に構築されたと考えることも、またそれを権力や階級と結びつけて考えてもいません。その区別に語り手も従っており、それを覆そうという野心は端からありません。

その代わりに語り手が重きを置くのは「ずるさ(cunning)」という才覚です。それは面と向かった対立を回避しつつ、しかし肝心なところで相手を出し抜く能力です。それはかれが長距離走者となることと関係しています。短距離走が動物的な瞬発力にものをいわせる運動競技であるのにたいして、長距離走は忍耐と持久力が勝負になります。不良という言葉が連想させる暴力性は一見、短距離走の瞬発力と親和性が高い印象がありますが、「長距離走者の孤独」のオリジナリティは、それを長距離走の忍耐力に関係づけたことにあります。

❖ 最初の人間

長距離走者としての才能を認められた語り手は、この練習に喜びをみいだしていきます。「このおれこそ世界に生み落とされる最初の人間なんだぞと自分に言い聞かせ、まだ鳥たちも囀りだす勇気が出ない早朝の霜の降りた草々に飛び出すや否や、おれは考えはじめる、これこそおれが望むことだって」(11/14)。早朝、トレーニングのために草原に駆け出す語り手は自分のことを「世界に生み落とされる最初の人間」と称します。鳥さえまだ目覚めていない朝、誰もいない草原を走りはじめる爽快さを表現した言葉です。しかしそれ以上にかれの孤独への指向がみられます。なにものにも干渉されない、いかなる属性をも排除した語り手の存在の本質は、走ることによって確認されるのです。「奴ら」と「おれたち」という二項対立から脱却して、自分そのものの存在が実感されます。「おれは考えはじめる、これこそおれが望むことだって(I get to thinking, and that's what I like)」という言葉からそれは伺えます。語り手は走りながら考え、言葉を紡ぎ、自分の存在を確かめていきます。

院長らが語り手を長距離のトレーニングに専念させるのは、かれを長距離クロスカントリーの大会に出場させるためです。エイルシャム感化院(ボースタル)の代表として語り手が参加することになっているレースには、名門校であるガンソープの生徒も出場することになっています。そこで語り手が勝てば、ボースタルの社会的意義を証明することになり、また所長の信じる矯正教育の価値を発信することができます。このような大人たちの思惑を語り手は熟知しています。走りながらかれはそこから逃れようとするのです。

レースが始まります。走っているときも語り手の脳裏には雑多な思考が交錯します。「他の連中はこの(体育教師の激励の〕言葉をやじり、ぶうぶう不平を鳴らしたが、おれは知らんふりをして、ガンソープからきた奴とエイルシャムの模範囚のあいだに位置をとり、膝をつき、走る途中嚙む草の葉を何枚かむしり取った」（41／62）。このような設定には階級差が仄めかされています。教育制度におけるエリートと落ちこぼれの対立が鮮明になります。しかし語り手はそのような階級闘争には与しません。階級が歴史的に構築された慣習であるのにたいして、語り手のいう「最初の人間」は、そのような歴史観に囚われぬ感覚の表現です。

走ることにより確かめられる「最初の人間」という感覚。それは語り手を様々な慣習と雑念から解放してくれるものです。かれは走りながら、階級だけではなく、ボースタルに代表される教育制度からも逃れようとします。

おれは痰をぐっと飲みこみ、ともかく走りつづけ、感化院を建てた奴らや運動競技をののしってやる——ペッタラペッタ、バッタバッタ、グシャペタ、グシャペタ、グシャペタ——そもそもの最初から勝ち目のなかったおれの頭に、奴らはスライドをさしこんで、おれを見捨てたに違いないんだ。ただこうやって、何でも頭に浮かぶことを走り方に移していってのみ、おれはまともなおれらしくやってゆけ、ザクザクピシャリと奴らを負かすこともできるのだ。（48-49／74）

「そもそもの最初から」と訳されている"the bright beginning"は、幼児を形容するときに使われる表現です。幼児の頃から頭にスライドが差し込まれてきたというのは、教育という名において洗脳されてきたことを指摘しています。この引用を特徴づけるのは、擬態語だか擬音語だかよくわからない幼児語的表現です。シリトーはこのような修辞に長けた作家で、あとで論じる『土曜の夜と日曜の朝』でも上手に使われています。ここで「ペッタラペッタ、バッタバッタ、グシャペタ、グシャペタ（flappity-flap, slop-slop, crunchslap-crunchslap-crunchslap）」

という言葉で刻まれるリズムは、語り手が緩く走行している様子を表しているようです。また「グシャペタ（crunchslap）」は「ザクザク音をたてる（crunch）」と「ピシャリと打つ（slap）」をあわせた造語です。それは地を蹴る動作だけでなく、院長らへの呪詛としても機能します。思い浮かんだことを走るリズムに乗せて言葉にすることが、語り手をかれたらしめます。それは、小さい頃に頭に差し込まれたスライドを解除する手段です。語り手にとって走ることは「奴ら」の植えつけようとした考えから逃げることです。それは自身の言葉を紡ぐ条件を整えていきます。そのようにして紡がれる語り手の言葉は決して思想の高みに到達することはありません。あくまでもそれはかれの感覚的な言葉に留まり、そのことによりかれの個性を際立たせていきます。語り手にとって走ることは語ることであり、走る肉体こそが言葉なのです。

❖ 誠実さと素直さ

語り手の身体言語は階級言語とは馴染みません。かれの戦いはあらゆる共闘を拒みます。それはあくまでもかれだけの孤独な戦いです。さて、語り手はなんのために戦っているのでしょうか？ 次のキーワードは“honesty”です。院長は語り手に「素直（honesty）」になれといいます。そうすることでかれの素行は改善すると信じています。「素直」さは心を開くことであり、コミュニケーションの条件と考えられています。語り手はそこに欺瞞を感じています。

感化院の院長はやはりおれの思ったとおりだった、まるでおれの誠実さ（honesty）を尊重してはくれなかった。おれも奴にそんなことを期待していたわけじゃないし、奴に説明して聞かせようとしたわけでもないが、ただもし奴にも教養があるものなら、多かれ少なかれ、それくらいのことはわかっただろうというまでだ。（53 / 81）

ここでは"honesty"は「誠実」と訳してあります。語り手のいう"honesty"とは自分自身にたいする誠実さであり、他者とは共有できないものです。"Honesty"を素直であること、つまりコミュニケーションの条件と考える院長とは言葉の用い方が違うのです。

語り手の戦いは個人主義的なものです。それは人種や階級の争いに還元されない、孤独な戦いです。このような孤独が独り語りによって語られることがこの短編の魅力ともいえます。かれ自身それを自覚的に行なっていることが、以下の言葉からもよくわかります。

> つまりはこの物語も競走みたいなものなんだ、ここでもおれは院長のお気に召すような勝者になりおおせるつもりはない、いや、おれは院長がろくにわけもわからず言いやがったとおり誠実に（honest）やるつもりだ、たとえこの物語を読み、だれのことを言っているのかわかったとしても、奴が自分の側の物語を持って対抗してくることはあるまいが。（46／71）

語り手にとって走ることはなにものにも影響されない実存を感じることでした。走りながら紡がれる言葉はここで「物語（story）」と呼ばれます。院長は自分の物語を作れないし、ましてや語り手自身の物語を理解できないだろうといいます。ここに語り手が最も重要だと感じているポイントが提示されます。大人たちの押しつけてくるモデルに依拠することなく、誠実に自分のことを語ることができるのかという問いです。そしてこのような誠実な物語は、他者には理解不可能だということが付け加えられます。

クロスカントリー大会の終盤、語り手が先陣を切って戻ってきます。しかしゴール手前でかれは走るのをやめます。それはかれの反抗の表明です。「おれ自身があの物干しづなに到達するのは、おれが死んで、向こう側に安楽な棺桶が用意されたときだ。それまでは、おれはどんなに苦しくとも、自分ひとりの力で田野を駆けてゆく長距離走者なんだ」(52/79)。かれは走ること自体を否定しているわけではありません。他人のために走ることを拒否しているのです。走らされるという受動から能動的に走ることを選択するのです。このような能動性の獲得こそが、「最初の人間」という言葉に込められたメッセージであり、かれ自身の物語を紡ぐための条件なのです。

❖ 父親への誠実

走ることにより獲得される実存。他者に影響されない最初の人間というイメージ。語り手はそこに向かって走っているはずでした。それこそがかれの誠実な物語でした。しかし、ゴール間近で立ち止まる直前、それらを裏切るような場面があります。歓声と罵声が入り交じるなか、語り手の脳裏に思いがけないものが到来します。

だがおれはまだ、おれのおやじの死、無法者の死のことを考えている。医者たちが病院へつれて行こうとすると、とっとと出てけとどなりつけた(血だらけのモルモットみたいに、キイキイ噛みついた)おやじのことを。おやじは奴らを追い出そうとしてベッドに起き上がり、骨と皮だったくせに、ねまきのまま階段のところまで追いかけて行ったものだ。薬を飲まなきゃいけないと言い聞かせようとした医者たちの誘いにはのらず、おふくろとおれが通り向こうの薬草店で買ってきた鎮痛薬を飲んだだけだった。今になっておれにははじめてわかるのだ、おやじがどんなに太い胆っ玉を持っていたかが。(50/76-77)

語り手にとって走ることは、あらゆる党派性から解放されることでした。自分自身の声に耳を傾け、誠実に自分の物語を語ることが目的でした。「最初の人間」は他のものには依拠せずに、自分のみを頼みにする語り手の矜持でした。また、「奴ら」と「おれたち」、「有法者」と「無法者」という二項対立は、階級など歴史的に構築されたものではなく、語り手自身の感覚に依拠したカテゴリーでした。しかしゴール間近、「無法者」は父によって代表されることになります。ここではじめて父の死が詳述されます。医者を罵倒し、追い返したこと、その吐血がカーペットを汚してしまったこと、処方された薬も飲まず壮絶な死に方をしたこと。そのような父の生きざまをみならいたいと語り手は告白します。「もしあのときおやじにあれだけの度胸があったんなら、いまおれにもこれくらいの度胸はあるはずだ」(51 / 79)。「最初の人間」という言葉には、党派性を拒み、階級闘争に依拠しない語り手の生き方を追求が込められていました。しかしそれはここで覆されてしまいます。自己への誠実さは父親への誠実さに還元されてしまうからです。

語り手の語りはここで首尾一貫性を失います。そもそも父の死によってもたらされた豊かさを享受し、そこで刺激された物欲によって語り手は感化院に入れられました。そのことを恨みに思っていなかったようなかれが、結局は父の無念の死を晴らす役割を自らに課していくのです。

⦿ ⦿ ⦿

「長距離走者の孤独」を読む際は、若者の非行を非刑罰化する法律の制定を背景に考える必要があります。語り手は、保護と懲罰の重点化により非行は矯正が可能だと考える大人たちを、「素直」であればわかりあえるという院長の偽善を、侮蔑します。しかし語り手は、大人たちの無理解と鈍感さを嘲笑するだけではありません。同時に、孤立と孤独を深めることを目的にします。脱階級社会における新たな連帯を模索する「怒れる若者たち」と比較したとき、「長距離走者の孤独」の語り手が孤立と孤独を追い求めるさまはとてもユニークなものでした。

語り手にとって走ることは連帯や絆から逃れることでした。院長だけでなく、他の少年たちからも離れてトレーニングをすることは、わかりやすい言葉に通訳されることを拒む、自分自身の言葉を精練する状況を作ることでした。抵抗や反抗を既成の枠組みで理解されることを拒むことが、かれ自身の物語を語ることであったはずです。

福祉国家政策は未成年非行の非刑罰化によって、若者を懐柔することを目論みました。相対的な豊かさとともに、それは戦争や戦前の記憶を区別される、戦後という時代を規定するものでした。非行少年の更生は、福祉政策のもと、過去を捨て、新しく生まれ変わったイギリスを象徴します。「長距離走者の孤独」では、感化院の院長は語り手の更生を自分たちの名誉のために利用します。それは大人たちの立身出世のコマとなることです。語り手は大人たちに利用されることに抵抗し、自分の、自分だけの物語を語ろうとしたのです。

しかし、語り手が父親の物語を語りはじめるとき、かれの抵抗は異なる路線へと向かいます。感覚と肉体のみを拠り所にしていた孤独な戦いが、最終的に親子の絆を確認するものになります。一人称単数的ニュアンスが強かった「俺たち」がいきなり「父と息子」の連帯を表す記号に代わってしまうのです。かれが思い起こす父の叫びは労働者の叫びです。父の「度胸」を評価する語り手の言葉に、階級社会へのノスタルジーをみつけだすのはそれほど難しいことではありません。かれの語りはこの瞬間歴史的なパースペクティブを得ます。しかしそれと同時に、「最初の人間」という言葉に込められた実存性は、結局は労働者の連帯に凌駕されてしまうのです。不良少年の更生という大人たちの目論見にたいして紡がれる語り手の抵抗の物語は、父の死を召喚した瞬間、独自性を失ってしまったといえます。

それでもこの作品が興味深いと思うのは、このような若者の反抗を物語の構成に落とし込むことの難しさを示している点です。クロスカントリー大会のゴールまえ、語り手は走ることをやめます。そこで語り手が父親の死にざまを思い起こす場面は「長距離走者の孤独」のクライマックスとして機能します。語り手の戦いに、父の無念を晴らすという目的が与えられるからです。父の最期を召喚することなく、この短編にクライマックスを与えることは難しかったことでしょう。父への思いが、語り手の追い求める孤独に意味を与えるのです。『怒りを込めて振り返れ』のジミーと同じように、「長距離走者の孤独」の語り手は最後に父の死を想起します。それを偶然と片づけることはできません。若者の怒りと苛立ちの淵源として父親の不遇を措定することは、物語の帰結を明確にする働きがあったのです。父に依拠せずに若者の物語を語ることの困難をこれらの作品は示しているのです。

★1 ホガードがここで参照しているのは『万人の道』の次の箇所です。

今でも私の目には踵《かかと》に届くような青いスモックを着た男たちと緋色の外套を羽織った複数の老婦人の姿を思い出す。堅苦しく、冴えない、虚ろな田舎少年たちの列。体つきは悪く、不細工な顔つき、無表情で、無気力で、無関心な様子。難癖をつけて面白がるような存在というよりは、カーライルが描いた革命まえのフランスの農民によく似ている。今や、より賢く、より明るく、より希望に満ちた世代に取って代わられた種だ。新しい世代は、得られる限りの幸福を発見し、それを得るための最良の手段について明確な意図をもっていることを発見した。(Butler 61)

第8章　母と娘のキッチン

アーノルド・ウェスカー『ルーツ』

❖キッチンシンク

シリトーの「長距離走者の孤独」で語り手の父親は戦前の労働者の気概を表す存在でした。一方、母親は戦後の豊かさを享楽的に楽しむ存在として描かれました。あとで論じるシリトーの『土曜の夜と日曜の朝』では父親の存在はとても希薄です。父に語りかける主人公アーサーの言葉からもそれはわかります。「気分はそう悪くもない。『そのうち失明しちまうぜ、父さん』と彼はいった。べつになんの意味もないが、気まぐれに空中から言葉をつかみだして、成行きしだいでなんとでも楽しんでやるだけのことだ」*（25／28）。テレビを見る父親を揶揄する軽口は、父が畏怖の対象でないことを示しています。アーサーは父親を軽蔑しているわけでは

*この作品からの引用は『土曜の夜と日曜の朝』（永川玲二訳、新潮社、一九七九年）を参照しました。引用部分の前後の文脈や、本書で論じている文脈に沿って変更、また現代的な言い回しに修正した箇所があります。

ありませんが、その存在を若干軽視していることがわかります。父親の影の薄さに反比例するようにして前景化されるのが母親の存在です。アーサーの母親にたいする態度は恭しさと親愛の情が混ざっています。「長距離走者の孤独」と『土曜の夜と日曜の朝』では描かれ方は異なりますが、シリトーにおいて戦後の豊かさは母親に代表され、父親は時代遅れの労働者階級を象徴する存在とまとめることは可能です。

ジョン・オズボーンの『怒りを込めて振り返れ』は、女たちの時代に、持て余した男性性のやり場に困惑するジミーを主人公に据えました。かれは幼い頃に亡くなった父の思い出に縋りますが、それは女性的価値観に立場を脅かされていることとの裏返しでした。福祉政策が相対的な豊かさを実現するとき、父親に代わり、家庭の切り盛りする母親／主婦の存在が大きくなります。歴史学者エイサ・ブリッグス（Asa Briggs）は一九四〇年代後半から女性雑誌の出版が増え、主婦向けのラジオ番組が制作されるようになった事実から、主婦の役割の増大を指摘します（Briggs 52）。「怒れる若者たち」はその転換を背景にして生まれた文学である点はここで確認しておく必要があります。

それに関連して「キッチンシンク・リアリズム」という用語があります。もともとは、美術批評家のデビッド・シルベスター（David Sylvester）が、ジョン・ブラットビー（John Bratby）の絵画についての書いた論考「キッチンシンク（"The Kitchen Sink"）」（一九五四）のタイトルに由来します。

> 対照的に、ジョン・ブラットビーは若い作家だが、その作品は偉大な画家の真似をしたマネリズムからははっきりと解放されている。これらの画家のなかで最も表現主義者であるかれの作品は、ゴッホの作品にも通じるものがある。ここで親和性は、スタイルというよりは精神に関してのことである。乱暴な筆遣い、どぎつい配色は、圧倒的な強度をもったビジョンの現れであり、物体のもつ恐ろしい生命力に屈服する行為だ。物体は積み上げられ、物量の混沌を示し、もはやいかんともしがたいなにものかを示す。「世界は

ものに溢れている、それを止め、整理することは望めない。ただ固定して、その混乱の全体をありのまま捕捉するしかないのだ」と画家は言っているようだ。(Sylvester 63)

ブラットビーの絵画は一九五〇年代の社会主義リアリズムを代表するものでした。貴族の邸宅やブルジョアの贅沢な居間を舞台にした、イギリスの伝統的な室内光景に代わりに、ブラットビーは、労働者階級が住む狭いフラット、特に生活感溢れるキッチンを描きました。そのようなフラットあるいはワンルームの部屋は、寝室、居間、キッチンの分化を解消した多機能空間です。キッチンは調理と食事の場を兼ねた空間です(【図3】)。

ブラットビーのキャンバスが強調するのは、溢れるモノを収納しきれぬ場所の狭隘さです。豊富なモノは、相対的な豊かさの成果を表しています。しかし乱雑にモノが溢れだしている様は、豊かさに対応する生活の質が達成されていないことを示唆しています。キッチンシンク・リアリズムは過剰な消費がもたらす生活のアンバランスを暴きだす方法です。溢れるモノを制御する家事や家政学の欠如が仄めかされます。以前は母親/主婦が担っていた場所が、ぽっかりと開いてしまったその空虚を、ブラットビーの絵画は浮かび上がらせるのです。

【図3】ジョン・ブラットビー《フライドポテト揚げ器のある静物画(*Still Life with Chip Frier*)》(1954)テート美術館所蔵

❖『蜜の味』

ここまで本書で取り上げてきた、若者と成

長を描く文学作品は圧倒的に男性的な世界でした。特に、第2部以降は戦場／戦争に代わる成長の契機の探求として若者文学を考えてきたので、どうしても少年から青年への成長を扱う作品が多くなります。しかし問題はそれだけではありません。女性の場合、成長のモデルそのものを問う作品、つまり少女が母親になることを疑問視するような作品の絶対数が少なかったのです。

一九五〇年代後半の「怒れる若者たち」の系譜では数少ないながら、女性の成長を問いかける作品がありま す。シーラ・ディラニーの『蜜の味』がその代表です。主人公ジョーは、母と暮らす一〇代の少女です。母のヘレンは酒癖が悪く、男に節操がありません。ヘレンの問題で何度も引っ越しを余儀なくされ、ジョーはまともな教育を受けることもできません。寂しさを紛らわすためか、ジョーは黒人の水兵と付きあうようになります。短い恋愛の末、ジョーは予期せぬ妊娠をしてしまいます。妊娠が判明したのは、水兵が船に乗って旅立ったあとです。

「バック・トゥ・マザー・ムーブメント」(Delaney 60)、「あなたの出産手当金」(64)、「妊婦のためのリーフレット」(70)など、出産・育児を支援する施策、制度について言及がなされます。出産と育児を奨励する様々な政策やガイドブックはジョーに、サポートの代わりに、プレッシャーを与えます。ジョーが本当に必要にしているのは実の母親の援助ですが、ヘレンは新しい男と結婚することになっており、娘にかまうことはできません。

ジョーを苦しめるのは、子育ては母親の責任という自分自身の思い込みです。「きちんとした母親のようにわたしの食事を用意しなさいよ」(35)、「親のせいだ」(54)、「かれの母親は許されるべきではない」(54)などと母性を強く要請するような発言がジョーから発されます。それでも彼女のなかに母性は芽生えてきません。「赤ちゃんが嫌い」(55)、「母性が嫌い」(56)という言葉がそれを裏づけます。

彼女をさらに悩ませるのは、生まれてくる赤ん坊の肌の色の問題です(75)。またヘレンの「かれ〔ジョーの父親〕はただのちょっとした知恵遅れだった」(43)という発言を耳にしたジョーは、遺伝的な問題を心配しています。

「ビバレッジ・レポート」にあった優生学的な文言を思い起こすならば、ジョーの憂慮が理解できます。『蜜の味』は、妊娠しているにもかかわらず、母性本能をもっていないことを心配するジョーの姿が描かれます。この作品は、家庭を管理する役割が女性の肩にのしかかる福祉国家の時代に女性であること、母親になることの難しさを主題にしています。

❖『ルーツ』

この章で紹介したいのはアーノルド・ウェスカー（Arnold Wesker）の劇作です。社会主義リアリズムが特徴のかれの代表作は、「ウェスカー三部作（The Wesker Trilogy）」と通称される作品群です。『大麦入りのチキンスープ（*Chicken Soup with Barley*）』（一九五八）、『ルーツ（*Roots*）』（一九五九）、『僕はエルサレムのことを話してるんだ（*I'm Talking about Jerusalem*）』（一九六〇）は、一九三〇年代から五〇年代にかけて、貧しいながらもたくましく生きていこうとするユダヤ人のカーン一族の物語です。

本章では『ルーツ』について論じていきます。ノーフォークを舞台にした、ビーティという若い女性が主人公の劇作です。働きに出ていたロンドンから、婚約をして帰ってきたところから舞台は始まります。婚約者はロニーという若者で、ビーティを追って彼女の両親を訪れる予定になっています。実はこのロニーがカーン家のひとり息子で、熱心な社会主義者という設定です。フィアンセが田舎の両親を訪れるとあって、ビーティはカリカリしています。純朴な田舎娘がロンドンに行き、都会の文化に感化されて帰ってきて、家族のこと、特に母親の古い価値観と安っぽい趣味を馬鹿にすることが劇作の基調になります。

まず注目したいのはその室内描写です。ビーティは両親の住む実家に帰るまえに、結婚して別世帯を営む姉ジェニィの家にやってきます。作品冒頭のト書きでその家の内部が詳細に指定されます。

水道も電気もガスもまだ引かれていない、ノーフォークの粗末な家。なにもかも統一感がなく、家具は安っぽく古びている。雑然としているのは、この家に幼児がいるのに、暮らしの設備がほとんどないからだ。母親が忙しすぎ、気にかけることができないのだ。(Wesker 85)

安く古ぼけた家具に囲まれた部屋の乱雑さは、まさに「キッチンシンク」を体現しています。それほどモノが溢れている様子はありませんが、その無秩序さはその家の主婦、ビーティの姉ジェニィの多忙さにあるとされます。すでにここに「キッチンシンク」の問題が視覚的に提示されています。

この二日後にビーティが実家に帰った場面でも観客がまず目にするのはキッチンの様子です。

こざっぱりとしているが平凡な室内。大きな台所が見える——家族の生活のほとんどはここで行われる。その隣は大きな倉庫。玄関と洗濯物を干した庭の一部が見える。

ブライアント夫人〔ビーティの母親〕は五〇歳くらいの、背が低くがっしりとした体格の女。彼女は日中ほとんどひとりでいるため、誰かと話す機会があると、できる限り早口でしゃべりまくる。(109)

舞台を支配する台所。調理と食事だけでなく、家事の多くがこの空間で行われることが示されます。雑然とした感じはジェニィの家と変わりません。世代が変わっても生活自体は改善されないことが観客に視覚的に伝えられます。

ロンドン帰りのビーティはこのような冴えない田舎生活に苛立ちを隠しません。姉の家が片づいていないことを嘆いた彼女は、「掃除しよう」(99)と言って手伝います。その最中に「コート掛け」を買ってあげようと言います(102)。「コート」ではなく「コート掛け」であるところが重要です。ビーティは、寒さから身を護る服ではなく、部屋を整理するための収納用品の必要性を訴えているのです。

実家でもビーティは同じような提案をします。

そう。ねえ母さん、みんなのことでわたし、恥ずかしい思いをしたくないの。ロニーにはちゃんとしてるってとこ見せたい。たらいをひとつ買ってくるから、手を洗うのと食器洗うのを別にして。それから布巾を買ってくるから、タオルなんか使わないでね。それから汚い言葉、禁止。(114)

ビーティが買い足すことを提案するのは、食べ物ではなく、たらいと布巾です。このような提言をする彼女の目論見は、衣食住の基本要素の底上げではなく整理整頓です。それはロンドンからやって来るロニーの目に、実家の様子が恥ずかしく映らないようにしたという気持ちの表れです。

家の雑然とした様子へのビーティの不満は、母親への苛立ちと分かちがたく結びついています。垢ぬけない趣味と生活感溢れる母親のことをやるせなく思っており、その不満が実家を片づけたいという欲求をかき立てるのです。しかしビーティは母性そのものを拒否するわけではありません。むしろ主婦としての役割を補うように振る舞っています。田舎の肝っ玉母さんを、身だしなみと美しい生活に配慮する都会的な母親に変えようとするのです。

❖ 男たち

ビーティに大きな影響を与えているロニーは舞台上には出てきません。その存在はどのように間接的に表されるのでしょうか。ロニーについて尋ねられたビーティは次のように応えます。

あの人ったら（飛び上がって、歩きまわりながら話す）、あの人が自分の甥たちのために買ってきた漫画の本を、わたしが読んでるとするでしょ。そうするとあの人怒るのよ――

（ここから、ビーティはロニーの言葉を引用しはじめる。かれの仕草や言い回しを真似るので、芝居が進むにつれて観客は、彼女をとおしてかれの様子を思い描けるようになる。）

「駄目だなあ、君は、そんなもんに夢中になっても得るものがないじゃないか」。そう言われるとわたし、どうすると思う？　『マンチェスター・ガーディアン』を持ってきて、それを大きく拡げて、その裏に隠れて漫画を読むのよ。（89）

ビーティはロニーの真似をします。粗野な田舎言葉と標準的な英語を使い分けることによって、ロニーとの文化格差を示します。『マンチェスター・ガーディアン（*The Manchester Guardian*）』は知的でやや左寄りの新聞です。それは彼女が親しむ漫画と対比されます。田舎／都会の対比に、女／男の対比が重ねられ、それに知識レベルの相違が反映されます。垢ぬけない娘と知的な都会人のカップルの関係が彼女の言葉と振る舞いから透けてみえます。

元気で溌剌としているビーティと対比的なのは病弱な男たちです。ジェニィの夫ジミーは背中の痛みに悩み（87）、ビーティの父親は腹痛に苦しんでいます（121）。飲酒と不摂生で半身不随に苦しむ、近所に住む迷惑老人スタン・マンは、ついに風邪をこじらせて亡くなってしまいます（121）。男性たちが苦しむ慢性的な痛みには、適切な診断も対処法もありません。ジミーの背中の痛みを、ビーティの母親は消化不良のせいといいますが、誰からも見当違いと言われてしまいます（88）。原因不明の慢性的な痛みに悩む男たちの体をとおして、一家、地域、あるいは社会の不調が表象されます。それにたいしてビーティは才気煥発なロニーのことを嬉々と話すのです。

ここで着目しておきたいのは、ロンドンのバス運転手のストライキを伝えるビーティと、国防義勇兵として そんなストライキは潰してやるというジミーのやりとりです（93）。資本家の利潤独占に対抗して、労働者の権利を守るために連帯して行われるのがストライキです。一方、国防義勇兵は二〇世紀初めに創設された民兵組織です。国土防衛が主な仕事でした。第二次世界大戦のときもジミーは義勇兵の一員だったのです。そのことを踏まえて以下のやりとりをみてみる必要があります。

ビーティ：　あなたは国を守ろうなんて気はないでしょ、兵隊ごっこをしてみたいだけでしょ。

ジミー　：　このまえの戦争のとき、俺がなにをしてたか知っているのか——塹壕で歌でも歌ってたと思ってんのかい？（95）

戦争に関する意見の相違、なにを守るべきかという目的の相違が浮き彫りになります。ジミーには戦争時に国を守ったという自負があります。一方、ビーティは労働者の味方であり、戦時の軍隊の活躍には懐疑的です。戦争の頃大人だった世代と子どもだった世代。男と女。これらの差異が、ストライキと国防義勇兵への態度から浮き彫りになります。

ビーティの考えは、社会主義者ウェスカーのスタンスを反映しています。しかし『ルーツ』はそれを一方的に擁護はしません。ジミーが外出すると、ビーティとジェニィの姉妹は子どものことを話しはじめます。ジェニィにはすでに赤ん坊がひとりいます。ビーティは次のように言います。「赤ん坊がいる女と結婚してくれる男なんてそういないわよ」（98）。つまり、ジェニィがジミーと結婚したとき、彼女はすでに父親のいない子どもの母親だったのです。先述したように、ロニーは最後までこの舞台に現れません。その代わりに一方的にビーティに別れを告げる手紙を送付してきます。シングルマザーのジェニィと結婚をしたジミーとは対照的に、ロニーは婚約者を惨めなかたちで振ってしまうのです。
ロニーはだめな男として描かれます。ロニーが都会的で才能に溢れていることを伝えるビーティの言葉は空々しく、かれが信じているという社会主義の信頼も損なわれます。ビーティの家族は、共済の共同購入を利用しています。市民たちが共同で大量購入することで、代金を低く抑えることができるその制度は、資本主義に対抗するための社会主義の希望でした。しかし、利用者の希望を聞き、様々な意見を調整し、物品を購入者に分配するなどその面倒な手続きが必要です。『ルーツ』では、共済の共同購入は家族や近隣の諍いのもとにしかなりません（100）。

❖ 流行歌

ビーティと母親はことあるごとにぶつかります。そのなかでふたりを繋ぐのは歌です。炭鉱夫の歌を歌うビーティにたいして、母親はジミー・サムソンの歌う「青空の下で君を待つ」という歌が好きだといいます。ジミー・サムソンが実在した歌手かどうかはわかりません。文脈から流行歌であったことがわかります。ビーティはそれを「感傷的でめそめそしている」と貶してから、以下の会話へと続いていきます。

ビーティ：　この歌の歌詞、知っている？
ブライアント夫人：　全部は知らないよ。
ビーティ：　教えてあげる。（暗唱する。）

青空の下で君を待つ、
腕を広げて待っている。

早くおいで、僕の心は本物だから
僕の愛は決して変わらない。
焦がれ焦がれて待ちきれない。
僕の愛は決して変わらない。

さて、これはどういう意味だと思う？

ブライアント夫人：（驚いて）どういう意味かって、わからないのかい、そのくらい？

ビーティ：母さんにとってどういう意味があるかって聞いているのよ。これを聞いてどういう気持ち？いいなと思ったり、感動したりする？　素敵だなって思ったりする？

ブライアント夫人：言葉どおりのことしかわからかないよ。

ビーティ：すっきりする？

ブライアント夫人：バカ！　下痢じゃあるまいし。

ビーティ：母さんと話していると気が変になる。

ブライアント夫人：しかもわたしが好きなのは曲だよ。言葉の意味なんて知らないよ。（118-19）

ビーティは母に歌詞の感想を尋ね、母親の趣向や趣味を探ろうとします。娘の努力も空しく、母親はたいした応答をすることができません。流行歌をただ消費している母親にビーティは苛立っています。

ところで「青空の下で君を待つ」の歌詞の内容は母娘の関係を考慮したとき興味深いものになります。というのも、それはロニーを待つビーティの切ない思いを代弁していると解釈することができるからです。ビーティは、母親がその歌詞から娘の心情を連想しない鈍感さによって、なお苛立っているようです。

皮肉なのは、社会主義的な理想を語るビーティ自身が、現実では彼女が軽蔑する軽薄な流行に表象されてしまっていることです。このような皮肉にビーティが気づいているかどうかはわかりません。ただそれは『ルーツ』を締め括るビーティの覚醒への伏線となっています。

❖母の母性、ビーティの母性

ビーティの母親への舌鋒《ぜっぽう》はどんどん鋭くなっていきます。知的向上心がないこと、下世話な趣味しかないことをあげつらっていきます。それにたいして母親は食事を与え、服を着させてあげたじゃないとビーティに言い返します（133）。衣食住を満足させることで必死だった世代と、文化的生活と教養的関心を共有したい世代。このような価値観の相違が母娘の喧嘩の淵源にあります。

いよいよロニーが来るべき日に、親戚一同が集まり、母親は腕に縒りをかけて御馳走を作ります。ところがロニーはやって来ません。その代わりに、別れを告げる手紙が届きます。そこにはビーティへの謝罪がありま す。彼女を強情だと責めたことを謝り、うまく導くことができなかった自分の知識人としての不甲斐なさを詫びるのです。失望したビーティは母親に慰めを求めます。

> そうやってそこに満足そうに座って、自分の娘が恋人の手助けをすることができなかったこと、なんとも思わないの？　ねえ、みんな。なにか言えないの。あなたたちの血や肉を分けた私を助けることもできないの？　娘が捨てられたの。それは自分たちの問題でもあるでしょ。わたしは家族の一員でしょう？（152）

この泣き言はじっくりと検討する価値があります。母親に助けを求めるビーディは、なにについて慰めてほしいと要求しているでしょうか？　ビーティはただ単純に振られた自分を慰めてほしいとねだっているわけではありません。彼女はロニーの助けになれなかった自分のことを慰めてほしいと言っているのです。

ビーティはロニーの母親代わりだったというのが実情のようです。そしてそれを母親にサポートしてほしかったというのが彼女の本音でした。整理をすればビーティは、「ロニーを助けるビーティを助ける母親」を欲していたことがわかります。それにたいする母親の反論が秀逸です。

わたしのこと強情だって言うけど、あれはおまえがあの人に強情だって言われたってことだろう――え？わたしのことなにもわからない女だって言ったけど、あれはおまえがなにもわからない女だってことだろ？　努力しないから駄目だなんて言ったけど、あれはおまえが努力しないってことなんだ。で、なんでわたしのせいにするんだい？（153）

ビーティは母親から辛辣な反論を浴びます。母親を責める言葉はロニーがビーティ自身を責める言葉だったという指摘です。都会では田舎者として恋人に追従し、田舎では恋人の言葉を繰り返して都会人のふりをすることを責めているのです。田舎に帰ってきたビーティが母親にみいだしたのはかつての自分でした。母親にたいする彼女の厳しい口調は自己嫌悪の表れでした。ロニーとビーティと母親は歪な三角関係を形成していたのです。

❖ビーティの覚醒

ビーティはロニーとの関係構築に失敗しました。それは彼女の都会生活の失敗でもあります。ビーティは母親のコピーであることをやめることができませんでした。家を出て誰かと関係を築いたとしても、ビーティは母親のように振る舞ってしまいます。そして振られれば母親に甘えるしかありません。都会に働きに出たにもかかわらず、ビーティの人間関係は広がらず、また自活できるようなスキルも身につかなかったのです。そのような状態が、ビーティを母親に向かわせるのです。『ルーツ』が描いているのは母性の呪縛です。母からの叱責を受けて、ビーティは異なる方面に矛先を向けていきます。その怒りは唐突に消費社会に向けられるのです。

あいつらはわたしたちのことを言っているんだ、「全く奴らは努力もしない。だから、我々が気にかける必要もないんだ」。それでわたしたちに与えられるのはなに？　安っぽい流行歌手や三文作家、映画作家に女性雑誌、新聞にイラスト入りの恋愛小説——こんなのばっかり、努力しなくても簡単に手に入るものばかり。「金は落ちている」って奴らは言う。「金の落ちている場所を知っている！　労働者のとこにある。だから欲しがるものをくれてやれ。単純な言葉がいいのならくれてやれ。三流のものがいいのなら、ほら！　そいつをくれてやれ。なんだっていいんだ、だって奴らはそれ以上のものを欲しがらないから」。くそったれの業界はわたしたちを馬鹿にしている。それでもわたしたちは気にしない。ロニーの言うとおり、わたしたちの責任なんだ、わたしたちが三流のものを欲しがっている！　そう！　わたしたちが……（突然ビーティは、彼女自身の言葉に耳を澄ますかのように口を閉ざす。ややあって、恍惚とした笑みを浮かべて振り返る——）

聞いている？　聞いているの？　わたしの言うこと聞いてる？　わたしいましゃべっている、ジェニー、フランキー、お母さん——他人の言葉を引用しているんじゃなくって。（156-57）

引用冒頭の「あいつら」は労働階級を相手に儲ける資本家を指します。簡単に手に入るもの、低俗な商品で満足してしまう大衆はマーケティングの格好のカモだとビーティは言います。彼女は大衆と消費文化の関係に問題を展開していきます。このような消費文化の欺瞞を暴こうとする言葉は、自分たちが本当に欲しいものを、自分たちの欲望を知らなければいけないという強いメッセージを内包しています。ここでビーティは、自分の言葉で話していることを自覚しはじめるのです。

『ルーツ』はキッチンの場面で幕が上がりました。そして家族と親類が囲む食卓の場面で幕は下りていきます。ビーティの目覚めの言葉とともに幕は下りはじめます。そのト書きは次のようにあります。「座って食事をしている家族たちのおしゃべりの声が、ビーティの最後の叫びとともに大きくなっていく。ビーティがなにをしようとも、かれらはこれまでと同じような生活を続けていくだろう。ビーティはひとり立ち上がり、最後の言葉を――」(157)。「聞いているの?」とみなに問いかける彼女の言葉は、食卓の騒めきに消されていきます。ビーティの覚醒の言葉は周囲の生活音に紛れ、結局は、キッチンと母性に吸収されてしまうのです。最低限の衣食住を提供する場として機能する田舎のキッチンに、都会的な風を吹かせようとしていたビーティの改革は結局失敗します。

◉ ◉ ◉

福祉国家では家庭の役割が大きくなります。それに伴い、家事を担う母親/主婦の役割も重要度を増します。ビーティは、都市の文化を吸収し、新たな女性像を体現しようとします。ビーティは母親に辛く当たります。それは伝統的な母性に甘んじる女性の生き方を斥けようとする反抗心を表しています。しかしロニーとの関係において自らのうちに芽生えつつあったものも母性でした。ビーティの母親批判は自己批判でもあったのです。

結末では、ビーティが、母親/自己批判から、自分たちを取り巻く環境、社会批判へと、広い視座を獲得することが仄めかされていました。彼女は、自分の言葉でしゃべっていると言います。しかしその言葉は、本当に彼女自身の言葉なのでしょうか？　漫画を読むことを批判するロニーの批判を、消費社会批判に転嫁しているだけのようにみえます。第4部で述べるように、消費文化批判自体、この時代において特に珍しいものではなく、むしろ、保守的な大人が若者を批判するときの慣用句となっていました。その言葉は受け売りではないというビーティですが、そのすぐまえに「ロニーの言うとおり（Ronnie's right）」とあります。彼女の言葉はやはりロニーの借り物なのです。彼女の言葉は、彼女がそうと思い込むほど自分自身のものではありません。

ビーティが本当の覚醒を目指すならば、母性からの脱却に向かわなければならなかったはずです。消費文化批判ではなく、母性に過度に期待してしまうような家族構造を、批判しなければなりませんでした。母と娘の葛藤は、消費社会で生きる個人の問題に置き換えられてしまっているのです。

この点に関して、首尾一貫性が欠如していると作者を責めるべきでしょうか？　確かにそのような批判も可能かもしれませんが、劇作家の意図をここに読みとることもできるのではないでしょうか？　つまり、ウェスカーは、女性が成長するうえでの困難を描いており、女性たちが大人になるうえで、得られる言葉が限られていることを問題にしようとしていると、本書は考えたいのです。懸命に自分の言葉を模索しても、依拠すべきリソースの限られている女性の状況を、『ルーツ』は告発していると想定したいのです。

「怒れる若者たち」の男性主人公たちは、父親を古きよき時代の象徴として郷愁とともに思い起こしました。不在の父親を喚起しそこに一体化することが、現状を乗り越える手段を提供しました。母親像と母性はそれに比べてより複雑です。『蜜の味』では、母親になろうとする少女が、その必要に応えられぬ苦悩が描かれました。母性が必要なのに、それが自分のなかに芽生えてこないもどかしさに焦点があてられました。『ルーツ』は、それとは異なったかたちで母性を問題にします。母の母性を否定しつつ、しかしそこから逃れることのできない、閉ざされた母娘の回路を描きだしたのです。

第4部　消費

一九五七年、首相のハロルド・マクミラン（Harold Macmillan）は、保守党大会での演説で、イギリスはこれまでないほどに豊かになったと宣言します。その言葉が証言するように、一九五〇年代から六〇年代、福祉国家のもと豊かさを実現します。そしてそのような繁栄を背景に、「テディ・ボーイ」、「モッズ」など若者文化が誕生します。近代以降のイギリスの歴史ではじめて、若者文化が前面に躍り出ます。この現象を語るキーワードとして、文学研究者のニック・ベントリー（Nick Bentley）は「消費主義」、「アメリカ化」、「脱階級」、「豊かな社会」を挙げています（Bentley, "The Young Ones" 67）。これらは別々の現象というよりは、相互に密接に関連するものと考えるべきです。豊かさは消費の欲望を活性化します。戦後のベビーブーム世代が一〇代後半に差しかかったこの時期、相対的な豊かさの力を借りて、若者は消費の主体になっていきます。かれら彼女らの消費の対象は、戦後、イギリスに代わり世界の覇権を握ったアメリカの文化に向かいます。アメリカから来た映画や音楽、ファッションへの関心が高まるにつれ、イギリス社会を特徴づけていた階級意識は希薄化します。

マーク・エイブラムズは『ティーンエイジの消費者（*The Teenage Consumer*）』（一九五九）を発表します。二〇数頁の短いパンフレットですが、若者と消費の問題を的確にとらえたその洞察は今でも大きな影響力をもっています。

ティーンエイジャーは、経済的な意味で新たに自由の身となった。このことは、かれに自分自身になるチャンスを、自分を確認するチャンスを与えた。また、多くの人々、特に年配の人々に、二〇世紀半ばのイギリスの若者はなにか新しいものであり、恐らく不吉なものであると信じ込ませる効果があった。わたしたち自身はティーンエイジャーに警戒すべき理由はないし、新しいレベルの消費力とその商業的効果以外の目新しさについて診断してもあまり意味がないと考えている。年長者が若者を理解することは昔から必要であったが、現在、わたしたちは、ティーンエイジャーの理解にあたって、年長者のモラルと心理的な課題に対処するだけでなく、ビジネス上の観点からの理解する必要性に直面している。（Abrams, *Teenage* 3）

エイブラムズは、若者の趨勢《すうせい》をその経済力と消費力にあると定めます。マーケットを動かす大きな力としてティーンエイジャーの存在を無視することができなくなったのです。年長者が若者に脅威を覚えるのは、かれら彼女らが自由にできるお金の力があるからです。エイブラムズは若者たちの金銭が、映画、音楽、雑誌、洋服、飲料水などに使われ、それがマーケットを変えたこと指摘します。若者文化はエンターテインメントとメディアによって社会の変容を促します。

一九五〇年代後半から六〇年代にかけて、エイブラムズをはじめとして、様々な論者による若者論が発表されます。社会学者のケイト・ブラドリー（Kate Bradley）はこれらの資料を分析し、ナショナリズムと当時の若者の非行を繋げるレトリックを詳らかにしています。豊かさは若者の消費を促します。しかし若者が購入するのは、劣化した製品であり、その多くはアメリカ製だと即断する大人が、若者たちの非イギリス化を嘆くのです。そしてそれが若者たちの非行に結びつけられたとブラドリーは考えています（Bradley 240）。若者の非行を問題視する言説はイギリスの危機を直感する年長者あるいは保守主義者によって生産されたのです。

前章でみたウェスカーの『ルーツ』は、主人公ビーティの消費文化批判で幕を下ろします。それはマーケットにいいように扱われ消費に隷属してしまう労働者と大衆の自己批判の言葉として提示されます。この作品は若者の自立を消費からの独立と重ねあわせていました。

一方で、消費文化を上手に利用して、自己実現を果たす若者も登場します。作家のコリン・マッキネス（Colin MacInnes）は若者の側に立って発言を続けます。「ポップソングとティーンエイジャー（"Pop Songs and Teenagers"）」（一九五八）は、一九五〇年代後半の音楽文化を論じ、またその時代に若者であることの幸運を讃えるテクストです。「若者は金持ちだ」（"Pop Songs" 49）と臆面もなく宣言する文章は、あけっぴろげな解放感に満ちています。「この一〇年間、わたしたちは子ども十字軍の再現を目撃してきた。かれら彼女らは多勢で、戦利品で武装して、『かしこまった奴ら』、すぐに否定したがる大人たちに対抗している」（50）。大人と若者の対立を、十字軍の遠征、つまりキリスト教と異教徒の戦いにたとえています。若者たちが、消費力によって、大人たちを蹴散らし、社会階層そのものを変えてしまったとマッキネスは断言します。

わたしたちの社会を「ふたつの国民」に分けるならば、もはや「金持ち」と「貧乏人」（古い言い方をすれば「上流階級」と「労働者階級」）ではなく、ティーンエイジャーと大人の責任を背負ったものといえるかもしれない。実際、過去一五年間の大きな社会革命は、福祉国家において大人のあいだで富が再分配されたことではなく、ティーンエイジャーに経済力を与えたことなのかもしれない。
（"Pop Songs" 56）

イギリスはもはや階級社会ではなく、世代によって分断されていると指摘します。そしてその変化の原因を福祉政策ではなく、ティーンエイジャーの経済力に求めます。福祉政策と好景気を明確に区別することはできません。前者が後者を準備したことは確かです。しかし戦後、福祉国家とともに生まれた子どもたちが、一〇代後半に差しかかる頃、かれら彼女らの消費の欲望とマッチする商品が供給され、マーケットが整ったことが若者文化の興隆の条件になったことは銘記する必要があります。

また、先のブラドリーの指摘を踏まえれば、若者世代と年長世代の対立は、おおまかに外国文化を違和感なく受け入れられる世代と、文化をナショナリズムの一環とみなす世代の差異とみることができます。一九六〇年代の消費文化は若者たちに自由と選択を与えます。父親世代の文化からの解放感。新たな世界で新しい仲間と出会うことを期待する高揚感。欲しいものが買えるという喜び。「テディ・ボーイ」や「モッズ」など新しい集団は、消費文化によって形成可能になったといっても過言ではありません。このような集団形成は、ファッションと趣味によって作られていきます。ビートルズやツイッギーを旗印とした一九六〇年代の「スウィンギング・ロンドン」はこれらの延長線上にあります。若者たちのファッションや音楽へのこだわりを軽んじることはできません。かれら彼女らが作る趣味の共同体が、階級に代わる新たなアイデンティティを提供したからです。

しかし、一方で階級の問題はそう簡単には解消しえないという意見もあります。スチュアート・ホールが、バーミンガム大学の現代文化研究センターの同僚らとともに編集、執筆した『儀礼のなかの抵抗（*Resistance Through Rituals: Youth Subcultures in Post-war Britain*）』（一九七五）という論文集があります。若者研究の嚆矢ともいうべきその書物の序章で、ホールたちは、若者たちのサブカルチャーと階級の問題をより複雑な構図のなかで解説しています。

> 戦後のサブカルチャーが、階級に根差した諸問題に取り組むとき、しばしば、現実に起こる折衝と、象徴的に置き換えられた「解決」とのあいだにあるギャップや不一致を再現してしまう。それは、現実レベルでは未解決の具体的な問題を、想像力のレベルで「解決」するのである。「テディ・ボーイ」は上流階級の服装を収奪している。しかし、それは、肉体を酷使する非熟練労働、ほぼ無職のよう

なかれらのキャリアや生活機会と、土曜の夜に「着飾っても行くところがない」というかれらの体験とのあいだのギャップを「覆い隠す」ものである。このように、消費とスタイルの収奪とフェティシズムにおいて、「モッズ」は、終わらない週末と月曜日には退屈で、夢も希望もない仕事を再開しなければならないことのあいだにあるギャップを覆い隠しているのである。(Clark, Hall, Jefferson and Roberts 47-48)

著者らは労働者階級の若者の二重の生活に着目します。相対的な豊かさと相変わらず過酷な労働環境。そのギャップをごまかす、つまり想像的方法で「解決」するものとして、ファッションやスタイルがあるというのです。華やかな恰好、かつては上流階級にだけ許されたファッションを、労働者階級の若者が享受しうるようになったからといって、階級の問題が消えたわけではないというのです。ホールらは、テディ・ボーイやモッズのファッションとスタイルにおいて、相対的な豊かさという経済と根強い階級のふたつの問題が混在していると主張するのです。戦後のイギリスが豊かになり、社会、経済格差が是正されたという言説。それは支配階級が生みだした虚偽であり、そのためにファッションや趣味を楽しむ若者像が政治やメディアによって作られ、利用されたというのがホールらの考えです。ファッションは階級を想像上は解決したようにみせるが、経済的格差など現実的な問題は残り続けているというのです(Clark, Hall, Jefferson and Roberts 37)。

カルチュラル・スタディーズの論者は、「若者文化」の代わりに、「サブカルチャー」という用語を用いる傾向にあります。その目的は、「若者文化」という言葉がマーケティングに迎合していること、それにたいして「サブカルチャー」は、「支配的な文化」と「親世代の文化」との構造的な影響関係を明示しうるためと説明されます(Clarke, Hall, Jefferson and Roberts 16)。そのような見方は、階級闘争を旨とするマルクス主義的な立場に支えられています。労働者の連帯とその文化の保存を旨とした旧左翼は、アメリカの消費文化と相性がよくありません。伝統的な文化に固執し、保守化してしまうということがあります。カルチュラル・スタディーズもその幣を免れてはいません。「サブカルチャー」は、「親世代の文化」の下位文化であり、支配的な文化との「折衝」、「抵抗」、「闘争」によってはじめて獲得されるという考えを、カルチュラル・スタディーズは前提としているのです。

実際に戦後は豊かになったのか、それともそれは作られたイデオロギーであったのか、ここで判断することはできません。本書において大切なのは、そのような言説の争いにおいて、若者というイメージが利用されたことです。それにたいして、本書の第4部は、豊かな時代の若者を文学がどのように描いたか、と問いかけていきます。この時代の若者文学では、登場人物の衣装やスタイルに過剰なまでの言葉が費やされます。物語の展開とは関係がないようにみえるこれらの描写は、若者たちが共同体を構築する営みの表象です。それは、階級的対立を世代間対立へと変え、「金持ち」と「貧乏」の対立から、「大人」と「若者」の対立へと社会を再編成していく力学を伴っています。しかしホールらが指摘したように、相対的な豊かさが階級的格差を解決したのでないならば、若者たちは階級から自由になったとはいえません。

わたしたちが若者文学を論じるときには、相対的な豊かさが脱階級社会を実現したという、安易な構図に陥らないように気をつける必要があります。しかし、そのことを意識しながらも、本書は、「若者文化」という用語にこだわります。階級闘争から若者を解放することが第一の目的です。そして消費文化との親和性がその文化の理解において欠かすことのできない要素だと思われるからです。若者文化は趣味の共同体を作ります。そして趣味は消費と一体化しています。ある程度、経済的な余裕がなければ趣味を楽しむことはできません。そして消費を支えるのは経済動向です。消費と経済に依存していた若者文化は、やや自立性を欠いた、不安定さをもっていたことは否めません。そのような不安定さも含め、若者文化を評価していくことが、第４部の目的なのです。

またもうひとつ留意したいのが、若者の華やかなライフスタイルの描写に、自らが体験したはずのない戦争の記憶やイメージが忍び込む点です。以下第４部で扱うどの作品でも、すでに遠く去ったはずの戦いの記憶が物語の重要な局面を形成します。戦争は過去の記憶とともに、階級意識をも召喚します。若者たちは、戦争から、階級から、歴史から自由になることができるのでしょうか。もし若者の文化が自由を実現しうるならば、それはどのような現在と未来を描くのでしょうか。

第9章　戦後若者たちの戦争

アラン・シリトー『土曜の夜と日曜の朝』

❖怒れる若者たちの戦争

本章ではシリトーの『土曜の夜と日曜の朝』を論じていきます。第3部で論じた「長距離走者の孤独」の著者のもうひとつの代表作です。「長距離走者の孤独」の語り手より少し年上の二一歳の不良青年が主人公です。アーサー・シートンは熱心に働き、おしゃれをして、人妻と付きあい、情事に耽ります。冷戦が進行していることを明確に意識しているアーサーは、刹那的に若さを楽しみます。一方で、かれは第二次世界大戦の記憶を保持しています。正確にいうならば、戦争が遠い記憶となってしまったことへの感慨をもっています。戦争という「大義」がもはやない時代の、ある種の空虚さが、なにごとにも真剣になれない虚無感がかれの言動の背後には隠れています。

『土曜の夜と日曜の朝』を分析するまえに、戦争と若者の関係を描いた同時代の作品を確認してみましょう。まずはジョン・ブレインの『最上階の部屋』を参照してみたいと思います。イングランドの地方都市の財務課に勤務するジョンが主人公です。第二次世界大戦に従軍し捕虜になった経験がありますが、その期間を利用して会計の勉強をし、戦後、帰国して、会計士試験に合格し現在の職に就きます。美しい人妻アリスと不倫をしながら、裕福な資産家の娘スーザンとも付きあっています。戦争によりキャリアの礎を築いたジョンは要領のいいプレイボーイです。

ジョンは父と母を空爆で失っています。かれにとって戦争は両義的です。キャリアの基盤を形成したものであるとともに、肉親を奪ったものだからです。かれの戦争にたいする複雑な感情は、異様な感触として描かれます。ジョンが叔母の家を訪ねたときのことです。そこは空爆が父母を奪った場所でもありました。

しかし本当におれの気持ちを悪くさせたのは、足元でネズミのようにうごめく肉片を踏んづけたことだ。屠殺場へ侵入したこと、生々しい物体の恐怖が、議論の余地なく俺を支配した――それを父と母と結びつけることができなかった、そう受けとることを拒否した。(Braine 96)

父母の死体を呑み込んだと思われる地を踏むジョンは、麻痺した感覚にとらえられます。足裏がネズミの蠢《うごめ》きのようなものを感じます。そのグロテスクな感触は父や母と結びつけられることを拒否します。ジョンが父母の死を実感できぬことは、自分の成功を戦争に結びつけることができないことと関係があります。ジョンにとって戦争は非現実的なものです。

ジョンは享楽的な生活を楽しんでいるようにみえますが、後ろめたい気持ちを隠しています。それは戦争の痛み、苦しみを実感しえないことに由来しています。かれのぼんやりとした罪悪感にはっきりとした輪郭を与えるのが、アリスの死です。ジョンとの不倫によって結婚生活を破綻させたアリスは、酔っ払い運転の事故で亡くなってしまいます。友人のテディから彼女の事故の仔細を聞いたジョンの反応は左のとおりです。

「ああ、昨日までは元気に生きていたのに、一瞬で——」

「一瞬?」テディは言った「救急車が来たときに彼女はまだ生きていたんだ。八時まで生きていたんだ」

「なんだって」おれは言った。「なんだって」テディに激しく食って掛かった。「誰が言った? 誰が言ったんだ?」

「おれのいとこがワーリー病院で働いているんだ」かれは言った。「その話を聞いたときに教えてくれたんだ。彼女が道を這っていたところを野良仕事をしてた奴が見つけたんだ。彼女は頭の皮が剝がれて、ステアリングコラムが——」(219)

ジョンは、アリスが死んだこと自体にはさほどショックを受けていません。かれが言葉を失うのは、彼女が苦しみながら死んだこと、悲惨でグロテスクな死に方をしたことを知ったからです。

ジョンにとってアリスの死は単なる愛人の死ではありません。それは父母の死を実感できないかれに、改めてショックを与えるのです。彼女のグロテスクな死の描写が、ジョンが実感しえなかった戦争体験を補うのです。『最上階の部屋』は、逃れようとしても逃れられないものとして、成功しても、豊かになっても消し去ることができないものとして、戦争の記憶が描かれます。戦争の痕跡はかたちを変えて回帰するのです。

❖おれの戦争

シリトーの「長距離走者の孤独」にも戦争への言及がありました。「おれには自分の敵がどいつであり、戦いとは何かがわかっている。落としたいなら原爆でも落とすがいい——おれはそんなのを戦争とは呼ばないし、兵隊服を着る気などない。おれはもっと違った戦争をやっているからだ、奴らはそれを子どもの遊びと言うけどな」（Sillitoe, "The Lonelisess" 16 / 23）。戦争の脅威は原子爆弾で象徴されていますが、そのような戦争とかれ自身と「奴ら」との戦いが比較されます。そのほかにも戦争を含めた歴史、国際情勢問題は比喩として使われます。盗みを働いた語り手を捕えにくる刑事は「ヒットラー面（old Hitler-face）」と繰り返し揶揄されます（31 / 46, 35 / 53, 38 / 58）。それはナチスや第二次世界大戦の記憶を喚起するというよりは、つまらない大人を馬鹿にした表現です。

語り手のいう戦争は独自の意味をもっています。それは歴史や国際情勢から切り離されたものです。

ダートムア刑務所で攻撃をかけ、リンカーン監獄では半殺しに遭い、ボースタル感化院の無人地帯に捕らえられた《古参兵》たちの、どんなドイツの爆弾よりもでかい音をたてる話を聞いて育ってきた。政府の戦いはおれの戦争じゃない。おれには何の関係もないことなんだ、なぜならおれの気になるのは、おれ自身の戦いだけだからだ。（17 / 24）

刑務所や監獄に収監されているものたちを「古参兵（old solders）」と呼ぶ語り手は、不良少年と大人たちの戦いを戦争にたとえます。そしてその戦いの系譜に自らも加わろうとします。どこか浮遊感漂うかれの戦いは、戦争という言葉の重みに耐えかねているようにもみえます。先にみたとおり、語り手は最後に父の死の記憶を呼び戻します。自宅で吐血しカーペットを真っ赤に汚すその死は、戦場の死のごとく語られます。このような父の勇ましさに同一化することで、語り手は自分の戦いに足場を与えようとしているようです。

「怒れる若者たち」は戦争を知らない、あるいはその記憶を実感できない若者たちを主人公や語り手にしました。『最上階の部屋』では不倫の結末が、戦争のグロテスクを再現しました。「長距離走者の孤独」では、不良少年の、無残に亡くなった父のための戦いが戦争にたとえられました。「怒れる若者たち」の感情の振れ幅が戦争という比喩で表されているのです。

❖労働環境の変化

『土曜の夜と日曜の朝』のアーサーは自転車製造工場の労働者です。作品ではかれの生活と労働が克明に記述されます。しかしそれはプロレタリアート文学の系譜とは明確に区別されるものです。イギリスでプロレタリアート文学は一九三〇年代に盛んになります。A・J・クローニン（A. J. Cronin）の『星の眺める下で（*The Stars Look Down*）』（一九三五）がそのジャンルを代表する作品です。そこでは、労働者と資本家の対立に照準があてられました。ジョージ・オーウェルの『ウィガン波止場への道（*The Road to Wigan Pier*）』（一九三七）は、炭鉱労働者や港湾労働者の過酷な生活を克明に描き、現状の改善を訴えました。

同じ労働者とはいえアーサーの状況は大きく異なります。時代が変わり、労働環境が大きく改善したからです。

工場は毎年毎年梱包された自転車を発送部からエディソン街道のむこうで待機する無蓋貨車へと送りこんで、戦後（というより戦前かな、とアーサーは思った。なにしろ明日にも戦争が起こりかねない時代なんだ）の輸出貿易を振興し、ポンド均衡という架橋不可能な激流になんとか船橋をわたそうとしている。そこで働く何千という工員が家にもって帰る賃金は悪くない。もう戦前のような操業短縮もないし、便所で十分ばかり〈フットボール・ポスト〉を読んで解雇されることもない——職長に見つかったら、ほかの人間を雇いなよといって、さっさとよそに行くまでだ。それに昼食ごとに駆けだして、一袋一ペニーのフライドポテトを買い、パンといっしょに食べる必要もなくなった。いまではむしろ遅すぎたくらいだが、出来高払いの賃仕事を背骨が折れるくらいやればまともな金が入ってくるし、大食堂もあって二シリングであたたかい食事ができる。稼いだ金を貯めればオートバイどころか、中古の自動車だって買えるし、豪遊十日できれいさっぱり貯金をまきちらすこともできる。毎年せっせと貯金したってしようがない。阿保な話さ、金の値打ちはどんどんさがるし、だいいちヤンキーがいつ発狂してモスクワに水爆を落すやら。もしそうなったら何もかもおさらば、フットボールの賭札も宝くじもみんな燃やして、ビリー・グラハムに電話でうかがいをたてればいい。神を信じているのならね。おれは信じちゃいないけど、とアーサーは思った。(Sillitoe, *Saturday Night* 27 / 31-32)

「ビリー・グラハム(Billy Graham)」はアメリカの福音伝道者です。一九五〇年代以降、ラジオやテレビに登場し、キリスト教の教えを宣伝しました。一九五六年にはイギリスを訪れ、約三ヵ月の滞在のあいだに、各地で伝道活動をしました。右記引用ではグラハムの名を出し即座に否定することで、宗教を頼みにしないアーサーの斜に構えた態度が示されます。

一方、戦前の貧困から、働けば相応の賃金が得られる社会への変化が述べられます。自らの労働を国際状況と関係づけ、国内の雇用状況における自分の職能の価値を見極めています。労働者にとって売り手市場であると熟知していることが、アーサーに強気な態度をとらせています。しかしそのような状況をかれは楽観視しているわけではありません。見えない戦争(冷戦)の危機を冷静に感じています。そのような洞察は、ロシアとの戦争に向かう国家への冷笑にも表れています(132 / 178)。貯金をせず給与は散財すべきというアーサーの刹那主義は、いつ戦争が起こるかわからないとかれが思っているからです。かれの金銭感覚は冷戦の危機と裏腹の関係にあります。それが束の間の豊かさであることを思っているがゆえに刹那主義的に振る舞うわけです。信仰の欠如と相まって、それがアーサーの虚無的な考えの下地になっていくのです。

❖欲望の生産

豊かになり、楽になった暮らしは、労働者同士の付きあい方を変えていきます。クローニンが代表するプロレタリアート文学において、職場は男同士が厳しい労働を共有し、絆を深める場所でした。一方、戦後の若者であるアーサーの職場は、男同士の絆を深める場所ではありません。かれは仲間と和気あいあいとするよりは、黙々と旋盤を操作していることが多いようです。

どうもおれは運がよすぎるみたいだな、とアーサーは旋盤を始動させながら思った。とてもじゃないが運がいい。このつきが落ちないうちにせいぜい楽しんどくことだ。ジャックはたぶん夜勤のことをまだブレンダに話してない。そんな吉報を彼から聞いたら彼女は死ぬほど笑うだろう。おれは週末には彼女と会えなくなるが、毎晩行けるわけだから、ますますもってありがたい。さあ、チャンファだ、それからドリル、それから溝刃。ほいできた。はずして新しいやつを入れて、ときどきサイズをしらべること。千個仕上げてから検査員にごっそり投げかえされるのは嫌だからな。四十五シリングのなる木はない。さあチャンファだ、ドリルだ、溝刃だ、タレットを腕が棒になるまで振りまわせ。（37-38 / 46）

単調な旋盤作業の描写にアーサーの呟きが挿入されます。それはかれの不倫相手ブレンダにまつわるものです。ジャックはブレンダの夫です。ジャックが夜勤になることで平日の夜でもブレンダと会うことができるとアーサーはほくそ笑んでいます。かれは、仲間との連帯を構築するのではなく、同僚の妻を寝取ることに執心しています。

ここで注目すべきは、アーサーの思考が旋盤と一体化していることです。旋盤を操作する作業とともにかれの欲望も生産されます。旋盤の操作と、ブレンダへの欲望が交錯していくのです。そのような交錯において、アーサーと機器の関係は性的なニュアンスを帯びています。チャンファやドリル、タレットなどの操作は、性行為に擬されているようです。アーサーにとって、工場労働は給与を生みだすだけでなく欲望も生みだすものです。

❖アーサーの戦争

アーサーの戦争観をここで確認しましょう。冷戦への漠とした予感がかれの刹那的な金銭感覚を育んだことはすでにみたとおりです。しかしそれとは別に、過去の戦争を回顧することも忘れません。「戦争はある意味すばらしいことだった。おかげでイギリスでは無数の人間がずいぶん幸福になったもの。俺はうまくやったんだ」(27/30)。第二次世界大戦の恩恵を認知し、刹那的だけど楽観的に振る舞うアーサーですが、戦争について語るときには辛辣さが表面化するときがあります。アーサーは、従兄のデイヴの話を思い出します。不良少年だったデイヴは盗みのために感化院に入院させられます。退院すると即座に軍隊に入隊させられますが、そこを抜けだしてきたデイヴはアーサーの家に匿ってもらいます。デイヴは、アーサーの父親ハロルドに次のようにぶちまけて遁走したことを正当化します。

だからある晩、おれは商店の裏口からしのびこんだが、あのときは家に食べ物がなにひとつ無かったんだ。その晩帰ってから――おれは永久に忘れないぜ、ハロルド――みんなして、生まれてから食ったことがないようなはじめてのご馳走を食ったよ。そのときおれは十五歳で、二カ月のあいだ週いちど商店にしのびこんだけど、ある晩やつらがつかまえやがった。それでおれをどんな目にあわせたと思う？　あんたはもちろん知ってるけどさ、ハロルドおじさん、もういちど言わせてくれ。ボースタル感化院に三年だぜ。やっと出てきたら戦争はもう始まってて、おれは召集された。やつらのために だれが戦争に行くもんか、そう

だろう？（130 / 176）

デイヴが盗みをするのは家族の食事のためです。家族のために罪を犯し、不良として社会の周縁に押しやられていたのに、戦争になると国のために戦うように期待される。そのことの理不尽をデイヴは訴えるのです。右の場面には続きがあります。デイヴを捕えるためにアーサーの家に警官たちがやって来る場面です。

ちょうどサイレンが鳴ったところで、アーサーがデイヴに家に帰るなと話していたら、高射砲の白い弾幕が空を覆い、細長いドイツ機の影がひとつ家々の屋根をかすめて棺桶みたいに滑っていった。アーサーは噴きだしそうになった。そういえばいまは戦時中だっけ。やつらはドイツ野郎と戦ってて、チャーチルが九時のニュースのあとでこの戦争の目的とやらを、さも重大そうにしゃべってたが。おれたちは何をすればいいんだろう、と彼は思った。デイヴみたいに軍隊から脱走するか？　いや、いまのおれたちに残されているのは、ずるく立ちまわること。それだけなんだ。（131 / 176-77）

「チャーチル（Winston Churchill）」は第二次世界大戦時の首相です。当時はダンケルクの戦いの最中でした。ダンケルクの戦いとは、ドイツが北フランスを侵攻した一九四〇年五月二六日から六月四日までの戦いのことです。チャーチルはこの地で動けなくなったイギリス派遣軍とフランス軍の救助を命じ、イギリス国内から軍艦のみならず、漁船や遊覧船なども動員して軍隊を撤退させました。チャーチルは六月四日午後、下院で「我々は浜辺で闘う（"We Shall Fight on the Beaches"）」と呼ばれるスピーチをし、翌日ラジオで放送されます。旧植民地や自治領からの助けを得ながら挙国一致でイギリス本土を守ることをかれはその機会に訴えました（Churchill, "We Shall Fight"）。

デイヴの遁走劇はチャーチルのラジオ演説を背景に描かれます。デイヴが逃げようとしたのはナチスからではありません。チャーチルが喚起する挙国一致の強制から逃れようとしたのです。ナチスの飛行機が埋める空のもと、警官が待ち構えていることをアーサーはデイヴに伝えます。イギリスとドイツの戦争という一大事を後景に斥け、デイヴは軍隊から逃れようとするのです。

ところで、アーサーはデイヴの逃走を少し愚鈍なやり方だと思っているようです。かれは「ずるく（cunning）」やろうといいます。かれにとって重要なのは国家や権力への真っ向からの対立ではありません。権力に迎合することなく、適度な従順を示し、自分の利益だけは確保する器用さを求めるのです。

❖ 人妻と兵士

アーサーが生きる時代は、戦争（第二次世界大戦）と戦争（冷戦）のあいだの束の間の戦間期です。かれ自身はそのような国家の運命に抗うことはなく、与えられた状況から最大限の喜びと楽しみを引きだそうとします。市営住宅を爆破しよう（Sillitoe, *Saturday Night* 209 / 289）などアナーキーな発言をすることもありますが、同時に、共産主義への失望を吐露します（35 / 42-43）。かれの反抗は、社会主義的な平等の思想に収斂せず、むこうみずな気質、不良のような態度に凝結します。それは以下のような言明によく表れています。「いちど反抗した人間はいつまでたっても反抗する。やめようたってやめられない。否定しようがないことなんだ」（202 / 278）。反逆は生まれもった性格であり後天的な教育や環境とは無関係とアーサーは言います。その反逆精神は、人妻を寝取ることによる満足に収まります。社会的規範にたいする反抗に終始するかれの戦いは、社会そのものを変えようという革命的思考には結晶化しないのです。

アーサーの「ずるさ」は女遊びに活かされます。かれは不倫相手ブレンダの妹ウィニーにも手を出します。彼女もまた人妻です。しかし英国軍の軍曹としてドイツに駐在していた、ウィニーの夫ビルが帰国したところからアーサーの運も陰ってきます。アーサーは、ビルとその友人と喧嘩になり、一方的にやられてしまうのです。この事件はかれに大きな痛手を残します。アーサーはそのことで煩悶します。

彼は、名状しがたい疲弊がもたらす、冷たく重い気持と戦っても、それがどこから来たのか考えても、意味がないことを知っていた。それ以上の考察を必要としない事実について考えることはしなかった。ただ兵隊たちにやっつけられたことに関係しているということだけは信じた。彼はこれほど打ちのめされた気分になる原因もべつに考えてみなかった。ふたりの女を愛することができなくなったせいなのか、それともふたりの兵隊に、あらゆる掟の根源である牙と爪とのなまなましい刃先をみせつけられたせいなのか。そうした法と秩序とにいままで彼は絶えず反抗してきたのだが、あんな無考えな、滅茶苦茶な戦いかたではしょせん負けるしかなかったのか。こうした疑問はもっとあとで浮んできた。とにかくはっきりしているのは、兵隊ふたりが結局彼をつかまえたこと——つかまるだろうとは思っていたが——そしてジャングルの共通の広場で彼を打ちのめしたことだ。（180／245）

喧嘩に負けたアーサーは必要以上のショックを受けます。ところが、その原因がどこにあるのかよくわかっていません。いや、考えようとさえしません。不倫への罰が下り、女たちにもう会えないという運命を嘆いているのか、それとも国家権力の象徴である兵士にやられたことが痛手なのか、自問し悩みます。前者は性的欲望の問題、後者は国家への反抗という政治的問題です。しかし「ずるく」やることに照準するアーサーにおいて、両者を明確に分けることはできません。かれにとって、他人の妻を寝取ること（欲望）が法と秩序への反抗（政治）だったからです。

結局、アーサーは、ビルとの喧嘩に一方的に敗れ、意識を失った際に、家まで連れて帰り、看病してくれた女性ドリーンと結婚します。兵士に負けたことは不倫の罰を受けたこととなり、いわば「年貢を納める」ことになる流れは、かれが社会的制裁を受けたことを示します。ドリーンとパブに飲みに行ったときに、アーサーはビルと再会します。ここでのやりとりは殴り合いをした男同士特有の関係構築を示しています。

もし兵隊でなかったらこいつはおれの味方だろう。似たりよったりの機械の前でさんざん汗水たらしながら、ダイナマイトで公営住宅を吹っとばそうかと考えてるにちがいない。いやいや、こいつは頭がからっぽなんだ。ウィニーはこいつの、この能なしの、いったいどこがいいんだろう。一シリング賭けてもいいが、こいつはきっとウィニーのことでまだまだ苦労するだろうぜ。一杯おごってやろうじゃないか。

「一杯呑めよ」。(208 / 289)

アーサーはビルが兵士でなかったら仲間になっていたかもしれない、一緒に工場に務め、公営住宅を爆破していただろうと言います。公営住宅は、主に労働者向けの住宅の不足を解消するために、一九四〇年代後半に始まった法的な整備のもとで、労働者向けに大量に建設された住宅です。これにダイナマイトを仕掛けようというのは、政府の、労働者たちへの懐柔政策を受けつけないということでしょう。しかしそう言った舌の根が乾かぬうちにアーサーはビルとの連帯の可能性を捨て去ります。その理由は「あたまがからっぽ」そうという直観的な理由です。それでもアーサーは一杯おごろうとします。それは女房のことで苦労するだろうという同情の表れです。遠慮したビルにアーサーは次のように言ってグラスを押しつけます。「呑めよ、おれは来週結婚するんだ」(209 / 289)。男同士の儀礼的な乾杯に深い意味はないのかもしれません。しかしこのような和解が結婚によって促されていることには注意を払う必要があります。

アーサーとビルの乾杯は、結婚という罠にはまった男同士の諦めを祝ったものと考えるべきでしょう。住宅爆破が示唆するアナーキズムや階級闘争では連帯できなかったアーサーとビルですが、結婚へ屈伏したことによって絆を深めるのです。

❖結婚という戦場

アーサーの直観的で衝動的な言動は荒々しい感情の表出に留まります。酒を呑み、好みの服を着て人妻を寝取ることがもたらすことは社会規範の逸脱かもしれませんが、社会を転覆するようなことではありません。アーサーの戦いは女性関係を戦場にしていました。かれは国家と戦う代わりに、婚姻という社会制度と男女の付きあいという規範に背こうとするのです。しかし、ビルに一方的にやられたことで、アーサーの戦いは変質していきます。ドリーンと付きあうことになったあと、アーサーは「だれにとっても自分が自分の敵だから」(203 / 280)と言います。こうしてアーサーの戦いは内面に向かっていくのです。

ドリーンの実家で彼女と結婚生活の計画を語ったあとのアーサーの描写はとても特徴的です。「アーサーは物思いに沈み、心に渦巻く無数の疑問と不満足な解答をかかえたまま、自分の内部での長期戦の最終段階を戦い、同時に新しい闘争の最初の小ぜりあいを感じていた」(214-15 / 297)。結婚し、家族を築く途に辿り着いたからといって、アーサーの戦いは終わるわけではありません。それは新しい局面を迎えます。結婚と家庭とどう折り合いをつけるのかという問題です。内面の戦いといえば格好がいいですが、結局は自分の男性性を家庭生活においてどのように担保するのかという悩みに過ぎません。

それはアーサーがはじめてドリーンを抱きしめる場面においても続きます。

アーサーは絞め殺すほど固く彼女を抱きしめた。この小手調べの戦闘ですでに彼女の戦意を挫こうとでもするような勢いだったが、彼女もむしろ先制の一撃をくわえるみたいに激しく彼に反応した。戦いはゆきづまり、彼らは自分の身に課したばかりの大きな決定の重みを忘れ去ることを求めた。彼はやさしく声をかけ、彼女はその意味をわからないままにうなずいた。アーサー自身も意味がもうわからなかった。発信も受信もかき消され、切り開かれた大地の畝にただ落ちていった。(215 / 298)

ロマンチックなはずのはじめての抱擁は、戦闘の様相を呈します。「発信も受信も(transmission and reception)」は戦場における無線連絡を想起させ、その混戦は、男女の戦いの混沌を比喩しているようです。大地にふたりして倒れていくという描写は、戦いに敗れた兵士たちの姿を喚起します。それはウィルフレッド・オウエンの「奇妙な出会い」を思い出させます。

ふたりの激しい抱擁の場面から一転、『土曜の夜と日曜の朝』を締めくくるのは、独り静かに川辺で釣り糸を垂れ、川面を見つめるアーサーの姿です。

彼自身はもうひっかかってしまったのだし、これから一生その釣針と格闘をつづけるしかなさそうだ。魚を釣ることは、言いかたをかえればつまり魚に釣られることなんだし、ひけばひかれるのは何事の場合もおなじさ、たとえば寄生虫とか、女とか。世界じゅうの人間が何らかの形でひっかかっているわけで、まだそうでないやつもいずれはそうなる運命だよ。(216-17 / 299)

釣られる魚に、結婚する自分のことをたとえていることがわかります。それを寄生虫に寄生されることにたとえていることから、結婚生活へのかれの虚無的な見解がうかがえます。そしてそれはすべてのひとが辿るべき運命だというのです。結婚を釣針に引っかかることにたとえる比喩自体はさほど難しくありません。しかしアーサー自身が釣り人であることは忘れてはいけません。「魚を釣ることは、言いかたをかえればつまり魚に釣られること」という一文が示しているのは、釣り人であり釣られる魚でもあるような再帰性です。結婚生活は自分との戦いだというアーサーの考えがこの引用から浮かび上がってくるのです。

◎　◎　◎

この小説を締めくくるアーサーが釣りに没頭する場面は、小説冒頭の旋盤を操作する描写と対照的です。後者では旋盤が女性との性行為にたとえられていましたが、前者ではアーサー自身がアーサーを釣り上げている循環のイメージを喚起します。不倫をすることで社会規範に反抗していたアーサーは、結局は家庭に取り込まれてしまうのです。そしてそのような自分自身とアーサーは戦っているのです。それは、敵は自分のなかにいるという、アーサーの悟りの延長線上にあります。ファイティング・ポーズをとり続けることがかれにとっては重要でしたが、その姿勢をなにに向かって保持しているのか、かれ自身もわかっていませんでした。対象を失ったまま、ファイティング・ポーズだけを保ち続けているうちに、戦いそのものが自己目的化してしまったのです。

アーサーは第二次世界大戦を否定的には考えません。戦争によって戦後の豊かさがもたらされたと認識しているからです。しかしそのような安定がいつまでも続くとは信じていません。かれは政治的な反抗をするよりも、経済的な繁栄の恩恵だけを上手に掠めとって生きていくことを選びます。アーサーは自らを生まれながらの反抗者と位置づけます。国家への苛立ちを隠しもちながら、それをはっきりと態度に表すことは得策ではないことを熟知しているアーサーは、戦略的に「ずるく」振る舞うことを選択します。同僚の妻を寝取るなど社会的な規範を破ることでかれは満足するのです。国家に抵抗するのではなく、社会のルールを破ることで反抗精神を満足させるのです。

アーサーの反道徳的な振る舞いは兵士によって罰せられます。束の間の経済的な繁栄を掠めとる、「ずるい」戦略が失敗するわけです。これを機にアーサーは、自分自身との戦いと呼ばれるものに挑んでいきます。しかしそれは、端的な言い方をすれば、結婚生活に自らを順応させることです。『土曜の夜と日曜の朝』でシリトーが描こうとしたのは、第二次世界大戦後の若者の戦いの変容です。若者に内在的な反抗精神が、敵を見失い、最終的に家庭のなかに回収されていくことを、やや皮肉な視点から描出しているのです。福祉政策が導入されて以降、家庭の引力が大きくなってきたこと、そして不良もそこには抗えなくなってきていることが、示されているのです。

第10章　都市と若者と人種暴動

コリン・マッキネス『アブソリュート・ビギナーズ』

❖人種

シリトーの『土曜の夜と日曜の朝』では、人種の問題はあまり大きく扱われません。しかし舞台となっている一九五〇年代のノッティンガムは、実は人種抗争の場でした。一九五八年には白人少年たちが移民たちを襲う暴動が発生し、それが有名なノッティングヒル人種暴動（Notting Hill Race Riots）の引き金となっていきます（Pressly）。

文学研究者のスティーブン・ロス（Stephen Ross）は『土曜の夜と日曜の朝』がノッティンガムを舞台にしたリアリズム小説でありながら、一九五〇年代にここで暮らしていたはずの多くの移民の存在を無視したことを批判します。小説終盤登場するサムは、アーサーの従兄ジョニーの軍隊仲間で、西アフリカ出身の若者です。かれはクリスマスを過ごすために、ジョニーの実家に遊びに来ます。サムの存在をめぐって嫉妬した男たちと女たちが喧嘩を始めます。ロスはこの場面に注目します。ノッティンガムに巣くっていた人種間の緊張感は直接描かれず、サムをめぐる諍いとして表象されていることを問題視するのです（Ross 40）。

ロスの言うことは確かに一理あるのですが、少しアンフェアに思えます。先に述べたように『土曜の夜と日曜の朝』はアーサーの「ずるさ」の追及を描いた作品です。豊かさが不良少年の抵抗を徐々に変形していく物語において、移民が描かれていないという誹議は、ないものねだりにみえます。むしろ、国家から爪弾きものとされながらも、戦争では兵力として期待されてしまうアーサーや従兄のデイヴと、肌色によって差別されながらも従軍するサムの連帯が描かれないことを問うべきではないでしょうか。

概して「怒れる若者たち」の文学では人種の問題はあまり取り上げられません。数少ない例がシーラ・ディラニーの劇作『蜜の味』でした。ヒロインのジョーの恋人は黒人で、前半にだけ登場しましたが、彼女が妊娠して若くして人生の岐路に立つときには、どこかに行ってしまっている影の薄い存在でした。

イギリスの戦後の歴史をみれば、確かに、人種の問題を無視するわけにはいきません。多くの植民地が独立を果たした戦後、「イギリス国籍法（The British Nationality Act 1948）」が成立します。それはイギリス連邦の臣民に、本国における居住と労働の権利を与えるものでした。同年エンパイア・ウィンドラッシュ号が就航し、主にカリブ海域の旧イギリス領から多くの移民をイギリスに連れてきました。本書で何度か触れたスチュアート・ホールもこの船を利用しイギリスにやって来ました。またサム・セルボン（Sam Selvon）やジーン・リースなど移民の作家の活躍が始まるのはこの時期です。

これらの移民の存在がイギリス社会の変容を促しました。移民たちの多くが移り住んだのはロンドン南郊のブリクストンと中心から少し西側のノッティングヒルでした。このノッティングヒルで暴動が起きるのは一九五八年のことです。ノッティングヒル・カーニバルは、地域の緊張感を緩和するために一九六五年から始まります。

一九六〇年、首相のハロルド・マクミランは南アフリカで、「《変化の風》演説（'Wind of Change' Speech）」として知られるスピーチを行います。アフリカ大陸の諸国において独立の機運が高まっていることを肯定するものでした。マクミランが、かつては植民地主義を推進した保守党の政治家であることを考慮するならば、時代の変化を感じることができます。

一方、イギリス国内では、移民の流入に歯止めをかける法律も成立します。「イギリス連邦移民法（Commonwealth Immigrants Act 1962）」は、労働許可制度を導入して、連邦諸国からの移民が制限されるようにしました。一九六八年には保守党の国会議員イノック・パウエル（Enoch Powell）が移民たちの増加に強い懸念を示す「《血の川》演説（'Rivers of Blood' Speech）」をバーミンガムで行います。イギリスは近いうちに黒人が白人を支配することになるだろうと予告し、争いの激化が血の川を流すことになるであろうと警告するのです。『怒りを込めて振り返れ』のジミーはジャズへの共感を高らかに告げながら、このような問題を政治的に講じることはありませんでした。かれは平等の理念は熱く語りますが、人種問題の具体的な方策に関して語る言葉をもちません。それは「怒れる若者たち」の文学に共通する問題です。

❖ コリン・マッキネス

このような状況に敏感に対応したのはコリン・マッキネスです。マッキネスは小説家であるとともに、ジャーナリストでもあり、書評、劇評も書いています。ディラニーの『蜜の味』の劇評「現実の味（"A Taste of Reality"）」（一九五九）は短い文章ながら、マッキネスらしい視点が出ています。「『蜜の味』は、これまでわたしが観てきたイギリスの劇作のなかで、有色人種の男や同性愛の少年を、うなだれたり、怯えていたりしていない、自然な登場人物として描いている、はじめての劇作だ」（MacInness, "A Taste" 205）。この作品のジェンダーや人種の描き方に着目した劇評はとても稀で、マッキネスの劇評はその数少ない例のひとつでした。

ここでマッキネスの「（イギリスの有色人種の同胞の生活に関する）白人のためのショートガイド（"A Short Guide

for Jumbles (to the Life of their Coloured Brethren in England)")」(一九五六)というエッセイをみてみましょう。タイトルにある「白人」の原語は"Jumbles"で、黒人たちが白人たちを名指すための俗語です。マッキネスは黒人たちのスラングを使いながら、白人たちに移民文化を紹介する文章を書いているのです。「白人のためのショートガイド」は「よくある質問」に回答を与えるガイドブックのような形式で構成されています。例えば「アフリカの人々は我々とは違いますよね?」という問いにたいしては、「あまり似ていません。信頼性と冷静さに関するわたしたちの見解は、かれらの共感を得ることができません。またかれらが尊ぶ自発性と社交性は、わたしたちには欠けています」(MacInness, "A Short Guide" 23)という回答が用意されています。あるいは「かれらの欠点は?」という質問にたいしては、「ハムレットがわたしたちを象徴する登場人物だとすると、オセロこそかれらを象徴する登場人物です」(26)と言います。この回答は、現在の視点から考えるならばあまり褒められた助言とはいえません。というのも、人種の造形が非常に類型的であるからです。アフリカの人々にも様々な個性の人間がいるはずでしょうし、また自発性と社交性に富むイギリス人もいるはずです。とはいえ、現在の常識でマッキネスの比喩を断ずるのは酷でしょう。ここでのマッキネスの意図はあくまでも異なった文化、習俗、習慣があることを示し、若者に他者理解のための礼儀や作法を指南することでした。当時は、異文化理解の礼儀や作法そのものがなかった時代であったことを忘れてはなりません。

先に引用した「ポップソングとティーンエイジャー」でマッキネスは、若者の大衆音楽への嗜好を分析していました。かれが特に注視するのがジャズです。ジャズ・クラブに集う若者たちの社会的な背景は多彩で、無階級的といい("Pop Songs" 57)、ジャズ・フェスティバルに参加するような若者は本能的な国際感覚を有しているといいます(59)。マッキネス自身がティーンエイジャーだった時代を思い出し、「軍隊に入るか刑務所に行くか以外では、自分の階級から踏みだすことは不可能だった」(57)と述懐します。一九五〇年代末は、そのような場がジャズによって提供されているというのがマッキネスの主張です。大切なのは、ジャズへのアクセスを可能にするのが若者たちの経済力というかれの指摘です。

ホガートやオズボーンは社会主義的な考えをもっていました。戦後のリベラルの在り方を模索して、様々な理念や思想を語りましたが、その言葉の背後には、清貧な戦後の労働者文化を取り戻したいという思いが見え隠れします。しかし、戦後リベラリズムがマッキネスの言うとおり、若者たちの経済力と趣味によって実現されたのならば、皮肉を感じざるをえません。

❖『アブソリュート・ビギナーズ』

多様化するイギリス社会を語るためには、父親たちを懐かしみ、召喚するような回顧的な視線をいったん遮断する必要があります。その必要に敏感に対応したのがマッキネスでした。ロンドンの若者の生態を赤裸々に描いた聖典として名高い『アブソリュート・ビギナーズ（*Absolute Beginners*）』（一九五九）はマッキネスの代表作です。一九歳のカメラマンが語り手を務めます。かれの名前は明かされません。

語り手の仕事や趣味をとおしてロンドンの若者文化が紹介されていきます。ファッションや音楽など一九六〇年代前後の風俗が活き活きと描写されています。マッキネスがジャズ・クラブにみいだしたのは、肌の色、階級、ジェンダーを問わない若者たちの理想郷でした。自由に満ち溢れたジャズ・クラブの雰囲気は『アブソリュート・ビギナーズ』で再現されています。


しかしジャズの世界のすごいところは、そこに来る奴らはみな、階級や人種、給与や、男か女か、ゲイかバイか、なにものなのか、そんなことは誰も気にしないというところだ。そこにはまっているか、お行儀よく振る舞えるか、下らねえことは全部置き去りにしているか、ジャズ・クラブのドアに来たとき、大切なのはそれだけだ。（MacInness, *Absolute Beginners* 68-69）

若者たちの文化の活気に溢れる様子が描かれています。ジャズ・クラブを筆頭に様々な場所に出入りする語り手は、階級や人種を横断し、多彩な人間のネットワークを形成していきます。

未成年ながらカメラマンとして活躍する語り手を支えるのは人的ネットワークと経済力です。かれの行動力と昂揚感を際立たせるのは、父親違いの兄ヴァーンの存在です。自活し独り暮らしをしている弟とは対照的に、ヴァーンは二五歳になっても定職に就かず、親と同居し、引きこもりのような生活をしています。

弟との対話でヴァーンが思わず漏らす「戦争が、イギリス最良のときだった」(41)という嘆息は、かれが時代に取り残された存在であることを示します。因みに「イギリス最良のとき(British's finest hour)」は開戦時、ナチスの脅威にたいして、連邦傘下の諸国が一致することを望んだ、時の首相チャーチルのスピーチで使われた有名な言葉です(Churchill, "Their Finest")。語り手はそれに「どの戦争、キプロス? スエズ? それとも朝鮮?」(41)と応答します。イギリスのキプロス占領とスエズ危機に関してはすでに触れました。ヴァーンの時間は第二次世界大戦中で止まったままです。それにたいする語り手の揶揄は、終戦から経った時間の長さを物語っています。

一方、母親から「ブリッツ・ベイビー(Blitz Baby)」(37)と語り手が呼ばれるのは、母親がロンドン空爆の際に孕んだ子どもだからです。戦時に生まれた語り手の時間はそこから始まり、今もなお更新されているのです。ヴァーンは語り手を「お前は労働者階級を裏切った!」(48)と罵倒します。成功している弟への負け惜しみは、兄弟の関係がそのまま世代間闘争になっていることを示します。階級が重要だった世代と、もはや階級に囚われない世代。前者から後者への移行を可能にしたのは先に述べたように、人的ネットワークと経済力であることをここで確認しておきたいと思います。

❖ テディ・ボーイ

『アブソリュート・ビギナーズ』はファッションに多くの言葉を費やしています。豊かな時代の到来により、それまで特定の階層に限定されていたファッションの楽しみは、下層中産階級や労働者階級にまで広がっていきます。

同時代の他の作品でもファッションは重要な描写の対象になります。シリトーの『土曜の夜と日曜の朝』のアーサーは稼いだ金で洋服を買い、クローゼットを満たして満足します。「寝室へあがって、ずらりとならぶ背広やズボンやスポーツ・ジャケットやワイシャツを見まわした。色とりどりの生地や型の優良誂え品ばかり二、三百ポンド分はあるこの厖大《ぼうだい》な衣装を彼が誇りに思っているのは、たいへんな労働の結果だからだ」(Sillitoe, *Saturday Night* 169 / 230)。労働者階級には似つかわしくない、派手な洋服が並びます。アーサーはそれを労働の証として評価しています。かれの満足は労働対価が保証されていることにあるのです。

アーサーはパブで「テディ・ボーイ」(16 / 16)と称されます。それはファッションによって規定されるアイデンティティです(【図4】)。テディ・ボーイのファッションに関しては、高村是州の説明を参照してみましょう。

> フロック・コートに似た着丈の長いジャケットにスリム・パンツ、ビロードの衿やカフスをあしらったシャツに衿付きのブロケード(ジャガード織で花柄等をあしらった豪華な生地)地のベストといったスタイルで、イギリスの上流階級にとって最後の輝ける時となった「エドワード7世の時代」にインスピレーションを受けたパロディだった。(高村 84)

写真：Colin Davey /Camera Press/ アフロ

【図4】テディ・ボーイの典型的ファッション。

実際にテディ・スーツを着たのは労働者階級の若者でした。経済産業的側面に関しては社会学者のミッチ・ミッチェル（Mitch Mitchell）の解説が役立ちます。

ジャーミン・ストリートとウエスト・エンドの仕立屋は、起業のため、世紀の変わり目の頃のエドワード朝の服をベースにしたスタイルを考案した。かれらは、様々な任務から除隊した若い士官たちに販売することを目論んでいたのだ。

仕立屋にとっては残念なことに、このスタイルはこれらの若者の心を掴むことができず、売れ残りの服が、山積みで残ってしまった。投資の穴埋めのために、仕立屋は売れ残りを寄せ集めて、ロンドン東部と南部の紳士服店に非常に安い価格で販売した。（Mitchell）

エドワード朝スタイルの再利用は第二次世界大戦の復員兵向けのビジネスでした。その狙いは失敗しますが、そのようなテイラーの窮地を救ったのは、ロンドン南部と東部にある男性洋品店でした。それはいわゆる下町地区であり、労働者階級の多い地区です。

テディ・スーツの流行にはいくつかの条件があります。労働者階級が洋服に関心をもち得るほどに豊かになったこと。ファッションなどの嗜好が階級の縛りから比較的自由になったこと。テディ・ボーイは、このような階級的、経済的な地殻変動とともに現れた、新たな男性性の表現でした。

『土曜の夜と日曜の朝』のアーサーはこのような服を着て、人妻とのデートを楽しみます。テディ・スーツというう、そもそもは復員兵向けに企画されたスーツを着て、相対的に豊かになった社会を浮遊し、社会規範を嘲っていたかれが、兵士との喧嘩で叩きのめされる点が重要です。アーサーは悪ふざけの度が過ぎたため、国家の手先によって罰せられるというオチがつけられるわけです。

❖ファッションとリベラリズム

『アブソリュート・ビギナーズ』の語り手はどのようなファッションを楽しむのでしょうか。兄のヴァーンがむかつくという、語り手の服装がありますます。それはどのような装いでしょうか。

まさに奴を怒らせるような、ティーンエイジの女っぽい服を俺は着ていた——爪先の尖がったグレイの鰐皮シューズ、ピンクのネオンカラーのくるぶし丈のナイロン・クレープのストレッチ・タイツ、ケンブリッジブルーのグローブフィットのジーンズ、縦縞のハッピーシャツの胸元からは俺のラッキーモチーフのついたネックレス、そしてさっき言った、ローマンカットのショート丈ジャケット……手首のアイデンティティ・ジュエリーは言うまでもなく、スパルタ戦士風の髪型は、ソーホーのジェラード・ストリートで一七ポンド六ペニーで切ってもらっているとみんな思うだろうが、実は、俺が自分で切ったんだ、シュゼットのベイズウォーター、W２地区のフラットに行ったとき、爪切りばさみと三面鏡を使ってね。（MacInness, *Absolute Beginners* 40）

これまでのファッションのプロトコルに一切従わない独自のスタイルを、語り手は楽しんでいます。テディ・ボーイは生産者の在庫処分に触発されて生まれた流行でした。それは労働者階級の新しい男性像を示すものでしたが、それでも労働者階級のファッションではありました。それにたいして『アブソリュート・ビギナーズ』の語り手のファッションは、異質な文脈に属するものを独自の方法で組みあわせることによって、階級からも、また既成のジェンダーからも逸脱するものです。

このようなファッションの組みあわせはなにを示しているのでしょうか？　イギリスにデパートができて、ファッションの贅沢が広く共有されるようになったのは一九世紀の後半です。文学研究者のレイチェル・ボウルビー（Rachel Bowlby）は、消費文化の文学への影響を論じた画期的な書物で、百貨店の誕生がファッションの大衆化を促したこと、そして消費の主体は主に女性であったことを指摘します（Bowlby 10-11 / 10-12）。百貨店で売られていたのは洋服というよりは、それらを組みあせたスタイルであったことも重要です。

一方『アブソリュート・ビギナーズ』で消費の贅沢はジェンダーを特定しません。消費の仕方にも特徴があります。当時「カーナビー・ストリート（Carnaby Street）」が、ストリートファッションのメッカと称されました。小さなショップが乱立し、若者向けの個性的な洋服を競って売りだします（Weight 134-35）。まえの引用にはカーナビー・ストリートの名前は出てきません。しかし、それが象徴する流行の最先端に語り手がいることがわかります。様々なアイテムを組みあわせるパッチワークのような語り手のスタイルは、ロンドンという街を表象しています。ジェラード・ストリートはロンドンのチャイナタウンの目抜き通りとして知られています。ベイズウォーターは、ホテルが多く外国人観光客で賑わうロンドン西側の街です。多彩な移民たちによって構成される住民がおり、国際的な雰囲気をもった場所です。語り手は、ロンドンを絶え間なく移動して、様々な人種、ジェンダー、年代の人々と出会い、結びつけていきます。絶え間なく移動している語り手の身体性とリベラルな感性が、そのファッションに表れているわけです。ロンドンという都市の分節化と再統合を表象しているのです。

❖ ティーンエイジャー

戦後生まれの若者文化礼賛の言葉に溢れる『アブソリュート・ビギナーズ』ですが、それほど単純な小説ではありません。ここではテディ・ボーイは両義的に描かれます。語り手は幼馴染のエドと偶然再会します。エドはかつてテディ・ボーイの仲間たちとつるんでいましたが、今は母親と暮らして、ぶらぶらとしています。語り手はエドに苦言します。「『エド、問題はな』、俺は言った『お前がティーンエイジャーになることなく、大人になろうとしているってことだ。それは階段をひとつ抜かしているようなもんだ』」(MacInness, *Absolute Beginners* 57)。ここでティーンエイジャーは年代以外の要素によって定義されます。親元を離れること、仲間をもつことです。

小説後半、エドは有色人種にたいするヘイトスピーチをし、人種暴動に加担をしていきます(182)。また語り手が、年下ながら一目を置くウィズは、ガールフレンドに売春をさせた挙句(100)、終盤、「イングランドを白人のものに! (Keep England white!)」(268)と叫ぶようになってしまいます。若者のエネルギーが行き場を失ってしまうとき、女性蔑視やファシズムへと容易に転化してしまう危険に言及することを、『アブソリュート・ビギナーズ』は忘れません。これにたいして、語り手自身は人種的、ジェンダー的偏見から自由であり、健全さを保っているようにみえます。エドやウィズと語り手の違いは、ティーンエイジャーであることの意義を理解しているか否かです。その意味では、ティーンエイジャーであることの自覚はリベラルの標識となっていきます。

ところが、ティーンエイジャーはただ賞賛されるだけではありません。この作品は次の文で始まります。「ローリー・ロンドン時代の到来によって、ティーンエイジの叙事詩はよたよたと破滅に向かっていった」(9)。「ローリー・ロンドン (Laurie London)」は一九五七年に一三歳の若さでデビューしたイギリス出身の歌手であり、ティーンエイジ文化の象徴とも呼べる存在です。語り手は友人のウィズと話しながらこの少年スターのもたらす現象を冷ややかに話します。「年々若い奴を抱き込んでくんだ〔中略〕納税者たちが次に誘拐するのは誰だ?」(9)。ふたりとも一〇代であるにもかかわらず、どこか冷めた目で若者の文化を眺めています。若さが商品化されていること、そのような現象の仕掛人は大人たちであることを冷静に観察しています。

そのような大人たちのことを、語り手は「納税者（taxpayers）」と呼んでいます。作中何度か繰り返される呼び方は、単なる大人と子どもという区別とは異なります。納税の有無は社会にたいする責任の有無を示します。そして自分たちが非納税者であることを、社会にたいする責任を免除されていることとして示唆します。語り手は、母親との会話では次のようにいいます。「俺たち未成年者にはなんの権利もなかったが、お金の力を手に入れた。あんたたち大人は金を与えた代わりに、責任を奪った」（51）。また、若者たちを前面に出す人気テレビ番組の撮影を見学して、嘘っぱちだと毒づきます（202）。若者文化が過度期を迎えていること、その未来が決して楽観視できないことを示しながら、マッキネスはそれでも若者たちの物語を明るい未来に導いていこうと苦心しているようです。

❖ スナップショット

語り手はカメラマンです。一九五〇年代の終わりからカメラマンという職業は若者の憧れの職業となっていきます。ファッションへの関心は階級を越え、またある程度お金をもった一〇代にも浸透します。その結果、ファッション雑誌の流通が増え、モデルとスタイルを美しく撮影するファッション・カメラマンの需要と人気が増大するのです。

その象徴がデビッド・ベイリー（David Bailey）です。一九六〇年から『ヴォーグ（*Vogue*）』誌専属となり、表紙カバー写真を撮影するようになります。イタリア出身の映画監督ミケランジェロ・アントニオーニ（Michelangelo Antonioni）の代表作『欲望（*Blow Up*）』（一九六六）の主人公のモデルともいわれています。

ジャーナリストのクリストファー・ブッカー（Christopher Booker）は、一九五〇年代後半に衆目を集めるようになった階層を「ニュー・エスタブリッシュメント」と名づけます。それは「上流階級と労働者階級の若者が、ジーンズとモダンジャズに象徴されるような、階級概念の薄い（classless）中間地点で会った」（Booker 133）ところで生まれたカテゴリーで、主に出版やマスコミ業界の人々で構成されました。ベイリーはこのような業界人の写真を多く撮影しました。特にかれが一九六五年に出版した写真集『ボックス・オブ・ピンナップス(*Box of Pin-Ups*)』は、有名人、業界人を被写体に撮影したもので、イギリスの階級概念を再編成したことをブッカーは示唆しています(26)。

ベイリーは二〇二〇年に出版した自伝で一九六〇年前後の時代を振り返ります。かれの周りには人種、階級、ジェンダーを超えた多彩な人間が集まっていました。「わたしはいつもゲイたちに助けられていた。親しみがあったと思う。かれらはわたしがイーストエンド出身だということに起因する階級的な恨みをもっていなかった。わたしたちはみなある意味で部外者だったと思う」(Bailey 91)。「イーストエンド」はロンドン東部の下町地区です。テムズ川の南岸に面しているため港湾施設が多く、労働者の男性的な文化で栄えました。ベイリーは、イーストエンドの労働者階級の男性的な文化がゲイへの侮蔑をあからさまにしていた過去があったことを暗示しています。しかしベイリー自身は、そのような階級的ステレオタイプとジェンダー的偏見を乗り越え、ゲイたちと信頼関係を構築します。新たな才能を必要としたファッション業界や写真業界は様々なしがらみから解放される必要があったのです。そこに集まったものたちが「ニュー・エスタブリッシュメント」を形成したのです。

一九五九年出版の『アブソリュート・ビギナーズ』は、ベイリーの活躍を予知していたようです。語り手は同年代の若者とつるむだけではありません。大人たちを利用し成功の階段を上ろうとします。かれは、大人たちの力がなければ何もできないことを身をもって感じています。語り手は撮り貯めた写真で展覧会を企画するために、広告代理店に勤めるベンダイス・パートナーズという男に助けを求めます(MacInness, *Absolute Beginners* 173)。パートナーズは、ダイドというゴシップコラムニストの元恋人です。語り手は父親とオペレッタを観に行った帰りに、ダイドに遭遇して展覧会の提案をし、ベンダイスを紹介されるのです。このように、語り手は友人や知り合いに頻繁に出会います。ロンドンは出会いに満ちた親密な空間です。このような邂逅が小説の進展にエネルギーを与えます。物語の推進力となるのは、語り手の成長と変化ではなく、かれの人間関係の展開なのです。

それは『アブソリュート・ビギナーズ』の特徴であるとともに、欠点でもあります。マッキネスは特定の地域、特定のファッションを描くことには長けているのですが、それらを繋ぎあわせて物語にする手つきに少しぎこちなさがみえるからです。それはマッキネスがジャーナリストだったということも関係しています。かれは種々の雑誌に寄稿する売れっ子ジャーナリストでした。そして小説はエッセイの内容と重なる部分を多くもっています。語り手がローリー・ロンドンの名を挙げ、若者をターゲットにした音楽産業を批判した個所は「ポップソングとティーンエイジャー」と重なります。ガールフレンドに売春をさせるウィズの記述は、「もうひとりの男（"The Other Man"）」（一九六〇）という女衒論と部分的に重なります。イングランドの若者向けの音楽にアメリカ英語が浸透して生きているという指摘は（147-48）、「若きイングランド、半分イングリッシュ（Young "England, Half English"）」（一九五七）にあります。ジャズ・クラブやコーヒー・バーの風俗描写（173-74）は「マーベルズで会いましょう（"See You At Marbel's"）」（一九五七）に見つけられます。

ジャーナリストとしてのマッキネスの役割は、変わりゆくロンドンの新しい文化と風俗を紹介するものでした。かれの記事は若者向けの都市生活ガイドとしての役割をもっていました。『アブソリュート・ビギナーズ』もそのように読まれうるものですが、その反面、小説としてやや統一感に欠けているのも事実です。ときに雑誌を読んでいるような印象を、まるで写真のコラージュを見ているかのような感覚を与えます。

マッキネスがそのような弱点を意識していたかどうかはわかりません。しかし語り手がロンドンを舞台に友人二人を被写体にして撮影をする際に採用する演出は、その弱点を意識し、補塡をしているような印象を与えます。

それはつまり、誰もが興味をもっているふたりの現代的な人物の物語を編んでいくことだ――例えば、ティーンエイジャーと女の子。わかるだろ？　ティーンエイジャーは、慎ましい出自――理想の花嫁の逆だな――プア・リトル・リッチ・ガールみたいな女の子に出会うんだ。双方のパパ（双方のママに加えて）は反対しているので、ティーンエイジのトムと少女ダイアナは、都会の選りぬきのスポット（最高にピクチャレスクなとこを俺が選ばないといけないな）で密かに会わなければいけない。写真集が完成したときには、現代をマジで鮮やかに映しだすポートレートになるだろうよ。（MacInness, *Absolute Beginners* 152）

被写体に特定の役割を与えて、場面を繋ぎあわせ、物語を構築しようというのが語り手のアイディアです。『プア・リトル・リッチ・ガール（*The Poor Little Rich Girl*）』は、一九一七年公開のアメリカ映画です。お金持ちの少女が、孤児に身をやつし貧しい家族の一員として生活するコメディです。

このようなおとぎ話のフレームを借りて、ロンドンを舞台にした一連の写真を構成することが語り手の目的です。しかしそのような創意工夫は、写真単体の弱さを語り手が認めている証左でもあります。それははからずも『アブソリュート・ビギナーズ』の構造としての課題を照らしだします。個々の場面は活き活きと描かれていても、場面と場面を繋ぐ連結が弱く、小説全体の統一感の欠如の原因になっていきます。

❖弱い父親と強い母親

若者たちの群像をスナップショットのように切りとる『アブソリュート・ビギナーズ』に、かすかなプロットを提供しているのが語り手と家族の関係です。同時代の作品と同じく弱い父と強い母の対位法が推進力となっていきます。外国人を住まわす下宿を営む母親は「イギリス連邦に間違いなく忠実」（163）と称されます。商魂逞しい母親に尻に敷かれる父親は過去に生きる存在です。ギルバード&サリバン(W. S. Gilbert & Arthur Sullivan)のオペレッタ『軍艦ピナフォア(*H.M.S. Pinafore*)』(一八七八)を愛し、息子とレディング行の船旅を楽しみに待っています(167)。

終盤、父親は病気で亡くなります。遺産とともに遺稿を語り手に託します。その一頁目には「ピムリコの歴史。わたしの唯一の息子に」(280)と献辞されて、父親のエドワード朝文化とロンドン下町への愛着を物語ります。そこに義理の息子ヴァーンの名前はありません。些細なことですが、ここで父から息子への血の系譜が強調されています。若者文化の繁栄を謳歌する語り手ですが、その愛情は意外なことに、過去に生きる父親に向けられます。対照的に、現代を逞しく生きる母親を「ビッチ」(162)と呼び、度々口論をします。

この母親との大喧嘩がクライマックスへの助走になります。口論をした母親と別れたあと、語り手が向かうのはマリア・ベッツレヘムという歌手のコンサートです。カリスマ性に秀でたこの女性歌手は「彼女は女の子みたい、でも不思議なことにみんなのママのようでもあった」(229)とも称されます。生物学的な母との(一時的な)決別は「みんなのママ」によって補われるのです。

ベッツレヘム自身はなにか発言をするわけではありません。しかしこの小説において彼女の存在を無視することはできません。彼女のコンサートが作品の大きな分岐点になるからです。

かれらは最後にベッツレヘムのために立ち上がった——何百人ものイングランドの少年少女やアフリカやカリブ海からやって来たその友人たち——俺たち全員会場から追いだされなければならなかった。全く会ったことのない奴が、すげえなあと言った。そしたら別の奴が、昨晩のノッティンガムの聖アンズウェルのこと知っているか? と俺に聞いてきた。深く考えずに(だってまだ俺の心はマリア・ベッツレヘムとともにあったから)なにがあったんだい? と俺は聞き返した。白人と有色人種のあいだで暴動があったと奴が言っ

ているのを理解した。しかしあんな辺鄙《へんぴ》なみすぼらしい田舎町でなにが起こるっていうんだ?(230)

ベツレヘムの歌声に魅了される観客たちの高揚感。それはイングランド人とアフリカやカリブ出身のものたちを分け隔てなく包み込んでいきます。この文章は大衆の音楽にたいする肯定的感情に溢れています。しかしそのような雰囲気が一変するのは、近くにいた観客のひとりがノッティンガムで起こった暴動について話しかけたときです。

❖暴動

ベツレヘムの歌声に熱狂する観客に冷や水を浴びせるような地方都市の暴動の噂。当初は真剣に取りあわなかった語り手がことの重大さに気づくのは翌朝です。独り暮らしをするフラットのあるノッティングヒル・ゲイト周辺をかれが歩いたとき、普段から若者たちの屯する路上に異様な緊張感が漂い、敵対するグループ同士の緊迫した雰囲気を感じとります(232-33)。そこから一挙に暴動が巻き起こる様子が描かれていきます。

この暴動の描写はなかなか迫力があるのですが、いかにも唐突に発生する印象は拭えません。『アブソリュート・ビギナーズ』の前半は、様々な背景をもつ若者が共存する、リベラルな雰囲気を充溢させるロンドンを前景化していました。若者たちに任せていれば大丈夫といわんばかりの、放任主義的な安心感が漂っていました。そこからいきなり暴動が始まるので、その根底にどのような問題があったのかうまく伝わってきません。そこを補足するためか、マッキネスは語り手に新聞に掲載された記事を読ませます(234-38)。移民や住居関連の社会問題を保守的な視点から語るその記事が、ロンドンが一触即発の状態であったことを説明するのです。移民の流入が住宅問題と治安悪化の原因となるなど偏見に満ちた記事を読む語り手。それを批判することでリベラルな立場を鮮明にする語り手ですが、一方で、反動的で保守的な考えが社会に潜在していたことにたいする無知を晒します。
　街に出た語り手の目に映る光景も奇妙な断絶を示しています。

ナポリの二平方マイルの内側では血が流れ、騒乱が怒っていたが、その外側では一本の道路を横切るだけでまるで辺境の国のように、『ミセス・デール』や『ホワッツ・マイ・ライン』の世界や、イングランドの緑豊かで快適な地域が広がっていた。ナポリは刑務所か強制収容所のようだった。内側には阿鼻叫喚が響き、外側ではバスと夕刊紙、そしてソーセージ&マッシュと紅茶の待つわが家に急いで帰る人々。(266)

『ミセス・デールの日記(*Mrs Dale's Diary*)』は当時の人気ラジオドラマのシリーズ、『ホワッツ・マイ・ライン(*What's My Line?*)』はテレビの人気クイズ番組です。ともに中産階級向けのエンターテインメントとして言及されています。中産階級の平穏な日常は、「ナポリ」と呼ばれるノッティングヒル周辺の騒擾《そうじょう》を際立たせます。両者のあいだには見えない境界線があることが示されます。ロンドンにゲットー化が進みつつあり、空間が分断化されているのです。それは同時に都市を不連続にしか語れない語り手の限界を示しているようにも思えます。
　それに続く暴動の場面は、ノッティングヒル人種暴動をもとにしています。暴動は一九五八年八月末に勃発しました。それはマッキネスが『アブソリュート・ビギナーズ』を執筆している最中のことでした。若者たちの随伴者という矜持をもっていたマッキネスは、この事件を作品中に忠実に再現することにします(Goulding)。それがいまここで検討した個所です。現実がフィクションに接続しているその部分に切断があり、そこをうまく補修できていないのは事実です。

❖大人の責任

マッキネスがジャーナリストであったことは前記したとおりです。本章で何度か引用している「ポップソングとティーンエイジャー」に次のような文章があります。「ティーンエイジの中立主義と政治への無関心、自給自足、楽しさへの本能——要するに、ある種の幸福な愚鈍さ——のなかに、隠れた最悪の部類のファシズムの原材料をみいだすことは可能だろう」(MacInness, "Pop Songs" 61)。このエッセイが発表されたのは一九五八年二月、ノッティングヒル人種暴動が起こる約半年まえです。豊かさと若さを謳歌するティーンエイジャーが人種差別などのファシズムに走る可能性を感知しています。経済的な自由が政治的な関心を伴わないことの危険性を看取していたマッキネスには先見の明がありました。

このエッセイはのちにマッキネスのエッセイ集『イングランド、半分イングリッシュ(*England, Half English*)』(一九六一)に再録されます。再録時に、マッキネス自らまえの引用部分に註を付けています。

> 一九五八年のノッティング・ヴェールの暴動では、最悪の犯罪者は——当初はともかく、本当の強者たちが参加するまえは——法的には(「思想的に」ではないにしても)ティーンエイジャーの少年たちであった。しかし最悪だったのは、数えきれないほど多数の立派な大人がただ立って見ていたという、嫌悪すべき事実なのだ。(61)

暴動の主体となった少年たちを「法的にはティーンエイジャー」と留保をつけることで、暴動を子どもたちの喧嘩と位置づけています。そして暴動をただ眺めていた大人たちの責任を問います。

この註に込められたマッキネスの思いは『アブソリュート・ビギナーズ』に表現されています。中産階級のホワイトカラーの男性たちとその家族が、暴動の傍観者に徹するのにたいして、荒れ狂う若者たちを一喝するのは八百屋のおかみさんたちです。

代わりに、奴らのまえに現れたのは、八百屋のおかみさんたちだった。ドアから出てきて奴らに向かって行った。これを写真に撮ってやれ！　おかみ連中のひとりは、白髪を乱し、怒りで真っ赤な顔で、何百人もの群衆に囲まれて立っていた。彼女は、みな臆病で卑劣な奴らの集まりだと言ったが、かれらが叫び返したので、その声は聞きとれなかった。でも怯まなかった、おかみさんは。旦那が出て来て、店のシャッターを開けると、だんだんサツも車に乗って現れはじめた。サツは群衆のところに行き、周囲をグルグルと旋回しながら、アフリカ人の若者を集め、五、六人のグループごとに暴徒のなかに分け入って解散するように言った。（248-49）

このあと語り手はこの場を離れ、独り考え込みます。暴徒にたいして立ち向かえたのが八百屋のおかみさんだけだったことに、無力さと絶望を覚えるのです。マッキネスは暴徒を一喝するおかみさんの毅然とした態度と、写真を撮ることしかできない語り手の無力さを対照します。

ロンドンの暴動と人種差別に嫌気がさした語り手は、海外脱出を計ります。ところがどこにいくか明確な目的はなく、ブラジルが最も人種問題が少ないという、ラテンアメリカ出身で外交関係の職に就くミッキー・ポンドローゾの言葉をそのまま受けとり、ブラジルに向かおうとします（277）。因みにかれはベスパというスクーターを語り手に譲った人物です（25）。海外脱出の費用は、亡くなった父親の遺産があてにされます。語り手の海外脱出の計画は、その費用も行き先も大人頼みなのです。しかしパスポートを持っていない語り手は結局どこにも行けないのです。

⦿ ⦿ ⦿

『アブソリュート・ビギナーズ』はロンドンの若者たちの作りだす、自由で寛容な雰囲気を活き活きと伝えました。異なる人種と階級が交じりあうリベラルな空間が描かれました。特にジャズ・クラブや大衆音楽のコンサートにそれは表されています。しかしそのような多幸感は街に浸透することはありません。人種暴動でなにもできなかったことを語り手が痛感している場面では、かれの無力感は興味深い表現で綴られます。「舗道から敷石が持ち上がって、飛んで来て、家々が崩壊し、空が落ちてくる」(249)感覚に語り手は襲われます。語り手の知っていたロンドンは消え去り、一瞬のうちに見知らぬ異国になってしまうのです。語り手の無力感が街並みの崩壊と結びついているのは興味深い点です。語り手のアイデンティティはファッションによって表されていました。それは、民族と階級とジェンダーが交錯するロンドンの街を象徴していました。街並みが崩壊したことは語り手のアイデンティティが崩れたことを示します。

『アブソリュート・ビギナーズ』はマッキネスのジャーナリスト的な意匠によって構成されています。スナップショットのように街の風景とイメージが切り貼りされていきます。そのような小説構成は、登場人物の思考を連続的にとらえること、その成長の継起を丁寧に追うことには向きません。先述したとおり、この物語は、語り手の人的ネットワークの広がりに沿うようにして展開するのです。それには盲点があります。個々のヘイトが累積し、暴動を発生させるメカニズムがうまく描けないのです。したがって、暴動が唐突に起こってしまう印象は否めません。

カメラを持ち様々なひとを撮影することで階級の垣根を超えた語り手ですが、かれの自由は国内に限定されています。語り手に自由と経済的余裕を与えたカメラ。暴動時、一触即発状態の群衆をまえに、語り手のカメラは、八百屋のおかみさんの一喝と対照されました。それは瞬間を切りとるスナップショットの限界を示唆し、語り手の無力さを顕在化させました。そして、マッキネスの手法の限界を示しているのです。

もうひとつの問題は、年上女性の描き方です。暴動のまえにはベツレヘムのコンサートでの高揚感が詳述されていました。彼女が表す母性は、語り手自身と母親の冷え切った親子関係を補うものでした。一方で、暴れる若者を一喝したのが、八百屋のおかみさんであったことも忘れてはいけません。彼女たちは、語り手と肉親の母親との希薄な関係を代補するのです。戦後生まれの若者たちの幸福な文化は結局瓦解し、親世代の保護と管理を受けなければならないことが最後にはっきりと述べられるのです。

「ポップソングとティーンエイジャー」の註で嘆いていた「大人の責任」がここに描き込まれます。そのような下町のおかみさんの存在は、ノッティングヒル暴動を子ども同士の諍いとして矮小化しています。そもそもマッキネスは経済的な自由と政治的な無関心がもたらす危険を主張していました。『アブソリュート・ビギナーズ』では、その問題は追及されることはありません。人種暴動は、政治的、社会的な文脈から、理を弁えぬ若者たちの喧嘩という文脈に置き換えられてしまうのです。ティーンエイジャーは結局は大人の管理が必要だという、ありきたりな教訓に概括されてしまう印象は拭えません。

COLUMN

フォーク・リバイバル

スキッフル

音楽ジャーナリストとしてコリン・マッキネスが注目したのはスキッフルというジャンルでした。「ポップソングとティーンエイジャー」でマッキネスは、この音楽が一九世紀にアメリカで生まれた大衆芸術であるといいます。アマチュアたちが手作りの楽器で歌った伝統的なバラッドが原型です。一九五〇年代半ば、ロンドンでコーヒー・バーが多くできるようになり、そこで流れた音楽がスキッフルだったのです（MacInness, "Pop Songs" 53）。若者たちの風俗と文化の一部としてスキッフルはとらえられていました。

マッキネスはトミー・スティール（Tommy Steele）という、一九五八年当時二二歳の歌手を紹介します。マッキネスがスティールに注目するには、その歌ではなく、言葉の問題です。スティールが日常的にはロンドン下町訛りのコックニーで話すことを指摘したうえで、マッキネスは次のように続けます。

> しかし、かれが歌うときはまるで別の言葉のように聞こえる。ティーンエイジャーたちは完全なイングランド人の歌手を受け入れたとしても、現代的なイングランドの歌には無関心だ。実際、昔ながらの感傷的なバラッドを除けば、一九五八年初頭には現代的なイングランドの歌なんてものはまだ存在していないと

いえるかもしれない。（52　強調原文）

スティールが歌うときの英語がアメリカ英語に近似することをマッキネスは指摘します。スティールに代表されるスキッフル歌手の人気と、アメリカ英語が若者たちへ浸透していることには相関関係があることをかれは暗示しているのです。ここで大切なのは、話し言葉と歌の言葉の乖離を是とするマッキネスの考えです。音楽は日常を反映する必要がない、歌手と歌詞の内容は一致していなくてよいとかれは考えているのです。些細な指摘のようにみえますが、新しい大衆音楽の可能性を示しています。そのことに関しては後述します。一方でマッキネスは現代的なイングランドの歌はまだ存在していないと言っています。イギリス英語あるいはコックニーで若者の心情を語る歌はないというのです。

ユアン・マコール

マッキネスが現代的なイングランドの歌はまだないと挑発的に言うとき、例外として挙げるのが、「感傷的なバラッド」です。「バラッド（ballads）」は伝統的な民謡のことです。当時ブームとなっていた「フォーク・リバイバル（Folk Revival）」で中心に据えられたのがバラッドであり、マッキネスの言葉はそれを念頭に置いています。

戦後活発になったフォーク・リバイバルはイギリスの伝統的な民衆歌謡を復興させる目的をもった運動でした。幾人かの主導者がいましたが、そのひとりがユアン・マコール（Ewan MacColl）です。もともと組合運動から社会主義に傾倒していたマコールは一九三〇年代には労働者のための演劇活動を組織していました。特に妻であったジョアン・リトルウッド（Joan Littlewood）と結成した「シアター・ユニオン（Theatre Union）」（戦後シアター・ワークショップ（Theatre Workshop）と改名）は、イギリス演劇史に重要な足跡を残しました。

一九五二年に共産党に入党した頃、マコールはリトルウッドと袂を分かち、イギリスの伝統的な民衆歌謡を復興させることに力を注ぎはじめます。それがフォーク・リバイバルをかたち作る大きな流れになっていきます。

一九五四年、マコールは恋人になったアメリカ出身のペギー・シーガー（Peggy Seeger）とともに、ロンドンに「バラッド・アンド・ブルース・クラブ（Ballads and Blues Club）」を設立します。パブのひと間を借りて毎週日曜日の晩、多くの聴衆を集めライブが開催されました。のちにマコールが「わたしに関する限り、スウィンギング・シクスティーズは一九五〇年代初めから始まっていた」（MacColl, *Journeyman* 282）と言います。「スウィンギング・シクスティーズ」は、「スウィンギング・ロンドン」とも呼ばれます。一九六〇年代のロンドンを中心に流行した、ファッションや音楽などの若者文化のことです。ビートルズ（The Beatles）がその代表で、その人気は国内に止まらず、アメリカや日本などにも及び社会現象となりました。マコールは、このようなストリート文化の流行に先立って、フォーク・リバイバルがあったことを述べているのです。

マコールにとってフォーク・リバイバルは単なる文化運動ではありません。かれはそれを政治的な主張をする機会にしていきます。「かれ〔マコール〕はポップミュージックを資本主義の策謀とみなし、生楽器を持ち、政治的であった若き日のボブ・ディランの歌でさえも『三流の戯言』と見下していた」（Spencer）。マコールはアメリカ産の大衆音楽を資本主義の手先とみなし、そのイギリスへの影響力を最小限にしようとしました。フォーク・リバイバルをとおして、イギリスの伝統を守らなければならないというマコールの意気込みがはっきりと見えます。

イギリス全国に広がったクラブがフォーク・リバイバルを支えていきます。マコールは国内のクラブを巡業し、このブームの維持と発展に寄与します。そのようなブームのさなか、マコール率いる「バラッド・アンド・ブルース・クラブ」は一九六〇年に「シンガーズ・クラブ（The Singers Club）」と名前を変えます。変わったのは名称だけではありません。当初は歌いたいものが歌いたい歌を歌うという自由な雰囲気があったようですが、徐々にマコールのイデオロギーがクラブを支配するようになります。後年、マコールは次のように述懐しています。

わたしたちは、世界中のどの音楽よりも男性的で、変化に富み、美しい土着のフォーク・ミュージックがあることを証明したいと思っていました。まずは自分たちの音楽を探求することが必要だと感じ、偽アメリカ人軍団のスキッフルとの距離をとったのです。(MacColl, *Journeyman* 279)

フォークを男性的な音楽とするビジョンは、労働者階級の連帯を喚起します。そのイメージによって、アメリカの大衆音楽を撃退したというのです。ここには、スキッフルにかぶれる若者たちを男性性の欠如した軟弱なものとみなすマコールの感性が透けてみえます。クラブは徐々に純粋に音楽を楽しむ場ではなくなり、伝統とアイデンティティを一致させる堅苦しい雰囲気に包まれていきます。

ポリシー・クラブ

それと同じ頃、マコールはクラブ運営にいくつかの方針を定めます。歌われる歌は、歌手が話し、理解しうる言語の歌に限定されるようになります(*Journeyman* 279)。後年のインタビューでマコールは次のように振り返ります。

わたしたちはポリシーを定める頃だと考えました。それはイングランド人ならば英語の歌を歌い、スコットランド人だったらスコットランドの歌を歌い、アメリカ人だったらアメリカの歌を歌うということでした。偽イングリッシュの中国人、偽イングリッシュのロシア人、偽イングリッシュのアメリカ人を集めたとしたって価値があることのようには思えなかったんです。（MacColl, "The Second Interview" 127）

ここにはもはや好きな歌を好きなように歌い、楽しむ雰囲気はありません。歌い手の民族的、民俗的アイデンティティと歌詞の内容、そして言語を一致させることは、真正の文化と伝統を探求し、確証する試みです。このような厳正さからシンガーズ・クラブには、「ポリシー・クラブ」という呼称が与えられます。

一九六五年、キールで第一回全国フォーク・フェスティバルが行われます。そこでマコールは「スタイル」という題目でワークショップを開催します（Laing 161）。フォークソングはスタイルを伴うべきものとされます。それは歌の理解とともに、歌唱法、衣装なども統一的にあわせるコーディネートのことです。マコールにとって、フォーク・リバイバルはアイデンティティを伝統に求める保守の運動になってしまうのです。

マコールは自伝で「リバイバルの歌手の役割は伝統的な歌手のそれとは全く異なる」（MacColl, *Journeyman* 299）と言っています。かつては労働者たちの気軽な楽しみであったものが、堅苦しい使命を帯びるようになります。社会主義や共産主義は弱者に寄り添うラディカルな思想であったはずです。しかし、それが弱者たちの伝統の保護に向かったとき、異質なものを排除する保守性に乗っとられてしまうのです。

一方、マコールと活動を共にしたペギー・シーガーは後年、運動が排他的なものになってしまったことに後悔の意を示します。

わたしたちはスノッブだったんです。わたしたちは他の様々な文化のこと、かれら彼女らの歌い方を研究しました。フォークソングは他の種類の音楽とは違う音楽で、階級的な主張をもった音楽だから、それに忠実な歌い方を模索していたんです。歌のうまさではなく、生き方を表現すべきと思ったんです。わたし

たちはその方法を考えようとしたのですが、間違った方法でやってしまいました。(Cited in Irwin)

特定の階級や階層が文化をもつのは当然です。しかしそれが個人の生き方と結びつけられるとき、拘束的なものとなってしまいます。歌い手と歌の内容とを一致させるスタイルへのマコールの固執は、歌い手を選別し、フォークソングが普及することを結果的に抑制してしまいました。フォーク・リバイバルを硬直化し、その発展を阻害したのは、そこにアイデンティティ(同一性)を求める思想でした。

マコールの目指したフォークソングとは対照的に、マッキネスは、スキッフルにおいて、話し言葉と歌い方の乖離に注目し、そこに新しい大衆音楽の可能性をみいだしました。そのような柔軟性に、音楽にスタイルの一致を求めた旧左翼との違いを求めることができます。スキッフルに熱狂する若者たちに、階級的、言語的束縛からの解放をマッキネスはみたのです。そして、このような若者たちはもはや階級や民族に束縛されることなく、趣味で繋がるようになっていくのです。

第11章　若者たちの選択の力
アントニー・バージェス『時計じかけのオレンジ』

❖キューブリックの『時計じかけのオレンジ』

本章で扱うアントニー・バージェスの『時計じかけのオレンジ（*A Clockwork Orange*）』は、若者の暴力とそれに脅威を感じる大人たちの反応に焦点をあてており、時代と状況を反映した作品といえます。スタンリー・キューブリック（Stanley Kubrick）による映画（一九七一）が有名で、原作の小説は一九六二年に発表されています。物語は三部に分かれています。主人公であり、語り手であるアレックスは一五歳の少年です。かれが不良仲間と繰り広げるレイプや強奪などの、暴力行為がリアルに描かれる第一部に続き、第二部は警察に捕らえられたアレックスが洗脳される模様に焦点があてられます。第三部は、洗脳が完了して解放されたアレックスとかれを利用して政府転覆を試みる社会主義者たちのやりとりが中心になります。

キューブリックの映画版は結末が原作と大きく変えられていることで有名です。仔細は後述しますが、ここではキューブリックが『時計じかけのオレンジ』をどのように解釈していたのか、確認しておきましょう。ぺネロペ・ハウストン（Penelope Houston）とのインタビューで、かれは「行動心理学や心理的条件づけは、全体主義的な政府が国民を全的に管理し、ロボットのように変えてしまうための危険な新兵器ではないか、ということを問う社会風刺作品」（Houston 43）とこの作品を解釈しています。そして抑圧されたアレックスの解放に、全体主義的管理社会からの逃走の希望を託すのです。

キューブリックの見解は個人と国家の対立に基づいており、アメリカのカウンター・カルチャーの影響が顕著です。ヘルベルト・マルクーゼ（Herbert Marcuse）の『エロスと文明（*Eros and Civilization*）』（一九五五）、ノーマン・O・ブラウン（Norman O. Brown）の『死にたいする生（*Life Against Death*）』（一九五九）は、フロイトの精神分析を解釈し直し、個人が社会によって抑圧されている現状を指摘しました。抑圧と管理に対置されるのが個々人の性的欲動（エロス）と無意識でした。一九六〇年代のアメリカのベトナム戦争への抗議やヒッピーに象徴されるようなカウンター・カルチャーの隆盛と相まって、マルクーゼらの思想は、ロマン主義的な若者の反抗的エネルギーに期待するようになります。

一九六六年に再版された『エロスと文明』に加えた「政治的序文（"Political Preface"）」でマルクーゼは、若者は生来的に反抗的であり、「死にたいするエロスの戦いの先陣に立っている」ことを評価します。その序文は「今日、生のための戦い、〈エロス〉のための戦いは政治的な戦いなのだ」（Marcuse XXV）という雄叫で締め括られます。

キューブリックがこのような思想的背景を少なからず意識していたことは確かです。ハウストンとのインタビューでは「意識」や「抑圧」という言葉が用いられ、映画化に先立っては行動心理学などの著作を渉猟したことが明かされます（Houston 42）。映画版『時計じかけのオレンジ』は、若者の躊躇ない暴力性に照準します。それは管理を拒み、抑圧を撥ね退ける若者の潜在意識の解放として昇華されます。「わたしたちの潜在意識は〔主人公の〕アレックスに捌け口を見つけるんです、まるで夢のなかに捌け口を見つけるように」（Houston 42）

というキューブリックの言葉がそれを裏づけます。抑圧された生活の解放は、アレックスの不良性に託されるのです。キューブリックは全体主義の抑圧を描くディストピア小説としてこの小説を理解しています。

本章は『時計じかけのオレンジ』の原作を分析します。原作に込められたアイロニーと揶揄を紐解くことが目的です。キューブリックの解釈にたいして、同時代のイギリス社会への、バージェスの視線を対置していきたいと思います。『時計じかけのオレンジ』のコアにあるのは、潜在意識と全体主義の対立構造ではなく、不良少年の自我と成長という問題だということを証明します。そのためには『時計じかけのオレンジ』を、若者同士の連帯という観点から読解する必要があります。

❖ モッズとロッカーズ

モッズ（Mods）と呼ばれる若者文化が登場するのは一九六〇年前後です。もともとは、伝統的なジャズにたいして、モダンジャズの愛好家「モダニスト（Modernist）」から派生したカテゴリーです。一方でロッカーズと呼ばれる若者たちも登場します。革ジャンを着て、大型バイクを乗り回す労働者階級の若者たちは、アメリカの大衆文化を模倣したのです。

フランク・ロッダム（Franc Roddam）監督の『四重人格（*Quadrophenia*）』（一九七九）はそのような社会現象を題材にした映画です。* それは、イギリスのバンド、ザ・フー（The Who）の『四重人格（*Quadrophenia*）』（一九七三）というアルバムに霊感を得て制作されました。そのクライマックスは、モッズとロッカーズがブライトン・ビーチで繰り広げた一九六四年五月の大乱闘事件を再現しています。主人公ジミーは、モッズの仲間とつるんでい

*この作品が日本で上映されたときの邦題は『さらば青春の光』ですが、本書では原題のニュアンスを重視し、『四重人格』と呼んでいきます。

ますが、敵対するロッカーズのグループには幼馴染のケビンが入っています。モッズとロッカーズの抗争が、同じ地域で育った友人関係を破壊していくわけです。音楽、ファッションなどのライフスタイルが、地域や階級などによって作られるコミュニティにとって代わっていく様子を描いていきます（【図5】）。

前章では『アブソリュート・ビギナーズ』のノッティングヒル人種暴動の表象を分析しました。そこでは人種が論点となっていました。モッズとロッカーズが興味深いのは、趣味と嗜好の違い以外に目に見える差異がないという点にあります。それにもかかわらずかれらはいがみあい、揉事を起こします。若者文化と大雑把に括られていたカテゴリーが細分化していく際に、このような騒擾が誘発されるのです。

【図5】映画『四重人格』から。モッズとロッカーズが揉めている場面。

❖戦争の影

歴史家のリチャード・ライト（Richard Wright）は、一九六四年のモッズとロッカーズのブライトン・ビーチでの乱闘に第二次世界大戦の影をみいだします。

ウィンストン・チャーチルが伝説の演説「我々は決して降伏しない」でナチスの侵攻から守ると約束した浜辺で、抗争が行われたという事実は、イギリスの中心市街で起こる、ギャング抗争のような場合よりも厄介な出来事となった。（Wright 213）

「我々は決して降伏しない」はチャーチルの演説「我々は浜辺で闘う」の有名な一節です。それは、一九四〇年のダンケルクの戦いのとき、国民を鼓舞するために首相チャーチルが行なった演説でした（Churchill, "We Shall Fight"）。浜辺はナチスとの攻防を象徴する場所でした。モッズとロッカーズのブライトン・ビーチの乱闘が戦争にたとえられるようになったのはその場所が海岸だったからです。一九六〇年前後のイギリスにとって戦争は他国と行うものではなく、未熟な若者たちの騒擾を意味したのです（【図版6】【図版7】）。

モッズの消費とファッションをみていくと面白いことがわかってきます。モッズたちは、M51という、一九五一年に生産、支給されたアメリカ軍のミリタリー・コートをまとい、スクーターに乗って街を駆け巡ります。M51は防寒具である以上に、内側に着ているスーツを保護するものでもありました。スーツを着用したままスクーターに乗るために全身をざっくりと包み込むようなコートが重宝されたのです。

モッズたちの乗るスクーターの多くは「ベスパ（Vespa）」あるいは「ランブレッタ（Lambretta）」という製品

写真：Mirrorpix/アフロ

【図6】ブライトン・ビーチで衝突するモッズとロッカーズ。

Daily Mirror
After Clacton..a new battlefield
WILD ONES 'BEAT UP' MARGATE
40 arrested in all-day clashes
THE GIRLS FIGHT IT OUT
BLACK EYE

【図7】モッズとロッカーズがマーゲイトで衝突した事件を伝える『デイリーミラー』紙（1964年5月18日）の記事。

でした。ベスパは、航空機メーカーだった「ピアッジオ（Piaggio）」が、第二次世界大戦後、民間転用する目的で開発された小型スクーターです。最初のモデルは一九四六年に登場しました。ランブレッタを開発した「イノセンチ（Innocenti）」も大戦中は軍事産業に従事したイタリアの企業でした。モッズのファッションは軍事産業の民間転用とともにかたち作られたと考えることができます（【図版8】）。

もうひとつモッズを象徴するのはラウンデル（Roundel）あるいはターゲット（Target）と呼ばれるシンボルマークです。モッズを写す当時の映像や写真をみると、ところどころこのマークが映り込んでいます（【図版9】）。もともとは第一次世界大戦以降の英国王立空軍（Royal Air Force）のシンボルでした（【図版10】）。第二次世界大戦後、それをモッズが利用したといえば話は早いのですが、事情はもう少し複雑です。

イギリスの現代美術を代表する美術家ピーター・ブレイク（Peter Blake）が、一九六一年に発表した《ファースト・リアル・ターゲット（*The First Real Target*）》という作品があります（【図版11】）。ここにすでにラウンデルが使われています。それは戦争が終わり明確な敵（ターゲット）を見失った、ある種の戸惑いが戦後の現代芸術の根底にあることを示唆しています。ブレイクのこの作品はそもそもアメリカの現代美術作家ジャスパー・ジョーンズ（Jasper Johns）の《ターゲット（*Target*）》（一九五五）という作品群の影響下にあるといわれています（【図版12】）。

現代アートとファッション産業が交錯する中で、戦争はイメージとなり、若者たちのファッションとして消費されていくのです。若者たちのスタイルは第二次世界大戦の記憶を物質化した商品によって構成されました。それは大戦が風化され歴史の一部になったことを示します。

❖ バージェスの『時計じかけのオレンジ』

階級概念が希薄化し、第二次世界大戦の記憶が遠くなり、商品や芸術のモチーフになった時代。このような

【図 8】映画『四重人格』から。愛車ランブレッタに乗る主人公のジミー。

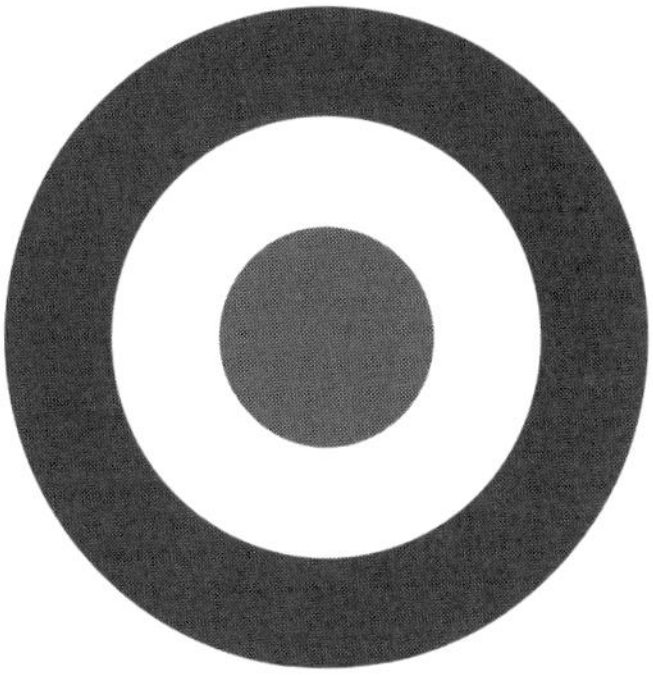

【図 9】ラウンデル

【図 10】英国空軍の戦闘機スピットファイア（Spitfire）のラウンデル。Spitfire MkVb RAF 222Sqn ZDH named Flying Scotsman BM202 Essex 25th May 1942 01

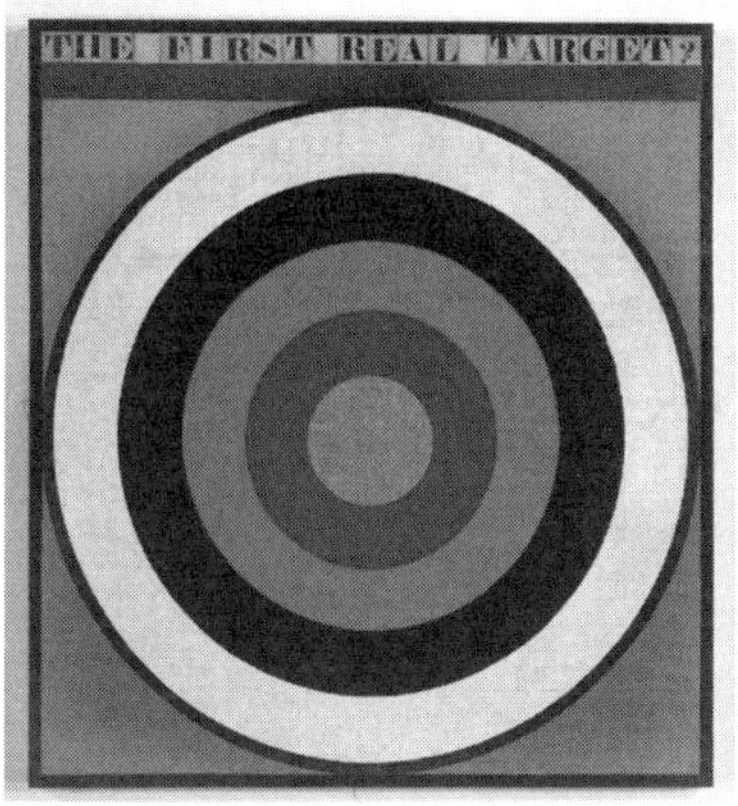

【図 11】ピーター・ブレイク《ファースト・リアル・ターゲット》（1961）テート美術館所蔵

【図 12】ジャスパー・ジョーンズ《四つの顔を持つターゲット（*Target with Four Faces*）》（1955）ニューヨーク近代美術館所蔵

時代状況をきちんと視野に収めているバージェスの『時計じかけのオレンジ』は、「怒れる若者たち」以降の若者文学の系譜に位置づけられる作品です。

アレックスはかつて感化院におり、今でも感化矯正後相談員の定期的な訪問を受けています。しかし不良の原因を研究し、矯正できるという考えを端から馬鹿にします。かれにとって少年らの暴力は特定の心理的、社会的問題の発露ではありません。若さはそもそも暴力的な衝動を内在させていることを、アレックスは擬悪的に述べます。

> その上、不良は自己のことであり、個であり、君でありおれであり、我々孤独なるものであって、その自己なるものはボックつまり神により作られたものであって、その神の大きな誇りで、またラドシー《よろこび》でもあるのだ。だが、非自己は不良であり得ない、ということは、彼ら政府とか裁判官とか学校とかは自己を認めることができないから、不良を認めることができない。そして、兄弟よ、これらの大きな機構と戦ってきた勇敢な小さい自己たちの話が、われらの現代史ではないか？　兄弟よ、おれはこのことでは、ほんとに本気なんだ。だが、しかし、おれがやってることは、やってることが好きだからやってるんだ。（Burgess, *A Clockwork Orange* 46 / 62-63）

アレックスは、善悪の判断が絶対的なものでなくなった世界で、悪を選びうることに自己の基盤を求め、不良行為を権威や制度への挑戦と位置づけます。暴力はかれらの存在そのものであり、それだけを取り去るということはできないというのがその主張です。

暴力や不良行為への躊躇のなさは「怒れる若者たち」以降何度も言葉にされてきました。例えばシリトーのフィクションでは、社会の不正や不公平から自分自身を守る手段として、暴力、犯罪行為、社会規範の逸脱は正当化されました。一方、『時計じかけのオレンジ』の場合、暴力そのものが目的になります。呵責なく暴力に訴えることが少年たちのアイデンティティを担保します。女性をレイプし、老女を鈍器で殴る残虐性に歓喜するアレックスと仲間の暴力にはタブーがありません。些細なことで諍《いさか》いが起こり、アレックスが仲間と喧嘩をする場面をみてみましょう。

> そこで、おれはやつの左のノガ《あし》めがけてブリトバ《かみそり》をザックリやったが、服を二インチほど切り裂いて、ちょっぴりクロビー《ち》出したくらいだったが、ディムはそれでほとんどビズムニー《あたまにきた》みたいになった。
> そして、やつがワン公みたいにハウ、ハウ、ハウうなってやがるところを、ジョージーをやっつけたのと同じ型でもって、横へひととび……ぐっと近寄って、さっと切った……ディムの手首の肉深くブリトバ《かみそり》が食いこんだ手ごたえがあって、やつはガキみたいに叫び声をあげるとヘビみたいなチェーンを取り落として。そして、やつは手首の血をみんな口で吸い取ろうとしたが、同時にワーアとわめき出した、というのは飲みこむクロビー《ち》の方が多すぎて、アブアブアブ、赤い噴水みたいに吹き出したが、そう長いことじゃなかった。（59／84）

服が切られ剝きだしになる肌と噴出する血。動物のような息遣い。それらが強調するのは喧嘩をする若者たちの身体性と野生です。タブーを容易に突破した暴力は、若者同士の抗争の野蛮さを示します。

もうひとつ注目すべきは、奇妙な言語表現です。「ナドサット（Nadsat）」と呼ばれるその言葉は、主にロシア語とコックニーを混合してバージェスが作った言語です。文法そのものを破壊するような徹底的な実験性はなく、特定の言葉を俗語かロシア語に置換しただけです。例えば「はやく」を示す「スコリー（skorry）」はロシア語"скорый"に由来します。「もの」を意味する「ベスチ（veshch）」も同じくロシア語"вещь"をアルファベット表記したものです。しかしそれだけではありません。日本語訳で「ハラショー（horrorshow）」と標記されているのは、ロシア語の「素晴らしい」を意味する感嘆詞 "хорошо" を英語表記にしたものですが、同時に英語「ホラーショー（horrow＋show）」とも解することができます。ただし作中では特に意味は定まっていません。

ナドサットは特定の仲間だけに通じる隠語であり、アレックスらの不良文化を、大人たちの正統な文化から区別する指標になります。前記の喧嘩の場面で、ノガ《あし》、クロビー《ち》、ビズムニー《あたまにきた》など身体に関する表現、感情などを表す表現としてナドサットが用いられていることに留意が必要です。それは、諸々の擬態語の効果とあわさり、殺伐とした場面にユーモアを与えます。血が飛び散る喧嘩をかれらが楽しんでいるように描きます。このような暴力の描写において、喧嘩の原因も勝ち負けも霞んでみえます。

❖選択の力

出版一〇年後の一九七二年、『時計じかけのオレンジ』を振り返った論考で、バージェスは作品の中心にある概念を「選択」と述べています。

> 『時計じかけのオレンジ』は、選択の力の重要性を説く一種のパンフレットとして企図されました。教訓といってもいいかもしれません。わたしのヒーローあるいはアンチヒーローであるアレックスは、非常に悪質、ありえないくらい悪質でしたが、かれの悪質さは、遺伝や社会的条件の産物ではないのです。それはかれそのものであり、充分自覚したうえで開始するのです。（Burgess, "Clockwork Marmalade" 198）

善悪の判断はそもそも社会的な規範です。暴力を振るってはいけない、悪いことをしてはいけないという規範が前提となって社会が構成され、生活が営まれています。しかしバージェスは暴力を個人の恣意的な選択の問題とします。『時計じかけのオレンジ』は若者たちの暴力を前景化する小説ですが、暴力礼賛ではありません。相対化してしまった倫理的規範を背景に、善悪のどちらかを選びうるという若者の選択の自由を描いているとバージェスは言います。そしてこのような選択によってはじめて、遺伝や社会的条件に依存しない、つまり本質論でも社会構築主義でもない、個人が獲得できると言います。別の言い方をするならば、社会が構築されるよりも先に存在する個人としての若者たちを描いているのです。容赦のない暴力を振るうことができること自体が、かれらの個としての感覚を確証するのです。

中盤、殺人罪で捕まったアレックスに洗脳治療が施されます。治癒終了後、アレックスに同情的であった刑務所の教誨師《きょうかいし》は「選択」の自由を問題にします（137／198）。条件反射によって暴力への嫌悪を植えつけられたアレックスには選択する自由がないこと、そこにこそ人間性の核があると教誨師は力説します。小説内でこの問題にそれ以上に深い洞察が与えられることはありません。むしろ目立たぬ脇役の傍白のごとく扱われることで、この問題の重要度は切り下げられる印象があります。

❖ファッション

バージェス自身の解説にもかかわらず、『時計じかけのオレンジ』でアレックスの個性を確保するのは、善悪の恣意的な選択という倫理的な問題ではありません。むしろ、ナドサットの使用など、奇抜な風俗によって若者の個性は強調されます。その点で見逃せないのが、かれらのファッションの選択です。小説の冒頭で読者がまず目の当たりにするのはその描写です。

おれたち四人とも、ファッションの最高なのを着てた。そのころの最高ってば、すごく身体にぴったりの黒のタイツに、おれたちがゼリーの流し型っていってたやつを、タイツの下の股ぐらんとこにぴったりとはめてた。こいつは防護用になるし、光線のぐあいではその形がはっきりとすけて見えるんで、おれはクモの形をしたのをはめてたし、ビートはルーカー《て》の形のを、ジョージーはすごくきれいな何かの花、そしてディムの野郎のはすごくまぬけな道化師のリッツォ《かお》だった。ティムのやつときたら何か考えるってことのできねえ男で、おれたちの仲間じゃ一番はっきりしねえ野郎だった。それに、襟なしの腰までの上着だが、肩んとこがごっつく突っぱらかしてあって（これをおれたちはブレチョーっていってた）ほんとにこんなすごい肩をしてるってみせかけのわけだ。それから兄弟たちよ、練ったカルトーフェルというかジャガイモみたいな白っぽい色のクラヴァットをしめてた。そいつにはフォークでひっかいたような模様がある。

髪はそれほど長くしてなかったが、人を蹴とばすために、すごくハラショーにいいブーツをばっちりはいてた。（Burgess, *A Clockwork Orange* 8 / 8-9）

バレリーナのようなタイツ、股間を強調する型、アメフトの防具のような肩パット、クラヴァットなど、異なる文脈に属する新旧のアイテムを組みあわせるファッションが強調されます。このような記述は、本筋とは関係がありません。また、このようなスタイル自体に特に象徴的な意味はないようです。むしろ異質な文脈にあるもの（タイツ、ゼリーの流し型、襟なし上着、ブーツ）を組みあわせるコンビネーションがユニフォームの役割を果たすのです。

面白いことに、『時計じかけのオレンジ』の終わりにもファッションの描写があります。

おれたちファッションの最高着こんでた、そのころの最高ってのはすごく幅の広いズボンにすごくたっぷりしたそでなし胴着みてぇな黒のつやのある革上着にオープンのシャツにスカーフみてぇのを巻いてるってやつさ。またこのころファッションの最高だったのはガリバー《あたま》をブリトバ《かみそり》でそっちゃうことだったもんで、ガリバーの大部分がはげ頭みてぇになっていて髪があるのは頭の両側んとこだけ。だけどノガ《あし》の方はずっと同じで……リッツォ《かお》なんか蹴っとばすためにほんとハラショー《すごく》でかいブーツだ。（193-94／294）

冒頭のファッションの表現との類似は明らかです。しかし、幅広のパンツ、襟の空いたシャツの上に羽織った革の上着など、冒頭でアレックスらが身にまとっていたアイテムとは全く異なります。そのようなスタイルの変化は、アレックスの仲間が変わったことをも意味します。唯一変わらない大きなブーツはファッションアイテムというよりは武器としての機能が強調されます。どのようなファッションのコンビネーションになっても戦闘能力だけは確保されています。ファッションを共有することでユニフォームになり、かれらの不良性と暴力性が可視化されます。しかしファッションには流行があるように、不良たちのグループ形成も恣意的で、流動的です。人種も階級もかれらを束ねる絆にはなりません。アレックスは絶えず仲間割れの危機を感じています。

後半、アレックスとつるんでいた不良仲間ディムは、ライバル・グループにいたビリーボーイとともに警察官として徴用され、権力の手先としてアレックスを懲らしめます。敵と仲間の境界線は容易に引き直されます。不良であることと国家に反逆することはもはや必然的な繋がりをもちません。不良たちの暴力は国家権力に吸収されてしまうからです。ここで制服に言及されていることには注意を払いましょう。「もう一人のはいうまでもなく、ディム、もとのおれのドルーグ《なかま》、デブのビリーボーイとはともに敵同士だったわけだが、今は制服着てシュレム《ヘルメット》かぶって、むち持って、安寧秩序を守るミリセント《おまわり》だ」（159-60／235）。敵味方が容易に入れ替わる世界で、服装だけが最も明確な敵味方の指標なのです。その服もまた頻繁に取り換えられます。流動的で不安定な組織形成において、頼れるのは自分だけなのです。

❖戦争のイメージ

作品中盤は、殺人罪で捕まったアレックスの刑務所での生活とかれの感情矯正に焦点をあてます。はじめに刑務所に入れられたアレックスは、のちに医療施設に移管されます。かれの暴力と不良性は、矯正から医療の対象へと変わります。

ところで、アレックスを洗脳しようとする医者たちはナドサットを「古い語呂合わせ俗語」と「流れ者の言葉」と「スラヴ語」のミックスであり、「宣伝〔プロパガンダ〕」によって「潜在意識に浸透して」（125 / 180）いると分析します。若者が独自に編みだしたと思われていた文化が、プロパガンダの影響を受けているという洞察は、若者の文化基盤の自律性を疑問視します。医学的、科学的に分析の対象となったとき、アレックスの存在は脆弱なものとなっていきます。

アレックスは「ルドビコ療法」という方法によって洗脳治療を施されます。薬物を注射し、暴力的な映像を強制的に見せることで暴力にたいする嫌悪感を生理的に植えつける手法です。

> するとこんどは、日本人の拷問のものすごい映画を無理に見せられた。それは一九三九年から四五年の大戦の時のもので、兵隊が何人か木に釘で打ちつけられていて、その足もとに火がつけられ、ヤーブル《こうがん》が切り落とされていた。また、一人の兵隊の首を刀で切り落とすと、その首はころがりながらまだそのロット《くち》やグラジーが生きているようなのだ――そしてその首を切られた兵隊のプロット《からだ》は、首から噴水みたいにクロビー《ち》を吹き出しながら、走り出してやがて倒れ、その間中、日本人たちの高笑いが聞こえているのだった。（116 / 164）

第二次世界大戦時の日本軍兵士たちの残酷でグロテスクな行為の映像が拷問として見せられます。別の日にはナチスドイツの蛮行の映像が見せられます（123／177）。ルドビコ療法で使用される映像は第二次世界大戦の枢軸国の非人間性を強調するものです。戦争という巨大な暴力によって、個人の暴力が制されるのです。

しかし第二次世界大戦の歴史的意味はそれ以上追求されません。アレックスの網膜に映るのは、断片化され、イメージとなった戦争暴力です。それが薬の効果と相まって、生理に作用し、吐き気を催させるのです。矯正治療が進むと、注射さえ必要でなくなります。映像を見さえすれば自然に吐き気が催されるようになるのです。そのことを助手は「もういよいよ君は君自身の身体になれたんだ」（129／185）と言います。「君自身の身体」になるということは、アレックスの身体から不純物が、つまり暴力への衝動が除去されたという意味です。暴力はかれの存在そのものであるというアレックスの確信はここで根底から覆されます。

その直後に行われる矯正治療の模様を説明するアレックス自身の表現をみてみましょう。

> そして、こんどは、吐き気を催し、のどがかわき、身体中に痛みをおぼえるのは、おれが無理に見せられている映画のせい以外に責めるものがないのだ――こんどもまだ、やはりグラジー《め》は無理にクリップで開けさせられ、両方のノガ《あし》やプロット《からだ》もいすに固定されているんだが、いつものコード類や何かはおれのガリバー《あたま》やプロット《からだ》につけられていなかった。だから、おれをこういう気持ちにさせているのは、今見ている映画以外にないではないか？　それと、兄弟よ、もちろん、このワクチン注射みたいなルドビコ剤は別だ――こいつらはおれのクロビー《ち》の中をめぐり歩いていて、おれが残虐暴力行為を見さえすれば、いつでも、とこしえにアーメンに吐き気を催させるんだ。（129／186）

注射を打たれていないにもかかわらず、アレックスの身体は暴力に過剰反応します。かれの体のなかに抗体ができ、暴力を異物として拒否しようとしているのです。ここで注目したいのはナドサットの使用法です。「グラジー《め》」、「ノガ《あし》」、「プロット《からだ》」、「ガリバー《あたま》」、「クロビー《ち》」など身体性を強調する語句としてそれは使われます。ナドサットで示される身体とその外部が拮抗します。洗脳治療において強調されるのは身体と異物の境界線です。ナドサットはその境界を示すマーカーとして機能しています。

❖ふたつの結末

『時計じかけのオレンジ』の終盤は、治療が完了し、社会復帰したあとのアレックスに焦点があてられます。治療によって暴力的指向は除去されますが、ナドサットは残ります。社会復帰したものの行き場がないアレックスを保護する組織は、自由を奪おうとする全体主義に対抗する名目をもった、社会主義的組織です。しかしメンバーはみな年老いていており、対抗勢力になりそうにありません（177／261）。かれらがアレックスを保護するのは、「自由のためのいけにえ」（177／264）として利用するために過ぎません。かれらは自分たちの大義のために個人を犠牲にすることを厭わない集団です。バージェスが社会主義には期待していないことは明らかです。

ある事故がきっかけでアレックスの抗体が解除されます。洗脳が解けたアレックスは「おれは、まるっきりなおったんだ」（192／292）と宣言します。一九六三年発売のアメリカ版ではこの台詞が最後の言葉となります（Burgess, *A Clockwork Orange: The First American Edition* 184）。キューブリックの映画版はこの台詞こそないもののそれに倣うようにしてここで幕が下ります（【図版13】）。アレックスの太々しい表情で終わる映画は、国家が抑圧できぬ不良性、野蛮さを前景化します。自由を管理しようとする国家の謀略の失敗が仄めかされ、文明によって馴致しえぬ若者の獣性が最後に勝利するのです。

しかし、バージェスの原作には続きがあります。それは、キューブリックの解釈の根拠を覆すものです。洗脳が解除されたアレックスは以前のような不良に戻り、新たな仲間と、新たなファッションを身にまといます。その仲間とともに、ストリートで再びにらみを利かせていたとき、アレックスはかつての仲間のひとりピートに再会します。ピートは美しい妻と一緒で、すっかり大人びた様子で、中産階級的な生活を営んでいることがすぐにわかります。ピートはもうナドサットで話しません。二人の会話を聞いた妻は「あなたもね、もとはあんなふうな話し方してたんですか?」(Burgess, *A Clockwork Orange* 201 / 304)とピートに尋ねます。感情治療でも治癒できなかった残虐性とナドサットは、家庭に入ることで矯正されてしまうことが暗示されます。

驚くことに、このようなピートの様子を見たアレックスは、自分がもう一八歳であること、そして家族をもってもおかしくない年齢であることを痛感し、「自分のプロット《からだ》の中にすごくでかいほら穴を感じて自分でもすごくびっくり」(203 / 308)します。家族をもつことを切実に想像し、もう若くないことを悟るのです。アレックスは「若さ」を次のように定義します。

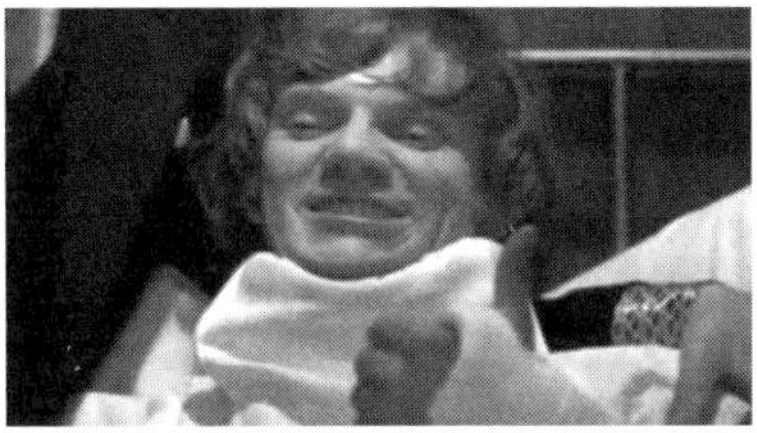

【図13】映画『時計じかけのオレンジ』から。最後の場面。

> おもてに出ているハンドルをギリギリと巻いてやると歩き出すやつだ。おおわが兄弟たちよ。だがそいつはまっすぐに行ってバンバンとまともに物にぶつかって自分が何をやっているのかわからない。若いってことはこんなかわいい小さな機械みたいなものだ。(203 / 308)

若さの暴力性がゼンマイ仕掛けのおもちゃに比喩されます。それは意思や良心をもたぬ機械です。アレックスが感じた空虚は、このようなゼンマイがもう動いていないことを示します。停止した機械の空虚に人間性が流し込まれ、大人になるというのが成長の理屈です。

見逃されがちですが、アレックスのこの言葉に作品の核心が潜んでいます。感情矯正のワクチンや洗脳のための戦争映像のように身体の境界線を侵すようなものではなく、体のなかに自然にポッカリと開いてしまった空虚こそが、かれに変化を迫るのです。続いて、アレックスは次のような言葉で大人になることを宣言します。

これからおれの行くところは、おお兄弟たちよ、みなさんの行けない、ただおれだけがオッディ・ノッキー《ひとり》で行くところなんだ。明日という日は美しい花いっぱいとぐるぐるまわってるくさい地球と星と空の月と、たったオッディ・ノッキー《ひとり》で結婚相手さがしをしているみなさんの古いドルーグ《ともだち》、アレックスだ。(204／309-310)

アレックスは大人になることを、結婚すること、家族をもつことと同一視します。体の中心にいきなりできた空洞。それを埋めるのは結婚と家族なのです。壊れたゼンマイの代わりに地球の自転と公転が置き換わります。他者を顧みない不良性が家庭に吸収されることが、循環する自然の生命と地球の自転／公転への一致にたとえられるのです。アレックスの成長は、ゼンマイから自然へ、明確な目的のない機械運動から調和のとれた世界への移行として描かれるのです。アレックスの大人の自覚とともに『時計じかけのオレンジ』は幕を下ろします。

⦿
⦿
⦿

アレックスの暴力性を治癒するために第二次世界大戦のイメージが利用されていました。それは戦争そのものを喚起するわけではありません。むしろそれは戦争という歴史の希薄化を強調します。アレックスの体のなかに植えつけられた抗体が、偶然の事故によって簡単に解除されてしまうことからも、戦争暴力を管理する国家は、それほどの影響力や支配力をもっていないことがわかります。

一方、若者の暴力はどうなったのでしょうか。小説冒頭では、仲間内の喧嘩は、不良少年の身体性を前景化しました。そのような肉体的暴力性こそがかれらの存在の証とされたのです。しかし小説全体をとおして、そのような身体性はファッションやイメージによって徐々に希薄化されていきます。むしろ『時計じかけのオレンジ』全体に通底するのはファッションやスタイルの移ろいやすさです。小説は、アレックスと仲間のファッションの描写で始まり、ファッションの描写で終わります。もとの不良少年に戻ったアレックスですがその仲間は一新されます。それとあわせてファッションも一新されます。洗脳で用いられた戦争イメージがアレックスの身体を通過するように、ファッションもかれの身体の表面を通り過ぎていきます。戦争とファッションは着脱可能なものなのです。

キューブリックはアレックスの抑圧された自己とそれの解放を映画の中心に据えました。全体主義による自由の管理を撥ね退けるロマン主義的な若さの、暴力的なまでの発露を映像化することに注力しました。しかし、バージェスの原作において、アレックスは自分の暴力性をゼンマイ仕掛けにたとえました。そこにおいて若さとは未熟の別の表現に過ぎません。『時計じかけのオレンジ』はアメリカのカウンター・カルチャーを予見するものではなく、むしろ若者の空虚さを描いています。

アレックスの暴力への志向と不良性は洗脳による矯正に打ち勝ちました。そのようなかれの野生と暴力が、家庭の引力にはなす術もなく従ってしまう結末に、バージェスのユーモアとアイロニーがみられます。バージェスはこの作品で若者の選択の力を問題にしたといいます。しかしそれは善悪という倫理的な選択というよりは、消費文化全盛の豊かな時代、なにを選択することが可能なのかというライフスタイルの問いかけになっています。豊富な選択と消費の時代にもかかわらず、若者たちに与えられる選択肢は以前とそう変わりがないことを『時計じかけのオレンジ』は皮肉交じりに描いているのです。

結論に代えて

❖若さへの期待

国際連合事務総長のアントニオ・グテーレス（António Guterres）は、二〇二〇年新年にあたり次のようなメッセージを発表しました。

今年、わたしの新年のメッセージは、希望の最大の源泉である世界の若者たちに向けています。気候変動の対策からジェンダーの平等、社会正義や人権に至るまで、あなた方の世代は最前線で活躍しています。わたしはあなた方の情熱と決意に感心しています。当然のことながら、みなさんは未来をかたち作るための役割を希求しています。わたしはあなたたちとともにいます。国際連合はあなたたちと同じところに立っています——わたしたちはあなたたちのものなのです。二〇二〇年は、国際連合創立七五周年の年です。わたしたちは、公正なグローバリゼーションのための青写真「持続可能な開発目標のための行動の一〇年」を開始します。今年、世界は若者が声を上げ続けること、大きな考えを抱くこと、境界線を広げ続けることを求めています。プレッシャーをかけ続けてください。二〇二〇年、みなさんに平和と幸せが訪れますように。（Guterres）

グテーレスはここで環境問題とダイバーシティを、国際的に取り組むべき重要な課題として提示しています。気候変動などの環境問題は一国家の努力では対処しえぬものであり、国際連合がそれに取り組むことは当然です。また、ダイバーシティを推進することによって、不公平のない社会を実現することが現在喫緊の課題であることに異論を差し挟むひとはあまりいないでしょう。

わたしはグテーレスのメッセージに大いに賛同します。そう断ったうえで、腑に落ちないところがあることを告白しなければなりません。グテーレスがこのメッセージの宛先を特に若者に定め、かれら彼女からの協力を求めているところです。恐らくグテーレスの念頭には、現在Z世代と呼ばれる若者の層のことがあります。それは、冷戦終結以降に生まれ、小さいときから、グローバリゼーションという言葉が日常的に使われていた環境に育った世代のことです。スマートフォンやSNSに早くから親しみ、世界と繋がっているという感覚を幼い頃から涵養してきた若者。環境問題やLGBTQに親和性のあるこれらの世代に、グテーレスは希望を託します。

しかし、特定の世代を切り分け、そことの連帯を望むとき、別の世代が切り捨てられてしまったかのような印象を与え、Z世代の上の世代を見捨てているように響きます。特にわたしが引っかかるのは、大気汚染や温暖化の主原因となる化石燃料で育った世代を、問題の原因として言外に糾弾しているように読めるところです。環境問題は、一国一国の枠組みを超えて取り組むべき問題であるとともに、世代を越えて解決方法を考えるべき問題です。ところがグテーレスはその原因を作った世代とその解決を期待する世代に分けます。それは、年長世代の残した負債を、現世代の若者の肩に課す構図を隠しもっています。意地悪な見方をすれば、世代間の不協和音を増幅させることを意図しているようです。

❖大江健三郎とスーザン・ソンタグ

グテーレスの若者への期待は安直に感じます。Z世代という層があることを疑わず、多くの若者がかれのメッセージに賛同することを想定していることがうかがえるからです。グテーレスのスピーチを聞いたとき、わたしが思い出したのは大江健三郎とアメリカの批評家スーザン・ソンタグ（Susan Sontag）の公開書簡でした。一九九九年に両者のあいだで交わされた書簡は、湾岸戦争（一九九〇―九一）やユーゴスラビア紛争（一九九一―二〇〇一）を背景に、冷戦以降の世界平和を模索する、知識人の戸惑いを赤裸々に露呈しています。一連のやりとりのなかで大江は少しナイーブな発言を繰り返します。自作『宙返り』（一九九九）に言及しながら、「次の四半世紀にこの国に『新しい人』が現れなければいけない」（大江 172）と書いたことを伝えます。それにたいするソンタグの回答は辛辣なものです。

> あなたはおっしゃっています。次の四半世紀に日本に「新しい人」が現われなければならない。自分もそのなかに入るとおっしゃる「古い人」によっては日本の窮境を乗り切ることができないだろうからと。「新しい人」の出現をめぐる数々の予言（チェ・ゲバラの予言がまず思い浮かびますが、この二世紀のあいだに「新しい人」を提唱した人は相当な数になります）はみな、「新」は「旧」の改良だという前提に立っています。敬意をこめて伺います、そんなに確信してかまわないのでしょうか。（大江 182）

大江は現代日本の問題を知覚し、その解決を「新しい人」に託します。ソンタグは、「新しい人」が「古い人」

の問題意識を引き継ぐことを期待し、それを疑わない大江の楽観主義を責めています。時代が変われば価値観も変わります。当然若者の問題意識も変わってくるでしょう。ソンタグは自分たちが作りだしたもの、信じていたものが、あとの世代に転覆されるかもしれないという恐れを有しています。一方、大江は、未来が現在の延長線上にあり、自分の関心が次世代にも引き継がれることを、そして自分の期待に応えてくれる「新しい人」が生まれることを疑っていません。ソンタグはそのような楽観主義を問い質しているのです。

『宙返り』は老人たちの、若者への期待が裏切られる物語です。しかし、ソンタグとの書簡で大江は、若者を、自分が思い描く未来を実現するためのエージェントとして想定しています。若者への安易な期待が、自分たちの歴史観を押しつけ、その社会改善の責任を放棄することに繋がる危険に無自覚なのです。

❖成長——本書のまとめ

本書は一九世紀末から一九六〇年代までのイギリス文学を対象に、若者の成長の表象の変化を考察してきました。時代が変われば、若者への期待が変わります。帝国主義の時代は領土拡張の期待が若者にかけられました。帝国の時代の終わりがみえてくる頃になると、イギリスは大英帝国の栄光を捨てざるをえません。二〇世紀前半に行なったふたつの大戦は、イギリスを、広大な領土を誇った帝国から小さな島国へと変化させます。

本書は、国家や社会の変化にあわせて、思春期や青春、若さの表象を分析してきました。取り上げたのは、帝国の時代以降、内向きになる国家において、若者の成長の行き先を探る文学です。法整備や教育制度の改革に透けてみえる若さへの期待。そのような期待を意識しながらも、それに背いてしまうようなところに、本書は、若者の成長の可能性をみいだしてきました。大げさな言い方をするならば、社会的な要請に回収されない自己の欲望を発見し、そこから人間関係を構築することが成長の礎になるのです。このような観点を踏まえたうえで、本書がここまで議論してきたことを簡単にまとめたいと思います。

⦿　⦿　⦿

一九世紀後半に発表された海洋冒険小説は、少年の成長をとおして帝国の拡張を正当化するレトリックを練り上げていきます。これらの文学において、子どもが大人へと成長する移行期は、国家や民族の拡張を反照するものでした。第1部の目的は、大英帝国の斜陽期における成長物語の検討でした。扱ったのは、帝国主義のレトリックがもはや通用しないことを痛感させる作品でした。

キプリングの「ブラッシュウッド・ボーイ」の主人公コターは、帝国主義の実現と家族の幸せの狭間にある夢の世界へと向かいます。大人たちがコターにかける期待は、国家が若者にかける期待でもありました。コターの健全な精神と健康な肉体は、その期待への応答でもあります。しかしかれの抵抗は夢の世界で始まります。大人／国家の期待からの逃走は、無意識によって開始させられるのです。その夢のなかで繰り広げられる非日常的な冒険は、日常に回収されません。むしろその日常の安定を侵犯していきます。

ワイルドの『ドリアン・グレイの肖像』の主人公ドリアンは政治や経済への関心を遮断し、美と悪徳の世界に耽溺します。ドリアンが老いを免れていることは、社会的、道義的責任から隔離されていることに相関します。かれが生きる一九世紀末のロンドンは、イギリス帝国主義の澱《おり》が溜まった場所です。帝国の負の遺産と経済的、階級的格差は、都市の不健全さを強調し、モンスターとして表象されます。帝国主義の汚水が溜まるロンドンで、ドリアンは耽美的に生きます。かれの耳目を楽しませるものが、帝国主義の産物であることが重要です。それは帝国の歴史から隔離され、その功罪を無視しうるからこそ可能になる享楽です。そのような責任の回避と歴史への無自覚が、かれから成長と老いのプロセスを免除するのです。

「ピーター・パン」の成長しない少年の身体は、植民地主義の拡張がもはや夢物語であることを示しています。

成長への疑義が、領土拡張が望めなくなる帝国主義の近い未来を予見していました。バリーはピーター・パンを大人のあらゆる期待から解放された少年として描きます。一方、ウェンディは、中産階級の夢を担い、それを継続していく責を背負い続けます。「ピーター・パン」のシリーズでは、成長することの困難を体現していたのはウェンディとその娘でした。再生産のサイクルにとらえられた女子たちのもとに、ピーター・パンは現われ束の間の夢を与える存在なのです。ピーター・パンの冒険は非日常的なものです。しかしそれは領土拡張に寄与することはありません。それはブルジョア家庭という日常が再生産されるための滋養となっていくのです。

◉
◉
◉

第1部では、登場人物たち自身は、成長にたいする疑いを言葉にすることはありませんでした。それはかれら彼女ら自身が、課せられた期待に無自覚であったことを意味します。それにたいして、第2部は、周囲の期待を明白に意識する若者を描く詩を論じることから始まります。

第2部は、第一次世界大戦が、階級や国家を超えた成長物語に舞台を用意したことを議論の土台に据えました。詩人／兵士の成長にたいする問いかけとして戦争詩を読むことで、戦場が国家に代わり成長を促す場になったことがわかります。一方、従軍経験の有無が年代を再構成し、若者を再定義したことをみました。ルパート・ブルックの戦争詩は戦うことの意義を正当化する言説を提供します。しかし戦いの激化は、そのような国家の期待に見事に応える詩人／兵士の像とは異なる詩人／兵士の出現を要請します。ウィルフレッド・オウエンの詩は、戦場を美学化し、成長の場として描きます。戦場に、国家の期待とは異なる希望を、オウエンは発見します。過酷さ、残酷さが、特権的な出会いの場、成長の場になっていくのです。階級そのものが意味を失い、敵味方の境界線が曖昧になる薄明からオウエンの詩は生まれます。敵軍兵士との奇妙な絆こそが詩人／兵士の成長の基底でした。ただしそれが女性嫌悪を招く可能性があったこと、そしてなによりも、死と隣りあわせの極限状態であったことは、忘れてはいけません。

表面的には好景気に沸く一九二〇年代イギリスで、復員した若者たちが味わったのは裏切りと絶望でした。同時に、戦場に行ったものと行かなかったものの断絶がはっきりとします。「陽気な若者たち」の現象は、分断し、断片化した社会を反映しています。ウォーの『卑しい肉体』は、歴史から切り離された若者が、どのように成長をはかるべきか困惑しているさまを描きます。『卑しい肉体』は、あらゆる世代が「歴史の流れ」に翻弄される状態を描きます。期待もなく、責任も論じられない狂乱の一九二〇年代の雰囲気が見事に描出されています。そこでは、だれも望んでいない戦争がなぜか起こってしまいます。その不調の責任が追及されないために、若者たちは成長の機会を失ったままです。機械を動かす歯車のようにただ摩耗していくだけです。物語の結末は戦場です。それはもはや成長の糧が、戦場にしか残されていないかのようなアイロニーを提示します。

戦争詩と「陽気な若者たち」を描く文学は、第一次世界大戦から戦間期にかけて、若者と期待のロジックの変化を示します。勇敢に戦うことで国家の期待に応えて帰国した若者たちに、イギリスは充分な報いで応えませんでした。期待に応えることに意味がないことを、この時代の若者の文学は表しています。

⦿　⦿　⦿

第3部は、戦後福祉国家が生みだした脱階級社会を舞台にした作品を扱いました。階級的束縛の緩和、相対的な豊かさ、労働環境の改善等々によって、自由を満喫するかにみえる若者たち。しかしその期待とは裏腹に、この時代の若者を描く文学は新しい環境に順応できないものの苛立ちを強調します。

福祉国家以降のイギリスの雰囲気は、オズボーンの『怒りを込めて振り返れ』の主人公ジミーの「大義がない」という叫びに象徴されます。健康保険制度や高等教育、住宅手当などの拡充によってある種の豊かさが担保されたとき、社会改良の期待そのものは国家によって吸収されてしまいます。労働者の生活のボトムアップによって平等を実現しようとした社会主義的な尽力は、もはや過去のものとなってしまいます。ジミーが嘆くのは、人と人を繋ぐ共感や期待や希望の喪失です。かれはジャズに一縷の望みを託しているようにみえます。しかし、それを奴隷制度に結びつけ、黒人たちの人権問題に繋げるような論理性をもっていません。なにを望むべきかわからない戸惑いは、なんの期待もされぬ男性の寂しさと表裏一体です。

シリトーの「長距離走者の孤独」は、より明確に大人の期待を描きます。それは感化院長の不良少年の更生という希望として現われます。それはもちろん、中等教育制度の拡充と児童と少年の保護、懲罰の強化を進める福祉国家の目論見を反映しています。語り手の少年は、素直になれという大人の要求から逸脱をはかります。かれの闘いの哲学は「最初の人間」という言葉に込められます。それは様々な連帯を拒み、周囲のあらゆる期待から解放された状態のことです。語り手の闘いはしかし、壮絶な最期を迎えた父の記憶を召喚することに決着を求めます。語り手が遂行したのは、連帯を拒む孤高の戦いだったはずですが、その苦闘は、結局は血の繋がりに縋ることになります。

ウェスカーの『ルーツ』は若き女性の成長の可能性を模索する劇作でした。都会帰りのビーティの葛藤をとおして、女としてどのように生きるべきかという問いを提示します。婚約者のロニーに思想的に感化されたビーティ。しかし、かれとどのような関係を築くべきなのか、かれからどのような期待をされているのかよくわかっていません。知的に生きることが求められていることは感知しますが、それを自分がどのように体現すべきなのかわからないのです。成長の糧を手探りするヒロインは、母性以外の拠り所を求めます。問題は、ロニーにたいして母親的にしか振る舞えないビーティにあります。それを薄々感じているビーティは苛立ちを母親に向けていきます。パートナーと新たな関係を築こうとする希望は挫折し、母性を再び求めるようになります。

「怒れる若者たち」と総称される作家は、経済的な安定を与える社会を疑う若者を描きます。かれら彼女らの怒りと苛立ちは明確な対象をもちません。社会を批判しているつもりが女性への呪詛へと変わり、また大人の欺瞞の告発は父を見殺しにした社会への憤懣へと変わります。行き場を失った若さのエネルギーが新しい対象を求めて、拡散します。

⊙
⊙
⊙

第4部は、豊かさがもたらした消費文化と若者たちの趣味の選択を描いた作品に焦点をあてました。消費力は若者たちを社会の主役へと押しだしていきます。消費社会が実現したのは、階級はもとより、家族にも依存する必要のない個人主義が謳歌される時代です。シリトーや、マッキネス、バージェスが描いたのは消費によって自己を実現し、新しい仲間と連帯する若者です。

シリトーの『土曜の夜と日曜の朝』は、豊かな時代を享楽的に生きるアーサーを主人公にします。社会的規範を無視し、不倫を楽しみ、職場の人間関係を顧みないアーサーの刹那的な生き方は、社会からの期待や周囲への責任を感じる必要がないことを意味します。戦後の豊かさは、社会的道義性とともに、期待と希望という言葉を形骸化してしまうことを、この小説は端的に示しています。永遠の反抗青年を演じるようなアーサーの振る舞い。それを象徴していたのは、テディ・スーツでした。エドワード朝スタイルのパロディは、豊かさとともに、脱階級社会の到来を象徴しています。ところが、アーサーは最後には、兵士によってコテンパンにやられてしまいます。それは社会的規範を無視し、階層を攪乱したことの罰でもあります。そんなアーサーが結婚し家族をもつことを決断するところで物語は終わります。家庭に入り、やがては父となる未来がここで描かれます。市民としての責任を果たすことで、これまでに好き勝手やってきたことの年貢を納めようと諦めているのです。

消費社会と若者の繋がりを活き活きと描いたのはマッキネスの『アブソリュート・ビギナーズ』でした。経済力を得たティーンエイジャーは、ファッションとアートと文化によって社会を変えていきます。経済力と消費力をもとにした自由。それは階級的連帯ではなく、異なる人種を結びつけるリベラリズムを目指します。ファッションや音楽の様々な選択肢にアクセス可能な都市文化を満喫する語り手は、人種暴動の萌芽に気づくことはありません。人種暴動が勃発しても、なす術なくオロオロとするのみです。語り手は無力さを覚えます。経済的には自由になっても、大人なしでは人種差別という政治的な問題を解決できないことに絶望するのです。

バージェスの『時計じかけのオレンジ』は、全体主義にたいする少年たち抵抗を描いているようにみえます。抑圧的な現状を転覆することが、不良たちのエネルギーに期待されるのです。キューブリックの映画版はそのような理解の線上にあります。若者たちは欲望を実現することでアイデンティティを獲得します。旧社会主義的な、職場を拠点に形成される連帯とは異なり、消費と趣味によって作られる結束。寛容で新たな可能性を約束するかにみえる若者たちの文化は、しかし、消費やファッションに依存しているがゆえに、脆弱で不安定です。バージェスが強調するのは、容易に崩壊する若者たちの連帯であり、それが曝《さら》けだすのは、拠り所を失った弱気な個人です。そのような若者が最後に縋るのが家族や家庭であるのはなんとも皮肉です。『時計じかけのオレンジ』の結末は、若者を描く文学そのものにたいする辛辣なアイロニーとして解することができます。若者たちの反抗は刹那的で、ゴールがありません。青春の狼藉の果てに不良少年に与えられる希望は家庭だけだったのです。

❖国家と家庭のあいだで――一九七〇年代以降の若者文学

国力強化が望めぬ状況において、若者はいかに成長できるか。この問いが本書の前提となりました。議論を積み重ねて朧《おぼろ》げにみえてきたのは、成長を模索する若者の物語において、将来が無限に拓けているわけではないことです。国家や戦争が若者に大人になる場を与えなくなると、かれら彼女らは、家庭と家族の実現に成長のベクトルを向けます。特に戦後、脱階級社会においてその傾向は強まっていきます。

一九五〇年代から六〇年代のアメリカのカウンター・カルチャーの勃興期に若者たちにインスピレーションを与え、その運動を導いたポール・グッドマン（Paul Goodman）という作家、批評家がいます。かれの代表作『不条理に成長する（*Growing Up Absurd: Problems of Youth in the Organized Society*）』（一九六〇）は、若者の不良と非行が社会現象とされはじめた時期に出版されます。社会に順応できぬ若者たちの非を責める支配的な論調にたいして、グッドマンは若者に夢や希望を与えることのできない大人たちの責任を問います。またその大人たちが活き活きと働けない社会の不全を指摘します。大人と子どもの断絶こそが問題であるとグッドマンは言うのです。

そこでかれは不思議な概念をもちだします。「愛国心の領域は、子どもと大人の中間にある。慎重に境界線を引かなければ、我が国に多大な損害を与えた愚か者や悪党の手に落ちることになる」（Goodman 93）。体が大人に近づくにつれて、精神的な活動も活発化する。今まで、同年輩、あるいはその周辺の小さな世界で生きてきた子どもたちが、大きな世界を予感するようになる。そのときに有効なのが愛国心だとグッドマンは言います。

しかしここには注意が必要です。グッドマンの「愛国心」はアメリカへの純粋な帰属意識を意味するわけではありません。夢と希望を育むような「アメリカ」の理想が腐敗しているというグッドマンは、アメリカへの深い絶望を表しています。したがって若者の問題は、国家に代わる成長モデルがないということです。

グッドマンの議論は、本書が辿ってきた道筋と軌を一にします。国家か家庭。成長を促すモデルとして、若者文学が辿りつくのは結局この二者択一でした。帝国主義が成長のモデルとして機能しなくなるとき、若者文学は、家庭に落ち着くことに、大人になることの活路をみいだしていきます。そしてそれを後押ししたのが福祉国家政策であったことは、本論で述べたとおりです。その意味で『怒りを込めて振り返れ』は、本書で扱った作品のなかでも最も重要なものといっていいでしょう。その理由は、国家が大きな家庭となった福祉国家下の抑圧を正確に照らしだしているからです。「大義」が失われたというジミーの嘆きは、福祉が国家に担われる福祉政策を背景にしたものでした。階級的連帯や社会主義的平等が機能を失ってしまう戦後社会の息苦しさを、ジミーは体現していたのです。

若者の成長物語の行き詰まりを分析することによって、国家と家庭に代わる成長の第三のモデルがないことがわかりました。国勢の衰微という条件下で、家庭をもつこと以外の方向で成長を描くことは存外難しいのです。ここでわたしたちは、一九七九年から九〇年までイギリスの首相を務めたマーガレット・サッチャー(Margaret Hilda Thatcher)の言葉を思い出すべきでしょう。一九八七年九月のインタビューからの抜粋です。

「問題がある、それに対処するのは政府の仕事だ!」とか、「問題がある、それに対処するために助成金をもらいに行く!」、「わたしはホームレスだ、政府がわたしの家を用意する義務がある」。あまりにも多くの子どもたちや人々がこのように言う時代を、わたしたちは経験してきました。かれら彼女らは問題を社会のせいにしていますが、社会とはなんでしょうか?　そんなものないんです!　個人としての男と女がいて、家族がいて、政府が何かをすることができるのは、人々をとおしてであり、人々はまず自分自身

に目を向けるべきなのです。(Thatcher)

サッチャーは、基幹産業の民営化、社会保障の削減を行いました。それは相互扶助の精神を否定し、自助努力を人々に押しつけることでした。それは熾烈な自己責任論に向かいます。まずは努力しろ。それでだめならばお前の責任だ、ということです。

以後、古きよきイギリス社会が破壊された責任はサッチャーにあると言われるようになります。そして、それを取り戻すためにはもう一度福祉政策の拡充を目指すべきだという、論調があります。しかし『怒りを込めて振り返れ』のジミーの言葉を信じるならば、イギリスが福祉国家となった戦後まもなく、相互扶助の精神の芽は少しずつ摘まれていったというべきでしょう。人が人に期待をかけ、その期待に応えることで責任を果たす。そのような関係を育む社会はすでに福祉国家において形骸化されたというべきです。

カルチュラル・スタディーズは、このような社会を階級として保持することを目指しました。カルチュラル・スタディーズの黎明期の論者たちは、若者文化という言葉を避けます。それが消費とマーケティングとの親和性が強いからです。かれらが若者文化の代わりに、サブカルチャーという言葉を用いるのは、階級的な視座を保守することができるからです。労働者階級の若者は、ファッションやスタイルを楽しむだけの余裕をもてるようになったかもしれない。しかしそれは、経済的な格差や社会参加への機会の不均衡という現実的な問題が解消されたことを必ずしも意味しません。

このようなカルチュラル・スタディーズの企図は、消費において若者が受動的であり、マーケティングの格好のカモであると考えることに由来します。そのような見方において、若者は、既得権益保持者が作り上げた消費文化という幻想のなかで、想像上の自由を謳歌しているに過ぎないのです。「サブカルチャー」という用語は、一九六〇年代に若者たちが作りだした現象を、階級闘争として語り直すという目論見を背後にもっています。それは、相対的な豊かさのなかに失われてしまった階級闘争を回復しようとする試みです。別の言い方をするならば、それは「社会」を維持することを目的にしていたのです。

社会を解体しようとしたことに始まるサッチャーの新自由主義の導入は、「サッチャリズム（Thatcherism）」と呼ばれます。この造語は、その政策を批判するスチュアート・ホールによって生みだされました（Hall, "Right Show" 14）。サッチャリズムという言葉を作りだす目的は、保守のラディカルな改革に明確な輪郭を与えるためです。それにより影が薄くなった社会主義の理念と階級意識を取り戻すことを、ホールは強く訴えるのです（Hall, "Thatcherism" 28）。ホールは単純にサッチャリズムに敵対するだけではありません。福祉国家が「中央集権的な官僚主義」にみえ、被支配階級が福祉の「受動的な受益者」にみえてしまったこと、社会主義と労働党がこのような体制を組織したようにみえたことを利用して、サッチャーが大衆人気を掌握したとかれは考えているのです（Hall, "Thatcherism" 27）。

ホールをはじめとした、カルチュラル・スタディーズの論者が、若者文化の代わりに「サブカルチャー」を提唱し、階級概念を維持しようとしたのは、サッチャリズムを受け入れてしまうような、大衆の右傾化への危機感があったからでしょう。そしてなによりもそれは国家でも家庭でもない場所として社会を再構築する目的に通じていました。しかし、わたしは、カルチュラル・スタディーズのこのような構想とは距離をとります。それもまた大人が設定した問題をそのまま若者に引き継がせるような歴史の連続性を疑っていないからです。社会など必要としない若者の欲望を想定していないからです。

❖もうひとつの『四重人格』

本書が「若者文化」という用語を用いてきたのは、階級闘争という概念から距離をとり、消費文化との親和性を強調するためです。わたしがここで違和感を覚えるのは、カルチュラル・スタディーズの消費文化への忌避感です。若者が消費に向ける欲望を、カルチュラル・スタディーズは理解することができず、伝統的な階級概念に固執してしまった印象があります。

巨視的な視点でみれば、若者の消費は受動的にみえます。しかしそのなかで自らの欲望を実現している若者もいるはずです。それが共同体を作ることもあります。『アブソリュート・ビギナーズ』は、人種暴動で頓挫してしまいましたが、そのような試みを肯定的に描いた作品でした。

本書は一九六〇年代で議論と分析を閉じています。七〇年代以降のイギリスの若者文学を論じるためにはサッチャリズムと消費文化を背景にした若者文化の見取り図が必要になります。それはまた別の機会に譲りたいと思います。

ここでは、今後の研究の見通しを希望的観測とともに語ることが許されるとして、それを本書の締め括りにあてたいと思います。題材にするのはフランク・ロッダム監督『四重人格』です。一九六四年のモッズとロッカーズの乱闘に取材したこの映画は、ホールたちが提唱した「サブカルチャー」にまつわる議論と共鳴し、七〇年代以降の若者文化の問題点を浮かび上がらせています。

『四重人格』では、主人公のジミーをとおして、趣味により繋がった若者の共同体と労働環境というふたつの世界の断絶が通奏低音になっていました。広告会社のメールボーイとして働くジミーは、両親と同居する家に居場所はなく、魅力のない職場でつまらない仕事に従事することのストレスを、モッズ仲間との騒ぎで発散していました。ロッカーズとの乱闘によってモッズの面々は警察に捕まります。そこを救ったのは、モッズ仲間のリーダー格、エースでした。かれは莫大な罰金を小切手で支払い、モッズの英雄と崇め奉られるようになります。主人公のジミーもエースを崇拝するようになります。

終盤はジミーの窮地を描きます。職場から解雇され、ガールフレンドにも振られ、スクーターを事故で大破させてしまったジミーは、失意のままブライトンに電車で向かいます。ロッカーズとの乱闘の現場であり、モッ

【図 14】映画『四重人格』から。岸壁から落とされたベスパ。

ズの栄光の記憶を喚起する場所だからこそ、ジミーはそこに赴くのです。しかし、かれがそこで見たのは、モッズとは縁遠い、普通の大衆が休日を楽しむ姿です。場違いな気分を解消しえぬままブライトンの街をさまようジミーの目は、エースの姿をとらえます。ベルボーイとしてホテルで働き、年配の客にへつらうエースの姿に、ジミーは強いショックを受けます。ジミーは衝動的に、エースのベスパを奪い、岸壁まで走らせ、そこから海へ落とします。映像では、スクーターとともにジミー自身も海に落ちたかのようにみえます。しかし、かれは絶壁の一歩手前でベスパから飛び降りていたのです。岸辺におちたベスパの残骸を背景に、エンドロールが流れる結末はジミーの再生を仄めかします（【図版14】）。

このような結末に託されたメッセージはどのようなものでしょうか。ジミーの衝動的、破壊的行動のきっかけとなったのは、エースのベルボーイ姿への幻滅でした。ジミーは、憧れであったエースの労働者としての姿に幻滅するだけではありません。エースが労働によって疎外されていること、二重の生活を送っていること、モッズとしての活動がそのような嘘を許容するものであることを目の当たりにし、落胆するのです。エースのベスパを大破させることは、偽りの生活を許すモッズの偽善に決別をすることを意味します。

この場面ではずっと、この映画の元ネタとなった、ザ・フーのアルバム『四重人格』から「愛の支配（“Love, Reign o’er Me”）」という曲が伴奏します。その歌詞は、愛に支配されることによって、自我の分裂が、一時的にせよ解消されることを暗示します。そこには、二重生活を否定し、労働による疎外から自分を取り戻し、統一した主体として生きなければいけないというより強いメッセージが隠れています。

『四重人格』のこのようなラストシーンに、わたしはずっと違和感を覚えていました。ジミーがエースに落胆するのはいいが、そのベスパを奪うことになんの意味があるのか。ジミーの破壊行動は独りよがりで、単なる自己満足ではないか。このような違和感は次のような疑問に繋がっていきます。モッズのヒーローでありながら、ベルボーイとして働くエースの姿はそれほど幻滅を与えるものだろうか。むしろそのように働いて稼いだ金で、騒擾の罰金を払うエースの責任の取り方は、筋が通っているのではないか。

ジミーがベスパを海に落とす結末は、大人になるための儀式であり、若者の消費文化への決別を意味しました。それは、若者文化の代わりにサブカルチャーを提唱するカルチュラル・スタディーズの考えに同調したような結末です。つまり、ファッションや趣味の享受は華やかにみえるが、階級格差や労働の諸問題を温存してしまう。現実的な問題は階級闘争で闘うべきだ。このようなカルチュラル・スタディーズの見解に、ベスパを破壊するジミーの衝動は共鳴しています。

労働者としてのエースとモッズの英雄としてのエース。もしこの映画に別の結末を想像することが許されるならば、エースのふたつの姿を矛盾するものとしてではなく描きだすことができるのではないか。モッズとしての生き方とベルボーイとして働くことの二重性を悲壮感なく描くことができるのではないか。『四重人格』という映画を見終える度に、わたしは、このような夢想を掻き立てられました。

社会を取り戻すために、階級闘争を回復するというカルチュラル・スタディーズ的な考えと若者の成長を一致させるような作品もやはり安易だといわなければなりません。社会主義やカルチュラル・スタディーズは、あまりにも潔癖症的に消費文化を斥けようとしました。それにたいして、わたしは消費にこそ、一九七〇年代以降の若者文学の可能性があると思っています。モノを購入することをとおして繋がる人間関係とそれが育む人間性を描くような文学作品を渉猟することが、わたしの次の仕事と定めたところで、本書の幕を閉じたいと思います。

参考文献

Abrams, Mark. “The Home-centred Society.” *The Listener*, no. 26. Nov. 1959, pp. 914-15.

---. *The Teenage Consumer*. London Press Exchange,1959.

Alpert, Hollis. “Milk-Plus and Ultra-Violence”. *The Saturday Review*, 25 Dec. 1971, pp.40-41; 60.

Anderson, Lindsay. “Commitment in Cinema Criticism.” *Universities and Left Review*, vol. 1, Spring 1957, pp. 44-48.

Ariès, Philippe. *L’enfant et la vie familiale sous l’Ancien Régime*. Éditions du Seuil, 1973.〔『〈子供〉の誕生――アンシァン・レジーム期の子供と家族生活』杉山光信・杉山恵美子訳、みすず書房、一九八〇年〕

Baden-Powell, Robert. *Scouting For Boys: A Handbook for Instruction in Good Citizenship*. C. Arthur Person, 1915.

Bailey, David and James Fox. *Look Again: The Autobiography*. Macmillan, 2020.

Baldwin, James. “Sonny’s Blues”. *Going to Meet the Man*. The Dial Press, 1965, pp.101-41.〔「サニーのブルース」、『アメリカ短編ベスト10』平石貴樹編訳、松柏社、二〇一六年、二三三―九七頁〕

Ballantyne, R. M. *The Coral Island: A Tale of the Pacific Ocean*. Edited by J. S. Bratton. Oxford UP, 1990.

Barrie. J. M. *The Works of J. M. Barrie. Vol. VII. The Little White Bird*. Charles Scribner’s Sons, 1930.〔『小さな白い鳥』鈴木重敏訳、パロル舎、二〇〇三年〕

---. “Courage,” *The Works of J. M. Barrie. Vol. IX. Courage and Peter Pan and Wendy*. Charles Scribner’s Sons, 1930, pp. 1-34.

---. *Der Tag: A Play*. Hodder and Stoughton, 1915.

---. “The Admirable Crichton”, *Peter Pan and Other Plays*. Oxford UP, 1995, pp.1-71.

---. "Peter Pan or The Boy Who Would Not Grow Up", *Peter Pan and Other Plays*, pp. 73-154.

---. "When Wendy Grew Up: An Afterthought", *Peter Pan and Other Plays*, pp. 155-63.

---. *Peter and Wendy and Peter Pan in Kensington Garden*. Penguin Books, 2004. [『ピーター・パンとウェンディ』大久保寛訳、新潮文庫、二〇一五年]

---. "Mr. J. M. Barrie's Appeal." *Times*, 19 Feb. 1913, p. 5. The Times Digital Archive. https://link.gale.com/apps/doc/CS84869203/TTDA?u=jpdubs&sid=TTDA&xid=8c1f7cb6 Accessed on 29 July 2021.

Barringer, Tim. *Men at Work: Art and Labour in Victorian Britain*. Yale UP, 2005.

---. "The South Kensington Museum and the Colonial Project," *Colonialism and the Object: Empire*, Material Culture and the Museum. Edited by Tim Barringer and Tom Flynn. Routledge, 1997, pp.11-27.

Bell, Amy Helen. "Teddy Boys and Girls as Neo-flâneurs in Postwar London," *The Literary London Journal*, vol. 11, no. 2, Autumn 2014, pp. 3-17.

Bennet, Andy. "Subculture or Neo-Tribes?: Rethinking the Relationship between Youth, Style and Musical Taste," *Sociology*, vol. 3, no. 3, August 1999, pp. 599-617.

Bentley, Nick. "The Young Ones: A Reassessment of the British New Left's Representation of 1950s Youth Subcultures," *European Journal of Cultural Studies*, vol. 8, no. 1, 2005, pp. 65-83.

Betts, Hannah. "The kids That Make the 1920s Roar". *Daily Mail*. 8 March 2020. Web. https://www.dailymail.co.uk/home/you/article-8051403/The-kids-make-1920s- roar.html Accessed on 14 July 2021.

Beveridge, William. *Social Insurance and Allied Services*. Agathon Press, 1969.

Birdwood, George. *South Kensington Museum Art Handbooks: The Industrial Arts of India*. Chapman and Hill, 1884.

Birkin, Andrew. *J. M. Barrie and the Lost Boys*. Constable, 1979. [『ロスト・ボーイズ——J・M・バリとピーター・パン誕生の物語』鈴木重敏訳、新書館、一九九一年]

Booker, Christopher. *The Neophiliacs: A Study of the Revolution in English life in the Fifties and Sixties*. Collins. 1969.

Booth, William. *In Darkest England and The Way Out*. Salvation Army, 1890.

Bowlby, Rachel. *Just Looking: Consumer Culture in Dreiser, Gissing and Zola*. Methuen,1985. [『ちょっと見るだけ――世紀末消費文化と文学テクスト』高山宏訳、ありな書房、一九八九年]

---. "Promoting Dorian Gray". *Oxford Literary Review*, vol. 9, no. 1/2, 1987, pp. 147-62.

Bradley, Kate. "Becoming Delinquent in the Post-War Welfare State: England and Wales, 1945-1965," *Juvenile Delinquency and the Limits of Western Influence, 1850-2000*. Edited by Heather Ellis. Palgrave Macmillan, 2014, pp. 227-47.

Braine, John. *Room at the Top*. Penguin, 1961.

Briefel, Aviva. "On the 1886 Colonial and Indian Exhibition," *BRANCH: Britain, Representation and Nineteenth-Century History*. Edited by. Dino Franco Felluga. Extension of Romanticism and Victorianism on the Net, Jan 2012. Web. http://www.branchcollective.org/?ps_articles=aviva-briefel-on-the-1886-colonial-and-indian-exhibition Accessed on 14 July 2021.

Briggs, Asa. *The History of Broadcasting in the United Kingdom Vol. IV: Sound and Vision*. Oxford UP 1979.

Brooke, Rupert. *The Complete Poems of Rupert Brooke*. Sidgwick & Jackson, 1932.

Brooke, Stephen. "Gender and Working Class Identity in Britain during the 1950s," *Journal of Social History*, vol.34, no. 4, Summer 2001, pp. 773–95.

Buckingham, David. "British Delinquents". *David Buckingham's Homepage*. Web. https://davidbuckingham.net/growing-up-modern/troubling-teenagers-how-movies-constructed-the-juvenile-delinquent-in-the-1950s/british-delinquents/ Accessed on 14 July 2021.

Buckley, Jerome Hamilton. *Season of Youth: The Bildungsroman from Dickens to Golding*. Harvard UP, 1974.

Burgess, Anthony. *The Novel Now*. Faber, 1971.

---. *A Clockwork Orange: The Restored Edition*. Edited by Andrew Biswell. Forward by Martin Amis. Penguin Books, 2013.

---. *A Clockwork Orange: The First American Edition*. Norton & Company, 1963.

---. *Joysprick: An Introduction to the Language of James Joyce*. Andre Deutsch, 1973.

---. “What Now in the Novel?” *Urgent Copy: Literary Studies*. Jonathan Cape, 1968, pp. 153-56.

---. “Clockwork Marmalade,” *The Listener*, vol. 87, no. 2238, 17 Feb. 1972, pp. 197-99. The Listener Historical Archive, 1929-1991, link.gale.com/apps/doc/GM2500144541/LSNR?u=jpdubs&sid=LSNR&xid=88ccb2a8 Accessed 18 Feb. 2021.

Butler, Samuel. *The Way of All Flesh*. Introduction By Royal A Gettmann, Holt, Rinehart and Winston, 1966.

Calder, Angus. *The People's War: Britain 1939-1945*. Pimlico, 1992.

Castelow, Ellen. “Opium in Victorian Britain,” *Historic UK*. https://www.historic-uk.com/HistoryUK/HistoryofBritain/Opium-in-Victorian-Britain/ Accessed on 14 July 2021.

Chilvers, Ian and Harold Osborne, editors. *The Oxford Dictionary of Art*. Oxford UP, 2004.

Churchill, Winston S. “Their Finest Hour,” *International Churchill Society*, 18 June, 1940. https://winstonchurchill.org/resources/speeches/1940-the-finest-hour/their-finest-hour/ Accessed on 14 July 2021.

---. “We Shall Fight on the Beaches,” *International Churchill Society*, 4 July 1940. https://winstonchurchill.org/resources/speeches/1940-the-finest-hour/we-shall-fight-on-the-beaches/ Accessed on 14 July 2021.

Christopher, David P. *British Culture: An Introduction*. 3rd ed. Routledge, 2015.

Clarke, John, Stuart Hall, Tony Jefferson & Brian Roberts. “Subcultures, Cultures and Class: A Theoretical Overview,” *Resistance Through Rituals: Youth Subcultures in Post-war Britain*. Edited by Stuart Hall and Tony Jefferson. Routledge, 2003, pp. 9-74.

Collier, Peter and Rob Inkpen. “The Royal Geographical Society and the Development of Surveying 1870-1914,” *Journal of Historical Geography*, vol.29, no. 1, 2003, pp. 93-108.

Cohen, Stanley. *Folk Devils and Moral Panics*. Routledge, 2011.

Conrad, Joseph. “Youth, A Narrative,” *The Secret Sharer and Other Stories*. Penguin, 2014, pp.137-70.

Codell, Julie. “On the Grosvenor Gallery, 1877,” *BRANCH: Britain, Representation and Nineteenth-Century History*. Edited by Dino Franco Felluga. Extension of Romanticism and Victorianism on the Net. (August 2014). https://www.branchcollective.org/?ps_articles=julie-codell-on-the-grosvener-gallery-1877 Accessed on 14 July 2021.

Corrigan, Paul & Simon Frith. "The Politics of Youth Culture," *Resistance Through Rituals: Youth subcultures in Post-war Britain*. Edited by Stuart Hall and Tony Jefferson. Routledge, 2003, pp. 231-41.

Cyr, Marc. D. "The Conscientious Killer: Wilfred Owen's 'Strange Meeting'," *Texas Studies in Literature and Language*, vol. 58, no. 1, Spring 2016, pp. 108-28.

Daly, Nicholas. "Colonialism and Popular Literature at the Fin de Siècle," *Modernism and Colonialism: British and Irish Literature, 1899-1939*. Edited by Richard Begam and Michael Valdez Moses, Duke UP, 2007.

Deane, Bradley. "Imperial Boyhood: Piracy and the Play Ethic," *Victorian Studies*, vol. 53, no. 4, Summer 2011, pp. 689-714.

Delaney, Shelagh. *A Taste of Honey: A Play. Methuen*, 1959.

Diamond, Marion. "Trade Interactions," *Culture Contact in the Pacific: Essays on Contacts, Encounter and Response*. Edited by Max Quanchi and Ron Adams. Cambridge UP, 2010, pp. 57-65.

Dickens, Oliver. *The Adventures of Oliver Twist*. Illustrations by George Cruikshank. Introduction by Humphry House. Oxford UP, 1949. [『オリヴァー・ツイスト』加賀山卓朗訳、新潮社、二〇一七年]

Doyle, Arthur Conan. "A Study in Scarlet," *Sherlock Holmes*. The Complete Novels and Stories, vol. 1. Introduction by Loren D. Estleman. Bantam Dell, 2003, pp. 1-120. [『シャーロック・ホームズ全集① 緋色の習作』小林司、東山あかね訳、河出書房新社、二〇一四年]

Dutheil, Martine Hennard. "The Representation of the Cannibal in Ballantyne's "The Coral Island": Colonial Anxieties in Victorian Popular Fiction," *College Literature*, vol. 28, no. 1, Winter 2001, pp. 105-122.

Engel, Carl. *A Descriptive Catalogue of the Musical Instruments in the South Kensington Museum*. H. M. Stationery Off., 1874.

Esty, Jed. *Unseasonable Youth: Modernism, Colonialism, and the Fiction of Development*. Oxford UP, 2012.

Feldmeyer, Laura Ferdinand. "Preparing Boys for War: J. M. Barrie's *Peter Pan* Enlists in World War I's 'Great Adventure'," *Theatre History Studies*, vol 36, no. 1, 2017, pp. 57-74.

Finch, Janet and Penny Summerfield, "Social Reconstruction and the Emergence of Companionate Marriage, 1945-59," *Marriage,*

Domestic Life and Social Change: Writings for Jacqueline Burgoyne. Edited by David Clark. London: Routledge, 1991, pp. 7–32.

France, Anatole. *Œuvres complètes illustrées de Anatole France, vol. 9: Le lys rouge; Le jardin d'Épicure*, Calmann-Lévy, 1927. [『エピクロスの園』大塚幸男訳、岩波書店、一九七四年]

Gagnier, Regenia. "Introduction," *Critical Essays on Oscar Wilde*. Edited by. Regenia Gagnier. G. K. Hall and Co., 1991.

Galton, Francis. "Hereditary Talent and Character," *MacMillan's Magazine*, vol. 12, May-Oct. 1865, pp.157-66; 318-27.

Gerrard, Jessica. "'Little Soldiers' for Socialism: Childhood and Socialist Politics in the British Socialist Sunday School Movement," *International Review of Social History*, vol. 58, 2013, pp.71-96.

Gibbs, Philip. *Now It Can be Told*. Harper, 1920.

---. *Young Anarchy*. Hutchinson & Co, 1926.

Gillis, John R. *Youth and History: Tradition and Change in European Age Relations, 1770-Present*. Academic Press, 1974.

Graves, Robert. *Good Bye to All That*. Cassell & Company, 1929. [『さらば古きものよ 上下』工藤政司訳、岩波書店、一九九九年]

---. *The White Goddess: A Historical Grammar of Poetic Myth*. 2nd ed. Faber, 1952.

---. "The Poets of World War II," *The Common Asphodel: Collected Essays on Poetry*. Hamish Hamilton, 1949, 307-12.

Green. Martin. *The Robinson Crusoe Story*. Pennsylvania State UP, 1990. [『ロビンソン・クルーソー物語』岩尾龍太郎訳、みすず書房、一九九三年]

Golding, William. *Lord of the Flies*. Faber, 1958. [『蝿の王』黒原敏行訳、早川書房、二〇一七年]

Goodman, Paul. *Growing Up Absurd: Problems of Youth in the Organized Society*. New York Review of Books, 2021.

Goulding, Simon. "'Neighbours are the Worst People to live beside': The 1958 Notting Hill Riots as Dramatic Spectacle, Drama as Analysis," *Literary London: Interdisciplinary Studies in the Representation of London*, vol. 8, no 1, March 2010. http://www.literarylondon.org/london-journal/march2010/goulding.html Accessed on 05 July.2021.

Guterres, António. "UN Secretary-General's 2020 New Year's Message," *United Nations*, 31 Dec. 2019. https://unric.org/en/un-secretary-generals-2020-new-years-message/ Accessed on 05 July 2021.

Hall, G. Stanley. *Adolescence: Its Psychology And Its Relations to Physiology, Anthropology, Sociology, Sex, Crime, Religion And Education*, vol. I & II. D. Appleton and company, 1904-1919.

Hall, Stuart. "Politics of Adolescence?" *Universities and Left Review*, no. 6, Spring 1959, pp. 2-4.

---. "Absolute Beginnings," *Universities and Left Review*, no. 7, Autumn 1959, pp. 17-25.

---. "Jimmy Porter and the Two-And-Nines," *Definition: Quarterly Journal of Film Criticism*, no. 1, February 1960, pp.9-14.

---. "The Great Moving Right Show," *Marxism Today*, vol.23, no. 1, Jan. 1979, pp. 14-20.

---. "Thatcherism – A New Stage?" *Marxism Today*, vol.24, no. 2, Feb. 1980, pp. 26-28.

Harker, Ben. *Class Act: The Cultural and Political Life of Ewan MacColl*. Pluto Press, 2007.

Harrison, Molly. *Children in History*. Illustrated by Sheila Maguire. Hulton Educational Publications, 1959. [『こどもの歴史』藤森和子訳、法政大学出版局、一九九六年]

Heathorn, Stephen, and David Greenspoon. "Organizing Youth for Partisan Politics in Britain, 1918-c.1932," The Historian, vol. 68, no. 1, 2006, https://go.gale.com/ps/i.do?p=BIC&u=jpdubs&id=GALE|A158156476&v=2.1&it=r&sid=BIC&asid=fa19d53e. Accessed on 05 July 2021.

Hobsbawm, Eric. *The Age of Empire 1875-1914*. Vintage, 1989. [『帝国の時代 1875-1914 I』野口建彦、野口照子訳、みすず書房、一九九三年。『帝国の時代 1875-1914 II』野口建彦、長尾史郎、野口照子訳、みすず書房、一九九八年]

---. *The Jazz Scene*. Faber, 2014.

Hoggart, Richard. *The Uses of Literacy: Aspects of Working Class Life*. Penguin, 2009.

Houston, Penelope. "Kubrick Country,". *Saturday Review*, Dec. 25, 1971, pp.42-43.

The Holy Bible: King James Version. King James Bible Online, 2007. www.kingjamesbibleonline.org Accessed on 05 July 2021. [『聖書』新共同訳、日本聖書協会、二〇〇七年]

Hughes, Thomas. *Tom Brown Schooldays*. J. M. Dent & Sons, 1906. [『トム・ブラウンの学校生活 上下』前川俊一訳、岩波書店、

一九五二年〕

Innes, Christopher. "Terence Rattigan: The Voice of the 1950s," *British Theatre in the 1950s*. Edited by Dominic Shellard. Sheffield Academic Press, 2000, pp. 53-63.

Irwin, Colin. "Peggy Seeger: Voice of Experience". *The Guardian*. 24 Aug. 2014. https://www.theguardian.com/music/2014/aug/24/peggy-seeger-voice-of-experience　Accessed on 05 July 2021.

Isherwood, Christopher. *Lions and Shadows: An Education in the Twenties*. New Directions, 1947. 〔『若き日の小説家——ライオンと影〈１９２０年代の教育〉』橋口稔訳、南雲堂、一九七四年〕

Jacobs, Richard. "Introduction," Waugh, *Vile Bodies*, pp. ix-xxxvi.

---. "Bright Young Things and Their Parties," Waugh, *Vile Bodies*, pp. 199-201.

Jünger, Ernst. *Storm of Steel: From the Diary of a German Storm-Troop Officer on the Western Front*. Translated by Michael Hofmann, Penguin, 2004. 〔『鋼鐵のあらし』佐藤雅雄訳、先進社、一九三〇年〕

Kendall, Tim. Editor. *Poetry of the First World War: An Anthology*. Oxford UP, 2013.

Keynes, John Maynard. "The Arts Council: Its Policy and Hope," *First Annual Report 1945-6*. The Arts Council of Great Britain. 1946, pp. 20-23.

Kipling, Rudyard. "The Brushwood Boy," *The Collected Works of Rudyard Kipling Vol. 6: The Day's Work*. AMS Press, 1970, pp. 329-70. 〔「ブラッシュウッド・ボーイ」、『キプリング短編集』橋本槙矩編訳、岩波書店、一九九五年、一八三—二四〇頁〕

---. *The Collected Works of Rudyard Kipling Vol. 16: Captain Contagious, Kim*. AMS Press, 1970. 〔『少年キム』斎藤兆史訳、晶文社、一九九七年〕

Kriegel, Lara. *Grand Designs: Labor, Empire, and the Museum in Victorian Culture*. Duke UP, 2007.

Kynaston, David. *Family Britain 1951-57*. Bloomsbury, 2010.

Laing, Dave. "MacColl and the English Folk Revival," *Legacies of Ewan MacColl: The Last Interview*. Edited by Moore and Vacca. Ashgate, 2014, pp. 153-70.

London, Jack. *The People of the Abyss. Literature House, 1970*. [『どん底の人びと』行方昭夫訳、岩波書店、一九九五年]

MacColl, Ewan. *Journeyman: An Autobiography*. Edited and Introduction by Peggy Seeger. Manchester UP, 2009.

---. "The Second Interview, Part III: Folk Culture and Popular Culture." *Legacies of Ewan MacColl: The Last Interview*. Edited by Allan F. Moore and Giovanni Vacca. Ashgate, 2014, pp.107-28.

Marcuse, Herbert. *Eros and Civilization: A Philosophical Inquiry into Freud, with a New Preface by the Author*. The Beason Press, 1966.

MacInness, Colin. *Absolute Beginners*. Allison & Busby, 2011.

---. "Young England, Half English," *England, Half English: A Portfolio of the Fifties*. Faber, 2009, pp.15-22.

---. "A Short Guide for Jumbles," *England, Half English*, pp. 23-33.

---. " 'See You at Marbel's'," *England, Half English*, pp. 67-76.

---. "Pop Songs and Teenagers," *England, Half English*, pp. 48-61.

---. "The Other Man," *England, Half English*, pp. 141-47.

---. "A Taste of Reality," *England, Half English*, pp. 204-207.

Marsh, Joss. "Spectacle," *A New Companion to Victorian Literature and Culture*. Edited by Herbert F. Tucker. Wiley Blackwell, 2014.

McLaughlin, Joseph. *Writing the Urban Jungle: Reading Empire in London from Doyle to Eliot*. University Press of Virginia, 2000.

"Midnight Chase in London / 50 Motor Cars / The Bright Young People," *Daily Mail*, July 26, 1924.

Mill, Elliott Evans. *The Decline and Fall of the British Empire: A Brief Account of Those Causes Which Resulted in the Destruction of Our Late Ally, Together with A Comparison between the British and Roman Empires*. Alden & Co, 1905.

Milne, Nick. "Pen and Sword Pt. I: The Authors' Declaration." *World War I Centenary: Continuations and Beginnings*. University of Oxford. 10 Jan 2014, http://ww1centenary.oucs.ox.ac.uk/?p=2915?utm_source=blogpost&utm_medium=pdf&utm_campaign=download Accessed on 05 July 2021.

Mitchell, Mitch. “A Brief History of the Teddy Boys,” *Revolutionary Socialism in the 21st Century*, 19 February 2019, https://www.rs21.org.uk/2019/02/19/a-brief-history-of-the-teddy-boys/ Accessed on 05 July 2021.

Morris, William. *News from Nowhere*. Introduction by Rowan Williams. Thames & Hudson, 2017.［『ユートピアだより』川端康雄訳、岩波書店、二〇一三年］

O’Neill, Alistair. “John Stephen: A Carnaby Street Presentation of Masculinity 1957-1975.” *Fashion Theory*, vol. 4, no. 4, 2000, pp. 487-506.

Orwell, George. *The Road to Wigan Pier*. Penguin, 1989.［『ウィガン波止場への道』土屋宏之、上野勇訳、筑摩書房、一九九六年］

---. “Charles Dickens.” *Essays*. Penguin, 2000, pp. 35-78.［「チャールズ・ディケンズ」横山貞子訳、『オーウェル評論集3――鯨の腹のなかで』川端康雄編、平凡社、二〇〇九年、八八―一九三頁］

---. “Looking Back on the Spanish War.” *Essays*, pp. 216-33.［「スペイン内戦回顧」、『あなたと原爆――オーウェル評論集』秋元孝文訳、光文社、二〇一九年、一〇四―四九頁］

Osborne, John. “Look Back in Anger”. *Plays One*. Faber, 1996, pp.1-95.

---. “What’s Gone Wrong with Women”. *Damn You, England: Collected Prose*. Faber, 1994, pp.255-58.

---. “Fighting Talk”. *Damn You, England*, pp. 187-90.

---. “The Fifties”. *Damn You, England*, pp. 191-93.

Owen, Wilfred. *The Complete Poems and Fragments*. Edited by Jon Stallworthy. Chatto & Winds, Hogarth P and Oxford UP, 1983.

---. *Collected Letters*. Edited by Harold Owen and John Bell. Oxford UP, 1967.

Powell, Anthony. *Afternoon People*. Little, Brown and Company, 1953.［『午後の人々』小山太一訳、水声社、一九九九年］

Pressly, Linda. “The ‘Forgotten’ Race Riot”. *The BBC News*, 21 May 2007, http://news.bbc.co.uk/2/hi/uk_news/6675793.stm Accessed on 05 July 2021.

Priestley, J. B. “An Inspector Calls.” *An Inspector Calls and Other Plays*. Penguin, 2001.［『夜の来訪者』安藤貞雄訳、岩波書店、二〇〇七年］

“Prevention of Crime Act 1908,” *legislation. gov. uk*. 21 De. 1908 https://www.legislation.gov.uk/ukpga/1908/59/enacted#:~:text=1908%20CHAPTER%2059,for%20other%20purposes%20incidental%20thereto Accessed on 05 July 2021.

Randall, Don. *Kipling's Imperial Boy: Adolescence and Cultural Hybridity*. Palgrave, 2000.

Rattigan, Terence. *After the Dance*. Nick Hern. 1995.

Rose, Jacqueline. *The Case of Peter Pan: or The Impossibility of Children's Fiction*. Springer, 1994. [『ピーター・パンの場合――児童文学などありえない?』鈴木晶訳、新曜社、二〇〇九年]

Ross, Stephen. *Youth Culture and the Post-War British Novel: From Teddy Boys to Trainspotting*. Bloomsbury, 2018.

Rossetti, William Michael. *Dante Gabriel Rossetti: His Family-Letters, with a Memoir*. Ellis, 1895.

Rousseau, Jean-Jacques. *Œuvres Completes*. Émile: education, morale, botanique. Gallimard, 1969. [『エミール　上中下』今野一雄訳、岩波書店、一九八四年]

Said, Edward. W. *Culture and Imperialism*. Vintage. 1994. [『文化と帝国主義　1&2』大橋洋一訳、みすず書房、一九九八年／二〇〇一年]

Sassoon, Siegfried. *Counter Attack, and Other Poems*. William Heinemann, 1918.

Savage, Jon. *Teenage: The Creation of Youth 1875-1945*. Pimlico, 2007.

---. “Mods v Rockers: Two Tribes Go to War”. *BBC*. 21 Oct. 2014, https://www.bbc.com/culture/article/20140515-when-two-tribes-went-to-war Accessed on 05 July 2021.

Sergeant, David. ““The Worst Dreams That Ever I have”: Capitalism and the Romance in R. L. Stevenson's Treasure Island”. *Victorian Literature and Culture*, vol. 44, 2016, pp. 907-23.

Shaw, George Bernard. *Collected Letters Vol II 1898-1910*. Edited by Dan H. Lawrence. M. Reinhardt, 1965.

Sillitoe, Alan. *Saturday Night and Sunday Morning*. Harper Perennial, 2008. [『土曜の夜と日曜の朝』永川玲二訳、新潮社、一九七九年]

---. “The Loneliness of the Long-Distance Runner”. *The Loneliness of the Long-Distance Runner*. Vintage, 2010, pp. 1-54. [「長距離走者の孤独」河野一郎訳、『長距離走者の孤独』、新潮社、二〇一四年、八-八三頁]

Sinfield, Alan. “The Theatre and its Audience”. *Society and Literature: The Context of English Literature*. Edited by Alan Sinfield. Methuen, 1983.

Sommerville, C. John. *The Rise and Fall of Childhood*. Vintage, 1982.

Spencer, Neil. “Ewan MacColl: The Godfather of Folk Who Was Adored – and Feared”. *The Guardian*. 25 Jan. 2015, https://www.theguardian.com/music/2015/jan/25/ewan-maccoll-godfather-folk-adored-and-feared　Accessed on 05 July 2021.

Spender, Stephen. “War Poetry in this War”. *The Listener*, vol. 26, no. 16, Oct. 1941, pp. 539-40.

Springhall, John. *Coming of Age: Adolescence in Britain, 1860-1960*. Gill and Macmillan, 1986.

Stashower, Daniel. *Teller of Tales. The Life of Arthur Conan Doyle*. Penguin, 1999.

Stevenson, Robert Louis. *The Works of Robert Louis Stevenson Vol. One. Treasure Island; Kidnapped*. Collier and Son, 1912. [『宝島』村上博基訳、光文社、二〇〇八年]

Sylvester, David. “The Kitchen Sink”, *Encounter*. Vol 3, No. 15 (Dec 1954), pp. 61-64.

Thatcher, Margaret. “Interview for *Woman's Own* (Sep 23, 1987)”. Margaret Thatcher Foundation. https://www.margaretthatcher.org/document/106689　Accessed on 05 July 2021.

Tynan, Kenneth. *Theatre Writings*. Edited by Dominic Shellard, Nick Hern, 2008.

Vernon, James. *Modern Britain, 1750 to the Present*. Cambridge UP, 2017.

Waugh, Evelyn. *Vile Bodies*. Introduction by Richard Jacobs, Penguin, 1996. [『卑しい肉体』大久保譲訳、新人物往来社、二〇一二年]

---. *Brideshead Revisited*. Penguin, 2011. [『回想のブライズヘッド 上下』小野寺健訳、岩波書店、二〇〇九年]

---. “The War and the Younger Generation”. *The Spectator*, 13 April 1929. pp. 10-11.

Weight, Richard. *Mod: From Bebop to Britpop, Britain's Biggest Youth Movement*. Vintage, 2015.

Wells, H. G. *Experiment in Autobiography. Discoveries and Conclusions of a Very Ordinary Brain (Since 1866)*. J. B. Lippincott, 1967.

Wesker, Arnold. “Roots”. *Play 1: Chicken Soup with Barley, Roots, I’m Talking about Jerusalem*. Methuen, 2001.

White, Jerry. “Colin MacInnes: ‘Absolute Beginners’ – 1959”. *London Fictions*. May 2010, https://www.londonfictions.com/colin-macinnes-absolute-beginners.html Accessed on 05 July 2021.

Wilde, Oscar. *The Picture of Dorian Grey*. Edited by Peter Ackroyd. Penguin, 1985. [『ドリアン・グレイの肖像』仁木めぐみ訳、光文社、二〇〇六年]

---. *Intentions and The Soul of Man*. *The Collected Works of Oscar Wilde VIII.* Edited by Robert Ross, Routledge, 1993

---. *Miscellanies*. *The Collected Works of Oscar Wilde XIV*. Edited by Robert Ross, Routledge, 1993.

---. *Oscar Wilde: The Major Works*. Edited, Introduction, and Notes by Isobel Murray. Oxford UP. 2000.

Williams, Raymond. “Metropolitan Perceptions and the Emergence of Modernism,” *The Politics of Modernism: Against the New Conformists*. Verso, 1989, pp. 37-48.

Willis, Paul E. *Learning to Labour: How Working Class Kids Get Working Class Jobs*. Saxon House, 1977.

Wohl, Robert. *The Generation of 1914*. Weidenfeld and Nicholson, 1980.

Wordsworth, William. *The Poetical Works of William Wordsworth Vol. 1: Poems Written in Youth; Poems Referring to the Period of Childhood*. Edited by E. De Selincourt. Oxford UP, 1940. [『ワーズワース詩集』田部重治選訳、岩波書店、一九六六年]

秋田茂『イギリス帝国の歴史――アジアから考える』中公新書、二〇一二年。

荒木映子「第一次世界大戦・詩・男――イェイツと戦争詩人達を通じて」、『大阪市立大学文学部紀要』第五〇巻、第一二分冊、一九九八年、八五―一一七頁。

井野瀬久美惠『子どもたちの大英帝国――世紀末、フーリガン登場』中央公論社、一九九二年。

エンゲルス、フリードリヒ『空想より科学へ――社会主義の発展』大内兵衛訳、岩波書店、一九四六年。

大江健三郎「スーザン・ソンタグとの往復書簡」木幡和枝訳、『暴力に逆らって書く――大江健三郎往復書簡』朝日新聞出版、二〇〇六年、一四七―八五頁。

――大江健三郎『大江健三郎全小説13　宙返り』講談社、二〇一九年。

ゲーテ、ヨハン・ヴォルフガング・フォン『ヴィルヘルム・マイスターの修業時代 上中下』山崎章甫訳、岩波書店、二〇〇〇年。

霜鳥慶邦『百年の記憶と未来への松明――二十一世紀英語圏文学・文化と第一次世界大戦の記憶』松柏社、二〇二〇年。

髙田英和「ウェンディは何者であったのか――『ピーター・パン』と社会帝国主義」、一橋大学大学院言語社会研究科『言語社会』六巻（二〇一二年三月）、二四七―六二頁。

高村是州『ザ・ストリートスタイル』グラフィック社、一九九七年。

藤野幸雄『大英博物館』岩波書店、一九七五年。

本城靖久『トーマス・クックの旅――近代ツーリズムの誕生』講談社、一九九六年。

ヒルコート、ウィリアム『ベーデン－パウエル――英雄の2つの生涯』根岸眞太郎監修、安齋忠恭監訳、産業調査会、一九九二年。

水間千恵『女になった海賊と大人にならない子どもたち――ロビンソン変形譚のゆくえ』玉川大学出版部、二〇〇九年。

レマルク、エーリヒ・マリア『西部戦線異状なし』秦豊吉訳、新潮社、二〇〇七年。

渡邊泰洋「ボースタル制度における処罰と福祉――イギリスにおける若年犯罪者処遇の動揺」、『国士舘法研論集』第3号、二〇〇二年、七七―一〇四頁。

本書に関連する事項年表

年	政治、社会情勢	文化、芸術動向
一七六二		ジャン＝ジャック・ルソー『エミール』
一七八九	フランス革命（一七九五年まで）〔封建制を打倒したブルジョアたちの革命。反革命派を次々と処刑する恐怖政治によって指導者ロベスピエールは孤立し、ブルジョア政府は短命に終わる。〕	
一七九四		ウィリアム・ブレイク『無垢と経験の歌』
一七九六		ヨハン・ヴォルフガング・フォン・ゲーテ『ヴィルヘルム・マイスターの修業時代』
一八〇七		ウィリアム・ワーズワース「虹」
一八一三		ジェイン・オースティン『高慢と偏見』
一八一六		ジェイン・オースティン『マンスフィールド・パーク』
一八三四	新救貧法制定〔貧民への救済を制限し、少しでも働けるものは産業労働者とみなすための改正。〕	
一八三八	第一次アフガニスタン戦争（一八四二年まで）〔ロシアの中央アジア進出を警戒したイギリスが、アフガニスタンの支配を求めた戦争。〕	チャールズ・ディケンズ『オリヴァー・ツイスト』

一八四〇	ワイタンギ条約〔マオリ族はイギリスにニュージーランドの主権を移譲する。〕	
一八四一	トマス・クック・アンド・サン設立〔世界初の団体旅行代理店。〕	
一八四八	一八四八年革命〔別名「諸国民の春」。フランスで、労働者、農民、学生によるデモ、ストライキが拡大し、二月革命となる。ヨーロッパ中に広がり、各国でナショナリズムを喚起した。〕	
一八五〇		チャールズ・ディケンズ『デビッド・コパフィールド』
一八五一	ロンドン万博	
一八五五	パリ万博	
一八五七	サウスケンジントン博物館開館／セポイの反乱〔東インド会社のインド人傭兵の反乱。インド中に広がり、反英運動となった。因みにインド側からは「第一次インド独立戦争」とも呼ばれている。〕	トマス・ヒューズ『トム・ブラウンの学校生活』
一八五八		R・M・バランタイン『珊瑚島』
一八五九	王立地理学会が、一八三〇年に設立されたロンドン地理学会から、国王からの勅許を得て改称され、設立される。	
一八六〇	マオリ戦争（一八七二年まで）	

一八六一		チャールズ・ディケンズ『大いなる遺産』
一八六九	スエズ運河開通〔地中海から紅海を抜け、インド洋と北大西洋を結ぶ人工運河。スエズ運河会社によって運営されるが、その筆頭株主は長くイギリスだった。〕	
一八七〇	初等教育法制定〔イギリス最初の教育法。六歳から一三歳の子どもの就学義務や公費による初等学校の設立、維持。〕	
一八七四		カール・エンゲル『サウスケンジントン博物館所蔵の楽器カタログ詳細』
一八七六		ワーグナー『ニーベルングの指環』上演
一八七八	第二次アフガニスタン戦争（一八八〇年まで）〔この戦争でイギリスはアフガニスタンを保護国とする。コナン・ドイルの「シャーロック・ホームズ」シリーズのワトソンと、ラドヤード・キプリング「ブラッシュウッド・ボーイ」のコターはこの戦争に参加している。〕	W・S・ギルバード&アーサー・サリバン『軍艦ピナフォア』上演
一八八〇	第一次ボーア戦争（一八八一年まで）	
一八八一		ウィリアム・モリス、ヘンリー・ハインドマンらが社会民主連盟を結成
一八八三		ロバート・ルイス・スティーブンソン『宝島』

一八八四	マフディーの反乱〔エジプト領のスーダンで勃発。イギリスは陸軍のチャールズ・ゴードン将軍を派遣。スーダンの首都ハルツームで包囲されたゴードン将軍のもとに軍需物資等を輸送する任をクック社が担った。〕	
一八八七		コナン・ドイル『緋色の研究』〔シャーロック・ホームズ登場〕
一八八八	切り裂きジャック事件	
一八九〇		オスカー・ワイルド『ドリアン・グレイの肖像』／ウィリアム・ブース『最暗黒の英国とその出路』
一八九一		ウィリアム・モリス『ユートピアだより』
一八九五		ラドヤード・キプリング『ブラッシュウッド・ボーイ』／アナトール・フランス『エピクロスの園』／トマス・ハーディ『日陰者ジュード』
一八九八		ジョゼフ・コンラッド『青春』
一八九九	第二次ボーア戦争（一九〇二年まで）	ラドヤード・キプリング『ストーキーと仲間たち』
一九〇一	ロバート・スコット第一回南極探検（一九〇四年まで）	ラドヤード・キプリング『キム』
一九〇二		ジョゼフ・コンラッド『闇の奥』／J・M・バリー『小さな白い鳥』／J・M・バリー『あっぱれクライトン』
一九〇三		チャールズ・ブース『ロンドン民衆の生活と労働』第三版／ジャック・ロンドン『どん底の人びと』／サミュエル・バトラー『万人の道』

一九〇四		G・スタンリー・ホール『思春期』／J・M・バリー『ピーター・パン――大人になりたくない少年』初演
一九〇六		J・M・バリー『ケンジントン・ガーデンズのピーター・パン』
一九〇八	犯罪予防法制定（一六歳から二一歳までの若者にたいして「若年成人」という新しい年代区分を設ける。またボースタルを制度化する。）／ボーイスカウト設立	ロバート・ベーデン＝パウエル『スカウティング・フォア・ボーイズ』
一九〇九		ガイ・ド・モーリエ『イングランド人の家』／フィリッポ・マリネッティ『未来派宣言』
一九一〇	ロバート・スコット第二回南極探検（一九一二年スコット死亡まで）	
一九一一		J・M・バリー『ピーターとウェンディ』
一九一四	第一次世界大戦開戦	J・M・バリー「その日」
一九一五		ルパート・ブルック『一九一四と他の詩』
一九一七		ウィルフレッド・オウエン「死にゆく若者たちへの頌歌」
一九一八	第一次世界大戦終戦	ウィルフレッド・オウエン「奇妙な出会い」
一九二〇		エルンスト・ユンガー『鋼鉄のあらし』／フィリップ・ギブス『今だから話せる』
一九二二		J・M・バリー講演「勇気」（セント・アンドリューズ大学）
一九二五		F・スコット・フィッツジェラルド『偉大なるギャツビー』

一九二六	「バルフォア報告書」提案〔イギリス本国と自治領の関係が再定義。イギリスと自治領は帝国内において同等の地位を有し、従属関係は解消。ウェストミンスター憲章として成文化。〕	フィリップ・ギブス『若きアナーキー』
一九二八		J・M・バリー『ピーター・パン――大人になりたくない少年』出版／エドモンド・ブランデン『戦争の低音』
一九二九	大恐慌	エーリヒ・マリア・レマルク『西部戦線異状なし』／ロバート・グレーヴズ『さらば古きものよ』／イーヴリン・ウォー「戦争とより若いものたちの世代」
一九三〇		ジークフリード・サスーン『歩兵隊将校の回顧録』／イーヴリン・ウォー『卑しい肉体』
一九三一	ウェストミンスター憲章〔カナダ独立／オーストラリア独立。〕	アントニー・ポウエル『午後の人々』
一九三四		H・G・ウェルズ『自伝の試み』
一九三五		A・J・クローニン『星の眺める下で』
一九三六	スペイン内戦勃発〔一九三九年まで〕	H・M・テナント設立
一九三七		ジョージ・オーウェル『ウィガン波止場への道』
一九三八		クリストファー・イシャーウッド『ライオンと影』／ジョージ・オーウェル『カタロニア讃歌』
一九三九	第二次世界大戦開戦	ジョージ・オーウェル「チャールズ・ディケンズ」／テレンス・ラティガン『ダンスのあとで』

一九四〇	ウィンストン・チャーチル首相就任／ダンケルクの戦い／チャーチル「《我々は浜辺で闘う》演説」／チャーチル「《イギリス最良のとき》演説」／音楽芸術奨励協議会設立	
一九四二	「ビバレッジ・レポート」提案〔社会保障制度のビジョンの提示。各種年金や保険制度を整備し、すべての国民がその対象となることを提案。「窮乏」、「疾病」、「無知」、「不潔」、「怠惰」を「五大悪」と名指し、その解消を目指す。〕	
一九四四	教育省設置／教育法（バトラー法）〔義務教育の年限が一四歳から一五歳に引き上げられる。公立の定時制教育機関の設置を義務付けられる。給食の無償提供が義務づけられる。〕	
一九四五	第二次世界大戦終戦／総選挙で労働党の勝利／クレメント・アトリー首相就任〔アトリー政権は福祉政策の充実と基幹産業の国営化を図り、福祉国家の道筋を描く。〕	イーヴリン・ウォー『回想のブライズヘッド』／J・B・プリーストリー『夜の来訪者』
一九四六	アーツ・カウンシルが音楽芸術奨励協議会から改称。／ベスパ販売	
一九四七	インド独立	
一九四八	国民保健サービス開始〔「ビバレッジ・レポート」の実現。〕／イギリス国籍法〔イギリス連邦の臣民に、本国における居住と労働の権利を付与。〕／エンパイア・ウィンドラッシュ号就航	ジョージ・オーウェル『1984』

一九四九	アイルランド独立	
一九五一	ウィンストン・チャーチル首相就任（二回目）／M51（モッズコート）販売開始／フェスティバル・オブ・ブリテン	J・D・サリンジャー『ライ麦畑でつかまえて』
一九五二	エリザベス女王即位	
一九五四		ウィリアム・ゴールディング『蝿の王』／キングスリー・エイミス『ラッキー・ジム』／デビッド・シルベスター「キッチンシンク」／バラッド・アンド・ブルース・クラブ設立
一九五五		ヘルベルト・マルクーゼ『エロスと文明』／ジャスパー・ジョーンズ「ターゲット」
一九五六	ニキータ・フルシチョフのスターリン批判〔それまで共産圏で神格化されていたスターリンを批判。西側諸国との共存を訴える。〕／ポズナン暴動〔スターリン批判に影響され、ポーランドのポズナンで勃発した大衆暴動。〕／ハンガリー動乱〔ソ連に支配される政府にたいするハンガリー市民の反乱。ソ連軍の介入により鎮圧。〕／スエズ危機〔エジプトのなせる大統領がスエズ運河の国有化を宣言。〕／ビリー・グラハム来英	ジョン・オズボーン『怒りを込めて振り返れ』／オズボーン「女のどこがおかしいのか」／マッキネス「（イギリスの有色人種の同胞の生活に関する）白人のためのショートガイド」／石原慎太郎『太陽の季節』

一九五七	ハロルド・マクミラン首相保守党大会スピーチ〔イギリスの未曾有の好景気を寿ぐ。〕	ジョン・ブレイン『最上階の部屋』／リチャード・ホガート『読み書き能力の効用』／オズボーン「ファイティング・トーク」／マッキネス「若きイングランド、半分イングリッシュ」／マッキネス「マーベルズで会いましょう」／ジェイムズ・ボールドウィン「サニーのブルース」／トミー・スティール・デビュー／ローリー・ロンドン・デビュー
一九五八	ノッティングヒル人種暴動／「イングルビー・レポート」提案〔刑事責任が生じる年齢が八歳から一二歳に引き上げることを提言。児童法の改正に繋がる。〕	アラン・シリトー『土曜の夜と日曜の朝』／シーラ・ディラニー『蜜の味』／アーノルド・ウェスカー『大麦入りのチキンスープ』／マッキネス「ポップソングとティーンエイジャー」
一九五九		アラン・シリトー「長距離走者の孤独」／コリン・マッキネス『アブソリュート・ビギナーズ』／オズボーン「五〇年代」／エドワード・ブランド『ジャズの叫び』／エリック・ホブズボーム（フランシス・ニュートン）『ジャズ・シーン』／ウェスカー『ルーツ』／マーク・エイブラムズ『ティーンエイジの消費者』／ノーマン・O・ブラウン『死にたいする生』
一九六〇	ハロルド・マクミラン首相南アフリカ「《変化の風》演説」。アフリカの諸国で国民意識が生まれつつあることを肯定的に語る。	ウェスカー『僕はエルサレムのことを話してるんだ』／マッキネス「もうひとりの男」／『ニューレフト・レヴュー』創刊／デビッド・ベイリー『ヴォーグ』専属／シンガーズ・クラブ（バラッド・アンド・ブルース・クラブから改称）
一九六一		ピーター・ブレイク「ファースト・リアル・ターゲット」

一九六二	イギリス連邦移民法〔労働許可制度を導入して、連邦諸国からの移民流入を制限。〕	アントニー・バージェス『時計じかけのオレンジ』／ジーン・リース「あいつらにはジャズといわせておけばいい」／ビートルズ・デビュー
一九六四	教育科学省設置／モッズvsロッカーズによるブライトン・ビーチ抗争	デビッド・ベイリー『ボックス・オブ・ピンナップス』
一九六五	ブライアン・エイベル＝スミス&ピーター・タウンゼント『貧困者と極貧者』出版〔戦後の好景気に隠れ、実は経済的格差が拡大したことを指摘。貧困の再定義。〕	ミケランジェロ・アントニオーニ『欲望』上映
一九六八	イノック・パウエル「《血の川》演説」〔移民の過度な受け入れによってイギリスは黒人によって支配される国になると警告。〕	
一九六九	児童若年法改正〔「イングルビー・レポート」を受けて、未成年を刑事処罰の対象から除外。〕	
一九七一		スタンリー・キューブリック『時計じかけのオレンジ』上映
一九七三		ザ・フー『四重人格』
一九七五		ホールその他『儀礼のなかの抵抗』
一九七九	マーガレット・サッチャー首相就任	フランク・ロッダム『四重人格』上映

あとがき

グローバルに連帯し、活躍する若者たちを指し示すカテゴリーである「Z世代」。最近その呼称を様々なメディアで頻繁に耳にし、目にするようになりました。かれら彼女らが表明する、気候変動やダイバーシティ、格差拡大、不公平な社会などへの関心や怒りに僕自身も大いに共感します。しかしこのような運動と価値観が特定の世代と結びついている以上、短命に終わってしまう可能性が高いことを指摘しなければなりません。

一九六〇年代、主にアメリカで開花したカウンターカルチャーは、資本主義やテクノクラート（技術官僚による生活管理）への批判、マイノリティへの共感、精神世界の重視によって特徴づけられます。それは「Z世代」の問題提起と共鳴するところが大きい。その意味で、「Z世代」は若者文化の正当の継承者たちと呼ぶにふさわしいことは間違いありません。一方で、カウンターカルチャーが短命に終わってしまったことを思い起こすならば、「Z世代」もまた期限限定の流行に終わってしまうかもしれないことを考慮にいれないわけにはいきません。

そもそも特定の価値観に世代形成論を紐づけることには注意が必要です。世代形成論自体は昔からありました。しかし現在はそれが細分化しています。問題はそのように分割される世代形成のマーカーとして、デジタルデバイスやSNSなどの刷新が機能している点です。そのため、世代形成論はメディアやマーケットの論理と親和性が高くなってしまう。なにが問題かといえば、新たなデバイスやメディアの登場が、世代を刷新し、前の世代とともにその価値観も古びてしまう可能性があることです。気をつけなければならないのは、そのような世代形成論が世代間の軋轢の原因となってしまうことです。いやむしろ世代間の軋轢を煽るために形成論が利用されているようにもみえます。

わたしはこのような理由から、軋轢を是とするような世代形成論には断固反対します。若者世代とその上の世代を損した世代（被害者）と得した世代（加害者）に分け、対立感情を煽るようなことは避けなければなりません。その対抗策としてなにができるのか。平凡な答えしかありません。世代を跨《また》いで対話を試みることです。被害者と加害者という構図は、正常な対話の成立の障壁になります。そのような関係に陥らずに、会話を続けることが大切なのです。

そのことをよく理解していても、若者と話をするのはなかなか難しいものです。職業柄、若者と話す機会が多くあります。ときには諭すようなお小言を言わざるをえないときがあります。こんなことも上から目線と揶揄されることがあるのかなと意識してしまうことがあります。そんなとき、ひとつの世代のなかで流通する言葉は溢れているのに、異世代を橋渡しする言葉が不足していると感じます。本書はこのような言葉と方法を手探りした記録です。「若さ」を描く文学作品を読み、そこで描かれる若者の個性を抽出することで、世代で括ることのできない「青春」を分析することができるのではないか。世代に同調することを拒むような「成長」があるのではないか。そのような望みとともに、本書は書き進められました。

まずは講義を行うためのノートを作りました。授業を行なったあと、加筆修正を経て、本書の原稿を執筆しました。本書の執筆を思い立ってから出版にこぎつけるまで約二年間の月日が流れました。本書の執筆期間の大部分はコロナ禍と重なります。この「あとがき」を書いている現在は、ロシアのウクライナ侵攻の詳細が報道されています。わたしたちが前提としていた社会と平和の概念が脆く崩れ去っていくなかで、妻と娘と話をする時間が増えました。このような時代に青春時代を迎えようとする娘の世代の若者たちは、どのように成長していくのだろう。このような時代の文学はどのような若者を描いていくのだろう。校正のために本書の原稿を再読しながら改めて考えています。

◎
◎
◎

本書の執筆において、先人たちの文学作品の訳業を参考にしました。翻訳は日本の誇る文化のひとつであり、明治期以降はとくに西洋の文献の翻訳が日本の近代化を支えました。小説や詩、劇作など文学作品の翻訳は研究や教育の発展に貢献してきた歴史があります。本書では多くの翻訳を引用、参照しており、先輩たちの仕事がなければ本書は完成しなかったでしょう。引用にあたって、現代の読者に分かりやすい表現に修正したところもありますがご理解ください。原書にアクセスすることが難しい人々は、これらの翻訳をまず手に取ることをお勧めします。帯文の『時計じかけのオレンジ』からの抜粋は、乾信一郎訳を使わせていただきました。

同志社大学文学部英文学科のゼミの学生や文学部の同僚の先生たちとの会話からも多くの示唆を得ました。この場を借りてお礼を申し上げます。

小鳥遊書房の林田こずえさんに前著〔『演出家の誕生』〕に続き編集をお願いしました。細やかに入れられる朱に常に頭が下がる思いでした。海外の美術館との煩雑なやりとりも丁寧にやっていただきました。本当にありがとうございました。

妻の幸子には初稿になる前の原稿を読んでもらい、わかりやすい文章を練り上げる手助けをしてもらいました。最後になりましたが、ありがとう。

二〇二二年三月

川島健

【著者】

川島 健

（かわしま・たけし）


同志社大学文学部教授。ロンドン大学ゴールドスミス校にて Mphil 取得。

東京大学大学院にて博士号取得（2008 年）。早稲田大学高等研究所助教、
広島大学大学院文学研究科准教授、同志社大学文学部准教授を経て現職。

主な著書に、『演出家の誕生——演劇の近代とその変遷』（彩流社、2016 年）、

『ベケットのアイルランド』（水声社、2014 年）、

『ベケットを見る八つの方法——批評のボーダレス』（共編著、水声社、2013 年）、

『サミュエル・ベケット！——これからの批評』（共編著、水声社、2012 年）。

訳書にジェイムズ & エリザベス・ノウルソン『サミュエル・ベケット証言録』（共訳、白水社、2008 年）。

英国若者文学論《えいこくわかものぶんがくろん》

国家《こっか》が拡張《かくちょう》をあきらめたとき、若者《わかもの》はどのように大人《おとな》になっていくのか

2022年5月9日　第1刷発行

【著者】
川島 健

発行者 : 高梨 治

発行所：株式会社**小鳥遊《たかなし》書房**
〒 102-0071　東京都千代田区富士見 1-7-6-5F
電話 03 (6265) 4910（代表）／FAX　03 (6265) 4902
https://www.tkns-shobou.co.jp

装幀　ミヤハラデザイン／宮原雄太
印刷　モリモト印刷(株)
製本　(株) 村上製本所

ISBN978-4-909812-86-5　C0098